秦仲文「深山曲澗」──秦仲文，當代山水畫家。圖中高山峭壁，窄道深谷，武俠小說中所描述者常有此景象。楊過與川邊五醜相鬥處或彷彿似之。

褚遂良「房玄齡碑」──褚遂良於唐永徽五年（公元六五四年）書寫，其時五十三歲，是他書法藝術上的巔峯時期，評者稱褚書如「天女散花」。

蒙古戰士木俑——蒙古戰士行軍，常攜數馬，交替乘騎，以節馬力，故臨陣衝鋒時馬力特強。此木俑為阿富汗人所製。意大利「伊斯蘭及東方考古學院」藏。

褒斜道刻石——褒斜道在陝西郿縣西南，是關中、漢中通蜀要道，後漢明帝永平六年（公元六三年）開鑿修理，刻石紀功，文曰：「永平六年，漢中郡以詔書受廣漢、蜀郡、巴郡徒二千六百九十人開通褒余道……」刻石書法瘦硬，結構奇妙，在書法史上有重要地位。

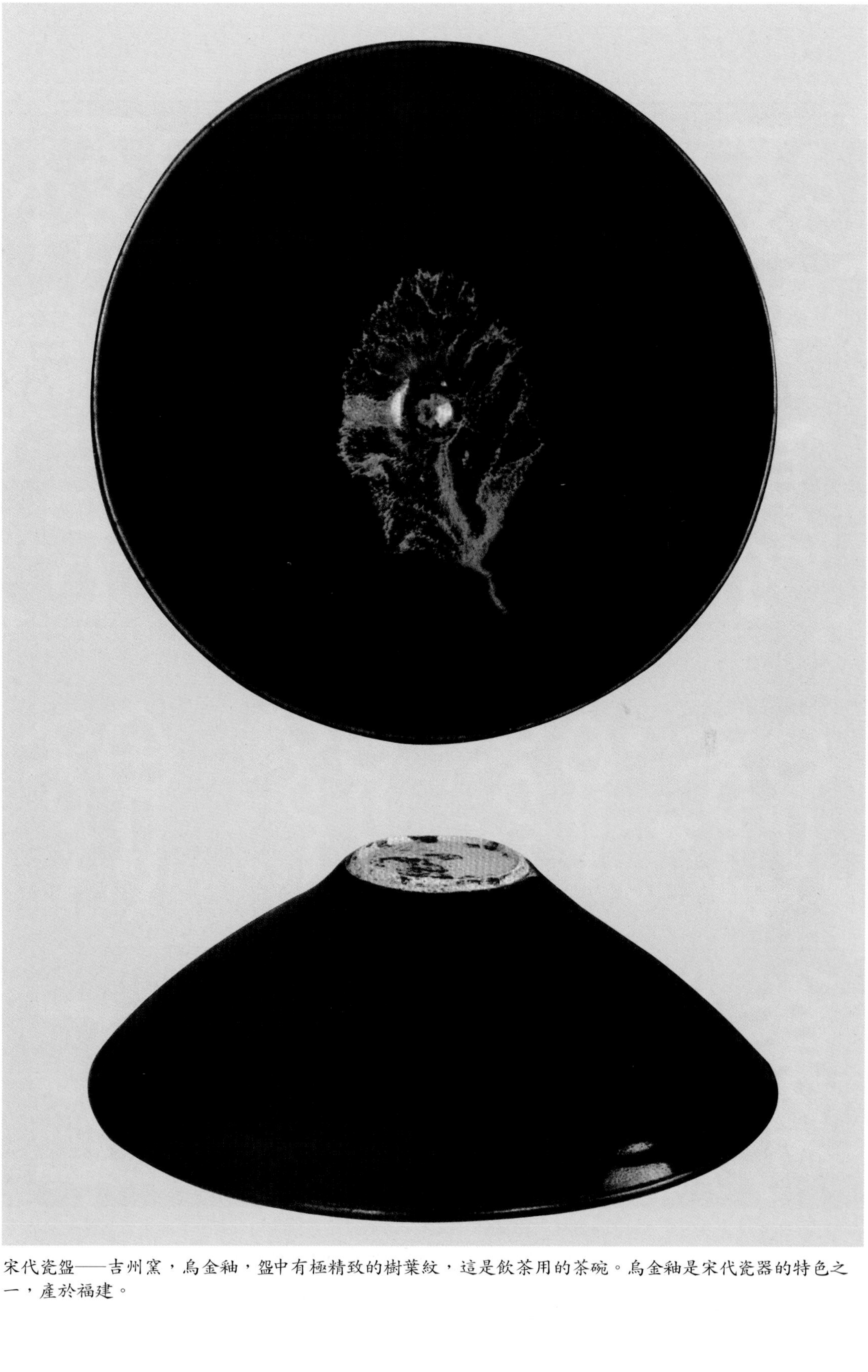

宋代瓷盌——吉州窯，烏金釉，盌中有極精致的樹葉紋，這是飲茶用的茶碗。烏金釉是宋代瓷器的特色之一，產於福建。

石鼓文——東周時以十塊石頭作成鼓狀，四周刻以頌詩。石鼓原在北京孔廟。韓愈石鼓歌以石鼓是周宣王時物，羅振玉認為是秦文王所刻（公元前七六一年）。本圖所載的十六字是：「吾車既工，吾馬既同，吾車既好，吾馬既阜。」其後說君子就出去打獵了。

宋代瓷器酒壺——帶有溫酒器。這種顏色稱為影青。

宋刻「四美圖」——這是現存最早的中國招貼畫。俄國人在甘肅黑水城發掘而盜去，現存俄羅斯亞力山大三世博物館。本圖為南宋版畫，高二尺五寸，闊一尺餘，以墨色印於黃紙上。圖中四美自左至右為班姬、趙飛燕、王昭君、綠珠。此圖在中國版畫史及民間藝術史上有重大價值。

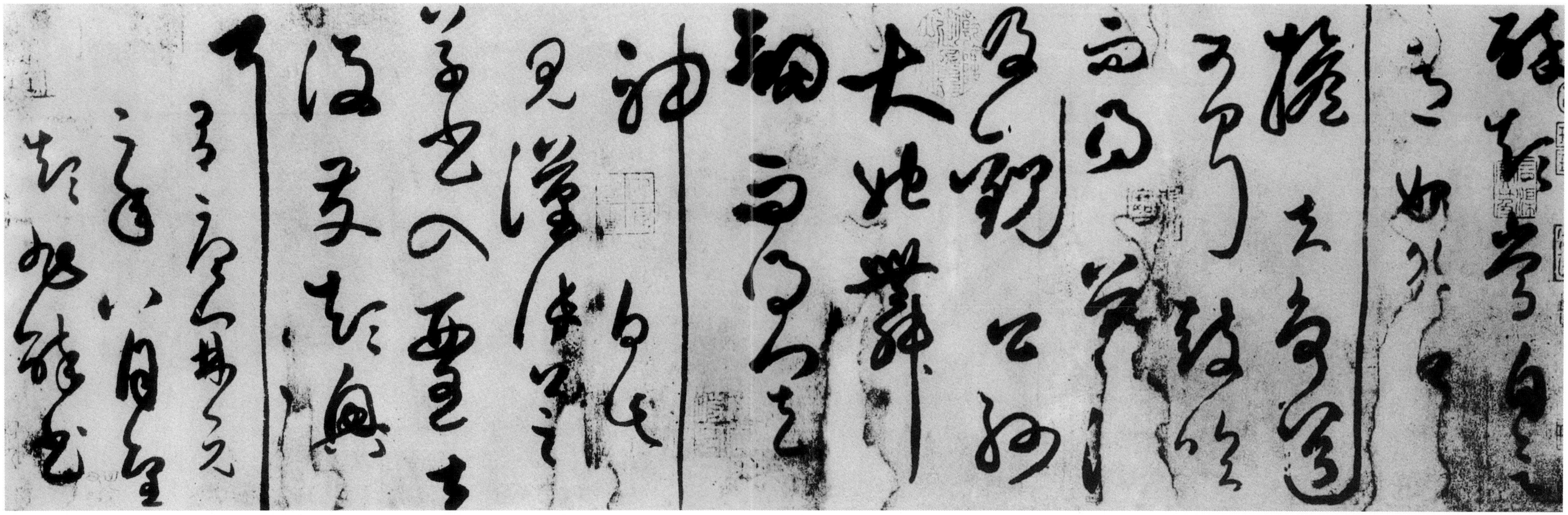

張旭「自言帖」──「醉顛嘗自言□，始□□□（見公主）擔夫爭道，又聞鼓吹而得□□（筆法），及觀公孫大娘舞劍而得其神。自此見漢張芝草書入聖。□發顛興耳。有唐開元二年八月望。顛旭醉書。」杜甫〈飲中八仙歌〉云：「張旭三杯草聖傳，脫帽露頂王公前，揮毫落紙如雲煙。」

大字版

神鵰俠侶

金庸

③武林盟主

大字版金庸作品集⑲

神鵰俠侶 (3)武林盟主 「公元2003年金庸新修版」

The Giant Eagle and Its Companion, Vol. 3

作　　者／金　庸

封面設計／唐壽南　內頁插畫／姜雲行

發 行 人／王 榮 文
出版・發行／遠流出版事業股份有限公司
臺北市中山北路一段11號13樓
電話／2571-0297　傳真／2571-0197　郵撥／0189456-1

□2004年 2 月16日　初版一刷
□2023年 8 月 1 日　二版六刷

大字版　每冊380元（本作品全八冊，共3040元）

〔另有典藏版共36冊（不分售），平裝版共36冊，新修版共36冊，新修文庫版共72冊〕

ISBN　978-957-32-8094-1（套：大字版）
ISBN　978-957-32-8088-0（第三冊：大字版）
Printed in Taiwan

YLib 遠流博識網
http://www.ylib.com　E-mail:ylib@ylib.com

目錄

北丐西毒數十年來反覆惡鬥，性命相拚，豈知竟同時在華山絕頂逝世。兩人畢生怨憤糾結，臨死之際卻相抱大笑。數十年的深仇大恨，一笑而罷！

第十一回　風塵困頓

到第二日上，楊過仍穩守峽口。二醜取來食物，五人張口大嚼，食得嗒嗒有聲。楊過早飢火中燒，回首看洪七公時，見他與一日之前的姿勢絲毫無變，心想：「他如眞睡著，睡夢中翻個身也是有的，如此一動不動，只怕確然死了。再挨一天，我餓得力弱，更加難以抵敵，不如立即衝出，還能逃生。」緩緩站起，又想：「他說過要睡三天，吩咐我守著照料，我已親口答應過了，好漢子言出如山，怎可就此捨他而去？」強忍飢餓，閉目養神。

到第三日上，洪七公仍與兩日前一般僵臥不動，楊過越看越疑心，暗想：「他明明已死，我偏守著不走，也太傻了罷？再餓得半日，也不用這五個醜傢伙動手，我自己就餓死了。」抓起山石上雪塊，吞了幾團，肚中空虛之感稍見緩和，心想：「我對父母不能盡孝，姑姑又惱了我，我沒兄弟姊妹，連好朋友也沒一個，『義氣』二字，休要提起。這個『信』字，好歹要守它一守。」又想：「郭伯母當年和我講書，說道古時尾生與女子相約，候於橋下，女子未至而洪水大漲，尾生不肯失約，抱橋柱而死，自後此人名揚百世。我楊過遭受世人輕賤，若不守此約，更加不齒於人，縱然由此而死，也要守足三日。」

一夜一日眨眼即過，第四日一早，楊過走到洪七公身前，探他呼吸，仍氣息全無，不禁心中難過，嘆了一口氣，向他作了一揖，說道：「洪老前輩，我已守了三日之約，可惜前輩不幸身故。弟子無力守護你遺體，只好將你拋入深谷，免受奸人毀辱。」抱起他身子，走向窄道。

五醜只道他難忍飢餓，要想逃走，齊聲吆喝，飛奔過來。楊過大喝一聲，將洪七公往身後地下一放，喝道：「我跟你們拚了！」對著大醜疾衝過去。

楊過只奔出兩步，突然間頭頂一陣勁風過去，一個人從他頭頂竄過，站在他與五醜之間，笑道：「這一覺睡得好痛快！」正是九指神丐洪七公。

這一下楊過大喜過望，五醜驚駭失色。原來洪七公初時是在雪中眞睡，待得讓五醜在身上踏了一腳，自然醒了。他存心試探，瞧這少年能否守得三日之約，每當楊過來探他鼻息，便閉氣裝死；見他忍飢挨餓，信守三日不去，覺這少年有俠義之風，頗爲嘉許，直到此刻，才神威凜凜的站在山道隘口。他左手劃個半圓，右手一掌推出，正是生平得意之作「降龍十八掌」中的「亢龍有悔」。大醜不及逃避，明知這一招不能硬接，卻也只得雙掌一併，奮力抵擋。

洪七公掌力收發自如，這時只使了一成力，大醜已感雙臂發麻，胸口疼痛。二醜見他勢危，生怕為洪七公掌力震入深谷，忙伸雙手推他背心，洪七公掌力加強，二醜全身後仰，險些摔倒。四醜站在其後，伸臂相扶。洪七公的掌力跟著傳將過來，接著四醜傳三醜，三醜又傳到最後的五醜身上。這五人逃無可逃，避無可避，轉瞬之間，就要給洪七公運單掌之力，一舉擊斃。洪七公笑道：「你們五個傢伙作惡多端，今日給老叫化一掌震死，想來死也瞑目。」五人紮定馬步，鼓氣怒目，合力與他單掌相抗，只覺對方掌力越來越重，胸口煩惡，漸漸每喘一口氣都感艱難。

洪七公突然「咦」的一聲，顯得頗為詫異，將掌力收回了八成，問道：「你們的內功很有些兒門道，你們的師父是誰？」

大醜雙掌仍和他相抵，氣喘吁吁的道：「我們……是……是達爾巴師父……的……的門下。」洪七公搖頭道：「達爾巴？沒聽見過。嗯，你們內力能互相傳接，這功夫很了不起哪。」楊過心想：「能得洪老前輩說一句『很了不起』，那是當眞了不起了。可是我看這五個傢伙也平平無奇，沒一個打得過我。」

只聽洪七公又問：「你們是甚麼門派的？」大醜道：「我們的師父，是……是密教聖……聖僧……金輪國師門下二……二弟子……」洪七公又搖搖頭，說道：「密教聖僧、金輪國師？沒聽見過。青海有個和尚，叫甚麼靈智上人，倒見過的，他武功強過你們，但所學的不是上乘功夫。你們學的功夫很好，嗯，大有道理。你去叫你們祖師爺來，跟我比劃比劃。」

大醜道：「我們祖師爺是聖僧……活菩薩，蒙古第一國師，神通廣大、天下無敵，怎……怎能……」二醜聽得洪七公語氣中有饒他們性命之意，大醜這般說，正是自斷活路，忙道：「是，是。我們去請祖師爺來，跟洪老前輩切磋……切……切……也只有我們祖師爺，才能跟洪老前輩動手。我們小輩……跟你提……提……酒……酒葫蘆兒……也……也……不……」

就在這當口，只聽鐸、鐸、鐸幾聲響，山角後轉出來一人，身子顛倒，雙手各持石塊，撐地而行，正是西毒歐陽鋒。楊過喜極，大叫三聲：「爸爸！」歐陽鋒恍若未聞，躍到五醜背後，伸出右足在他背心上一撐，一股大力通過五人身子一路傳將過去。

洪七公見歐陽鋒陡然出現，也大吃一驚，聽楊過叫他「爸爸」，心想原來這小子是他兒子，難怪功夫了得，不過這小子守信重義，人品遠勝西毒，那是「父不及子」了，只覺手上一沉，對方力道湧來，忙加勁反擊。

自華山二次論劍之後，十餘年來洪七公與歐陽鋒從未會面。歐陽鋒神智雖然胡塗，但逆練《九陰眞經》，武功愈練愈怪，愈怪愈強。歐陽鋒在終南山得楊過提醒，說自己名叫「歐陽鋒」，但到底是否歐陽鋒，還是弄不淸楚，只覺「歐陽鋒」是個熟悉之人，口中不斷喃喃自語，始終不能將這名字和自己聯了起來。這日到了華陰，華山是自己兩次論劍之地，山道峯徑，依稀熟識，這日又摸了上來。

洪七公曾聽郭靖、黃蓉背誦眞經中的一小部分，用以療傷，與自己原來武功一加印證，也大有進境，畢竟正勝於逆，雖所知不多，卻也不輸於西毒。兩人數十年前武功難分軒輊，此後各有際遇，今日第三度在華山相逢，一拚功力，竟仍不分上下。就可憐川邊五醜夾在當世兩大高手之間，作了試招的墊子、練拳的沙包，身上冷一陣、熱一陣，呼吸緊一陣、緩一陣，周身骨骼格格作響，比受任何酷刑更慘上百倍。

歐陽鋒忽問：「這五個傢伙學的內功很好。是甚麼門派？」楊過心想：「連我義父也說他們學的內功很好，這五醜果非尋常之輩。」洪七公道：「他們說是甚麼密教聖僧金輪國師的徒孫。」歐陽鋒問道：「這個金輪國師跟你相比，誰厲害些？」洪七公道：「不知道，或許差不多罷。」歐陽鋒又問：「比我呢？」洪七公道：「比你厲害一點兒。」歐陽鋒一怔，叫道：「不信！」

兩人說話之際，手足仍繼續較勁。洪七公連發幾次不同掌力，均爲歐陽鋒在彼端以足力化解，接著他足上加勁，卻也難使洪七公退讓半寸。二人一番交手，各自佩服，同時哈哈大笑，向後躍開。

川邊五醜身上前後重力驟失，不由得搖搖晃晃，站立不穩，就如喝醉了酒一般。五人給這兩大高手的內力前後來回交逼，五臟六腑均受重傷，筋酥骨軟，已成廢人，便七八歲的小兒也敵不過了。洪七公喝道：「五名奸賊，總算你們大限未到，反正今後再也不能害人，快給我滾罷。記得回去跟你們祖師爺金輪國師說，叫他快到中原來，跟我較量較量。」歐陽鋒道：「跟我也較量較量。」川邊五醜連聲答應，腳步蹣跚，相扶相將的狼狽下峯。

歐陽鋒翻身正立，斜眼望著洪七公，依稀相識，喝道：「喂，你武功很好啊，你叫甚麼名字？」洪七公一聽，又見他臉上神色迷茫，知他十餘年前發瘋之後，始終未曾全愈，說道：「我叫歐陽鋒，你叫甚麼？」歐陽鋒心頭一震，記得楊過曾對他說過，「歐陽鋒」是自己的名字，搖頭道：「不對。我才叫歐陽鋒。」洪七公哈哈笑道：「不對！你名叫臭蛤蟆。」「蛤蟆」兩字，歐陽鋒十分熟悉，聽來有些相似，但細想卻又不是。

他與洪七公是數十年的死仇，憎惡之意深印於腦，此時雖不明所以，但自然而然的見到他就生氣。洪七公見他呆呆站立，目中忽露兇光，暗自戒備，果然聽他大吼一聲，惡狠狠的撲將上來，不敢怠慢，出手就是降龍十八掌的掌法。兩人襟帶朔風，足踏寒冰，在這寬僅尺許的窄道上各逞平生絕技，傾力以搏。一邊是萬丈深淵，只要稍有差池，便遭粉身碎骨之禍，比之平地相鬥，倍增兇險。二人此時年歲增長，精力雖已衰退，武學上的修為卻俱臻爐火純青之境，招數精奧，深得醇厚穩實妙詣，只拆得十餘招，兩人不由得都心下欽佩。歐陽鋒叫道：「老傢伙厲害得很啊！」洪七公笑道：「臭蛤蟆也了不起！」

楊過見地勢險惡，生怕歐陽鋒掉下山谷，但有時見洪七公遇窘，不知不覺竟也盼他轉危為安。歐陽鋒是他義父，情誼自深，然洪七公慷慨豪邁，這隨身以俱的大俠風度，令他一見便為之心折。他在飢寒交迫之中，干冒大險為洪七公苦熬三日三夜，三晝夜中兩人雖不交一言片語，在楊過心中，卻便如已與他共歷了千百次生死患難一般。

拆了數十招後，楊過見二人每每於極兇險時化險為夷，便不再掛慮雙方安危，只潛心細看武功。他於《九陰眞經》所知者只零碎片斷，但時見二人所使招數與眞經要義暗合，有時義父所使，卻偏又截然相反，不由得驚詫，心想：「眞經中平平常常一句話，原來有這許多推衍變化。」

堪堪拆到千餘招，二人武功未盡，但年歲大了，都感氣喘心跳，手腳不免遲緩。楊過叫道：「兩位比了半天，想必肚子餓了，大家來飽吃一頓再比如何？」洪七公聽到一個「吃」字，立即退後，連叫：「妙極，妙極！」楊過早見五醜用竹籃攜來大批冷食，放在一旁，奔去提了過來，打開籃蓋，但見凍鷄凍肉、白酒冷飯，一應俱全。洪七公大喜，搶過一隻凍鷄，忙不迭的大口咬落，吃得格格直響。

楊過拿了一塊凍肉遞給歐陽鋒，柔聲道：「爸爸，這些日子你在那兒？」歐陽鋒瞪著眼睛道：「我在找你。」楊過胸口一酸，心想：「世上畢竟也有如此眞心愛我之人。」拉著他手臂，說道：「爸爸，你就是歐陽鋒。這位洪老前輩洪七公是好人，你別跟他打架了。」歐陽鋒指著洪七公，大聲道：「他是洪七公，我是歐陽鋒。」望望洪七公，望望楊過，雙眼發直，竭力回憶思索。

楊過服侍歐陽鋒吃了些食物，站起身來，向洪七公道：「洪老前輩，他是我義父。請你可憐他身患重病，神智胡塗，別跟他爲難了罷！」

洪七公聽他這麼說，連連點頭，道：「好小子，原來他是你義父。」

那知歐陽鋒突然躍起，叫道：「老叫化，咱們拳腳比不出勝敗，再比兵器。」洪七公聽他叫自己「老叫化」，微微一笑，搖頭道：「不比啦，算你勝就是。」歐陽鋒道：「甚麼算不算的？我非殺了你不可。」回手折了根樹枝，拉去枝葉，成爲一條棍棒，向洪七公兜頭擊落。他的蛇杖當年縱橫天下，厲害無比，現下杖頭雖然無蛇，但這一杖擊將下來，杖頭未至，烈風已將楊過逼得難以喘氣。楊過忙躍開躲避，看洪七公時，只見他拾起地下一根樹枝，當作短棒，二人又已鬥在一起。洪七公的打狗棒法世間無雙，但輕易不肯施展，除此之外尚有不少精妙棒法，此時便逐一使將出來。

這場拚鬥，與適才比拚拳腳又另是一番光景，但見杖去靈蛇盤舞，棒來神龍夭矯，或似長虹經天，或若流星追月，只把楊過瞧得驚心動魄，如醉如痴。

二人杖去棒來，直鬥到傍晚，兀自難分勝敗。楊過見地勢險惡，滿山冰雪甚為滑溜，二人年歲不輕，再鬥下去或有失閃，大聲呼喝，勸二人罷鬥。但洪七公與歐陽鋒鬥得興起，那肯停手？楊過見洪七公吃食時的饞相，心想若以美味引動，或可收效，於是在山野間挖了好些山藥、木薯，生火烤得噴香。

洪七公聞到香氣，叫道：「臭蛤蟆，不跟你打啦，咱們吃東西要緊。」奔到楊過身旁，抓起兩枚山藥便吃，雖燙得滿嘴生疼，仍含糊著連聲稱讚。歐陽鋒跟著趕到，舉木杖往他頭頂劈下。洪七公卻不避讓，拾起一枚熟山藥往他拋去，叫道：「吃罷！」歐陽鋒一呆，順手接過便吃，渾忘了適才的惡鬥。

當晚三人就在附近巖洞中睡覺。楊過想幫義父回復記憶，向他提及種種舊事。歐陽鋒總呆呆不答，有時伸拳敲打自己腦袋，竭力思索，但茫無頭緒，十分苦惱。楊過怕他反更瘋了，勸他安睡，自己卻翻來覆去的睡不著，思索二人的拳法掌法，越想越興奮，忍不住起身悄悄比擬，但覺奧妙無窮，練了半夜，倦極才睡。

次晨一早，楊過尚未睡醒，忽聽得洞外呼呼風響，夾著吆喝縱躍之聲，急忙奔出，只見洪七公與歐陽鋒又已鬥得難分難解。他嘆了口氣，心想：「這兩位老人家返老還童，這種架又有甚麼好打？」只得坐在一旁觀看，見洪七公每一招每一式都條理分明，歐陽鋒的招數卻匪夷所思、難以捉摸，每每洪七公已佔得上風，但歐陽鋒倏使怪招，重又拉成平手。但歐陽鋒要操勝券，卻也決計不能。

二人日鬥晚睡，接連鬥了四日，均已神困力倦，幾欲虛脫，但始終不肯容讓半招。楊過尋思：「明天說甚麼也不能讓他們再打了。」這晚待歐陽鋒睡著了，悄聲向洪七公道：「老前輩請借洞外一步說話。」洪七公跟著他出外。離洞十餘丈後，楊過突然跪倒，連連磕頭，一句話也不說。洪七公一怔之間，登時明白，知他要自己可憐歐陽鋒身上有病，認輸退讓，哈哈一笑，說道：「就這麼著。」倒曳木棒，往山下便走。

只走出數丈，突聞衣襟帶風，歐陽鋒從洞中竄出，揮杖橫掃，怒喝：「老傢伙，想逃麼？」洪七公讓了三招，欲待奪路而走，卻給他杖風四方八面攔住了，脫身不得。高手比武差不得半分，洪七公存了個相讓之心，攻勢不緊，登時落在下風，狼狽不堪，數次險些命喪於他杖下，眼見他挺杖疾進，擊向自己小腹，知他這一杖尚有厲害後著，避讓不得，當即橫棒擋格，忽覺他杖上傳來一股凌厲之極的內力，不禁一驚：「你要和我比拚內力？」心念甫動，敵人內力已逼將過來，除了以內力擋架，更無他策，急運功勁抗禦。

以二人如此修為，比拚內力，即到無可容讓之境。二人以前數次比拚，都因忌憚對方了得，自己並無勝算，不敢輕易行此險著。那知歐陽鋒渾渾噩噩，數日比武不勝，突運內力相攻。

十餘年前洪七公固痛恨西毒作惡，此時年紀老了，火性已減，既見他瘋瘋顛顛，楊過又一再求情，實已無殺他之意，氣運丹田，只守不攻，靜待他內力衰竭。那知對方內力猶如長江浪濤，源源不絕的湧來，一浪既過，次浪又即撲來，非但無絲毫消減之象，反越來越猛。洪七公自信內力深厚，數十年來續有精進，就算勝不了西毒，若全力守禦，當可立於不敗之地，豈知拚了幾次，歐陽鋒的內力竟越來越強。洪七公想起與他隔著川邊五醜比力之際，他足上連運三次勁，竟一次大似一次，此刻回想，似乎當時他第一次進攻的力道未消，第二次攻力又至；二次勁力猶存，第三次跟著上來。倘若只持守勢，由得他連連催逼，力上加力，不斷積儲，終究難以抵擋，只有乘隙回衝，令他非回力自守不可，來勢方不能累積加強，心念動處，立即運勁反擊，二人全身都是一震。

楊過見二人比拚內力，大為擔憂，他若出手襲擊洪七公後心，自可相助義父得勝，然見洪七公白髮滿頭，神威凜然中兼有慈祥親厚，剛正俠烈中伴以隨和瀟脫，不自禁的為之傾倒，何況他已應己求懇而甘願退讓，又怎忍出手加害？

二人又僵持一會，歐陽鋒頭頂透出縷縷白氣，漸漸濃密，就如蒸籠一般。洪七公全力抵禦，已無法顧到是否要傷對方性命，若得自保，已屬萬幸。

從清晨直拚到辰時，又從辰時拚到中午，洪七公漸感內力消竭，但對方的勁力仍似狂濤怒潮般湧來，暗叫：「老毒物原來越瘋越厲害，老叫化今日性命休矣。」料得此番拚鬥定然要輸，苦在無法退避，只得竭力撐持，卻不知歐陽鋒也已氣衰力竭，支撐維艱。

又拚了兩個時辰，已至申刻。楊過眼見二人臉色大變，心想再拚得一時三刻，非同歸於盡不可，如上前拆解，自己功力與他們相差太遠，多半分解不開，反而賠上自己一條性命，遲疑良久，眼見歐陽鋒臉色灰白，神氣愁苦，洪七公呼呼喘氣，呼吸艱難，心道：「縱冒大險，也得救他們性命。」折了根樹幹，走到二人之間盤膝坐下，運功護住全身，一咬牙，伸樹幹往二人杖棒之間挑去。

豈知這一挑居然毫不費力，二人的內力從樹幹上傳來，給他運內力一擋，立即卸去。原來強弩之末不能穿魯縞，北丐西毒雖俱是當世之雄，但互耗多日，均已精力垂盡，二人給他內力反激，同時委頓在地，出氣多而進氣少，難以動彈。楊過驚叫：「爸爸，洪老前輩，你們沒事麼？」二人呼吸艱難，均不回答。

楊過要扶他們進山洞休息，洪七公輕輕搖頭。楊過才知二人受傷極重，移動不得，當晚就睡在二人之間，只怕他們半夜裏又起來廝拚。其實二人欲運內功療傷亦不可得，又怎能互鬥？次晨楊過見二人氣息奄奄，比昨日更加委頓，心中驚慌，挖掘山藥烤了，服侍二人吃下。直到第三日上，二人才略見回復生氣。楊過將他們扶進山洞，分臥兩側，自己在中間隔開。

次日兩人起身，相對而坐，歐陽鋒道：「你我內力不分上下，不能再比了。但說到武術招數，你終究不如我。」洪七公搖頭道：「未必，未必，倘若我使出丐幫鎮幫之寶的打狗棒法來，就算棒上沒半分內力，你也拆解不了。咱們不決生死，只拆招數，誰輸誰贏都不打緊。」歐陽鋒道：「好，不使內力，只拆招數！」

洪七公靈機一動，向楊過招招手，叫他俯耳過來，說道：「我是丐幫的前任幫主，你知道麼？」楊過點點頭，他在全眞教重陽宮中曾聽師兄們談論當世人物，都說丐幫前任幫主九指神丐洪七公武功蓋世，肝膽照人，乃大大的英雄好漢。洪七公道：「現下我有一套武功傳你。這武功向來只傳本幫幫主，不傳旁人，但我此刻全身無力，使動不得，我要你演給你義父瞧瞧。」

楊過道：「老前輩這武功既不傳外人，晚輩以不學爲是。我義父神智未復，老前輩不用跟他一般見識。」洪七公搖頭道：「你雖學了架式，不知運勁訣竅，臨敵之際全然無用。我又不是要你去打你義父，只消擺幾個姿式，他一看就明白了。因此也不能說是傳你功夫。」楊過心想：「這套武功既是丐幫鎮幫之寶，我義父未必抵擋得了，我又何必幫你贏我義父？」只是推托，說不敢學他丐幫秘傳。

洪七公窺破了他心意，高聲道：「臭蛤蟆，你義兒知道你敵不過我的打狗棒法，不肯擺式子給你瞧。」歐陽鋒大怒，叫道：「孩兒，我還有好些神奇武功未曾使用，怕他怎地？快擺出來我瞧。」兩人一股勁兒的相逼，楊過無奈，只得走到洪七公身旁。

洪七公叫他取過樹枝，將打狗棒法中一招「棒打雙犬」細細說給了他聽。楊過一學即會，當即照式演出。

歐陽鋒見棒招神奇，一時難以化解，想了良久，將一式杖法說給楊過聽了。楊過依言演出。洪七公微微一笑，讚了聲：「好！」又說了一招棒法。

兩人如此大費唇舌的比武，比到傍晚，也不過拆了十來招，楊過卻已累得滿身大汗。次晨又比，直過了三天，三十六路棒法方始說完。棒法雖只三十六路，其中精微變化卻奧妙無窮，越到後來，歐陽鋒思索的時刻越長，但他所回擊的招數，也皆是攻守兼備、威力凌厲的佳作，洪七公看了不禁嘆服。

到這日傍晚，洪七公將第三十六路棒法「天下無狗」的第六變說了，這是打狗棒法最後一招最後一變的絕招，這一招使將出來，四面八方是棒，勁力所至，便有幾十條惡犬也一齊都打死了，所謂「天下無狗」便是此義，棒法之精妙，已臻武學絕詣。歐陽鋒自是難有對策。當晚他翻來覆去，折騰了一夜。

次晨楊過尚未起身，忽聽得歐陽鋒大叫：「有了，有了。孩兒，你便以這杖法破他。」一叫聲又興奮，又緊迫。楊過聽他呼聲有異，向他瞧去，不禁大吃一驚。

原來歐陽鋒雖已年老，但因內功精湛，鬚髮也只略現灰白，這晚用心過度，一夜之間竟然鬚眉盡白，似乎忽然老了十多歲。楊過心中難過，欲待開言求洪七公休要再比，歐陽鋒卻一疊連聲的相催，只得聽他指撥。這一招十分繁複，歐陽鋒反覆解說，楊過方行領悟，依式演了出來。

洪七公一見，臉色大變，隨即大聲叫好。歐陽鋒道：「我想了這麼久，方能還招，終究是打狗棒法了得！」突然咯的一聲大叫，奮力出掌。洪七公還掌相迎，又進入比拚內力之境。

洪七公出力發勁，忽覺發出的巨大勁力竟有逆轉之勢，竟來反擊自身，大驚之下，只覺歐陽鋒的勁力並不乘勢追擊，反而也慢慢逆轉，竟去反擊自身。兩人不約而同的叫道：「咦！奇哉怪也！臭蛤蟆，你搗甚麼鬼？」「老叫化，怎麼你自己打自己，不用客氣罷！」洪七公隨即明白，他二人所使的九陰眞經內功，雖有正練、逆練之分，但均依於《易經》的至理：「物極必反」。老陰升至盡頭即轉而爲少陽，老陽升至頂點便轉爲少陰。他二人將眞經功夫發揮得淋漓盡致，洪七公正練功夫漸轉爲逆，而歐陽鋒逆練的功夫到後來漸轉爲正。兩人再催幾次勁力，兩股內力合而爲一，水乳交融，不再敵對互攻，而是融和貫通，相互慰撫，便如一幅太極圖相似，陰陽二極互環互抱，圓轉如意。兩人只感全身舒暢，先是身上寒冷徹骨，但對方內力傳來，如沐春日陽光，又如浸身於溫暖的熱水之中，自內息各脈以至四肢百骸，盡皆舒服之極。頃刻間全身炙熱，如置身烤爐之中，炎熱難忍，對方內力湧來，登時全身清涼，熾熱全消。

兩人哈哈大笑，都道：「好，好，好！不用比拚了。」

洪七公一躍而起，大叫：「老毒物，歐陽鋒！咱倆殊途同歸，最後變成『哥兩好』啦！」說著撲上前去，緊緊抱住了歐陽鋒。楊過大驚，只道他要傷害義父，忙拉他背心，可是他抱得甚緊，竟拉之不動。

歐陽鋒已然神衰力竭，突然間迴光反照，心中斗然如一片明鏡，數十年來往事歷歷，盡數如在目前，也即哈哈大笑。

兩個白髮老頭抱在一起，縱聲大笑。笑了一會，聲音越來越低，突然間笑聲頓歇，兩人一動也不動了。

楊過大驚，連叫：「爸爸，老前輩！」竟無一人答應。他伸手去拉洪七公手臂，一拉而倒，竟已死去。楊過驚駭不已，俯身看歐陽鋒時，竟也已沒了氣息。二人笑聲雖歇，臉上卻猶帶笑容，山谷間兀自隱隱傳來二人大笑的回聲。

北丐西毒數十年來反覆惡鬥，互不相下，豈知竟同時在華山絕頂逝世。兩人畢生怨憤糾結，臨死之際卻相抱大笑。數十年的深仇大恨，一笑而罷！

楊過霎時間又驚又悲，沒了主意，心想洪七公曾假死三日三夜，莫非二老又是假死？但瞧這情形卻確實不像，心想：「或許他們死了一會，又會復活。兩位老人家武功這樣高，身子骨也未衰朽，不會就死的。或許他們又在比賽，瞧誰假死得久些。」

他在兩人屍身旁直守了七日七夜，每過一日，指望便少了一分，但見兩屍臉上變色，出現黑斑，才知當眞死去，當下大哭一場，在洞側並排挖了兩個坑，將兩位武林奇人葬了。洪七公的酒葫蘆，以及兩人用以比武的棍棒也都一起埋入。見二老當日惡鬥時在雪中踏出的足印都已結成了堅冰，足印猶在，軀體卻已沒入黃土。楊過踏在足印之中，回思當日情景，不禁又自傷心。再想如二老這般驚世駭俗的武功，到頭來卻要我這不齒於人的小子掩埋，甚麼榮名，甚麼威風，也不過是大夢一場罷了。

他欽服二老武功神妙，葬罷二老後，回思二人諸般奇招神功，一招招的試演習練，在巖洞中又多躭了二十餘天，直把二人的高明武功盡數記在心中，試招無誤，但二老的高明內功卻無法照學，也只得罷了。在二老墓前恭恭敬敬的磕了八個頭，這才離去，心想：「義父雖然了得，終究遜於洪老前輩一籌。那打狗棒法的最後一招『天下無狗』精妙無比，義父必得苦思一夜方能拆解，雖然義父的解法也極精妙，但若當眞對敵，那容他有細細凝思琢磨的餘裕？當場便即輸了。」嘆息了一陣，覓路往山下而去。

下山後仍信步而行，心想大地茫茫，就只我孤身一人，任得我四海飄零，待得壽數盡了，隨處躺下也就死了。上山時自傷遭人輕賤，滿腔怨憤。下山時卻覺世事只如浮雲，別人看重也好，輕視也好，於我又有甚麼相干。小小年紀，竟然憤世嫉俗、玩世不恭起來。連對小龍女的刻骨相思，竟似也淡了幾分。

不一日來到豫南一處荒野之地，放眼望去，盡是枯樹敗草，朔風肅殺，吹得長草起伏不定，突然間西邊蹄聲隱隱，煙霧揚起，過不多時，數十匹野馬狂奔而東，在里許之外掠過。眼見衆野馬放馳荒原，自由自在，楊過不自禁的也感心曠神怡，極目平野，奔馬遠去，只覺天地正寬，無拘無礙，正得意間，忽聽身後有馬發聲悲嘶。

轉過身來，只見一匹黃毛瘦馬拖著一車山柴，沿大路緩緩走來，想是那馬眼見同類有馳騁山野之樂，自己卻勞神苦役，致發悲鳴。那馬只瘦得胸口肋骨高高凸起，四條長腿肌肉盡消，宛似枯柴，毛皮零零落落，生滿了癩子，滿身泥污雜著無數血漬斑斑的鞭傷。一名莽漢坐在車上，嫌那馬走得慢，不住手的揮鞭抽打。

楊過受人欺侮多了，見這瘦馬如此苦楚，這一鞭鞭猶如打在自己身上一般，胸口一酸，淚水幾乎欲奪目而出，雙手叉腰，站在路中，怒喝：「兀那漢子，你鞭打這馬幹麼？」那莽漢見一個衣衫襤褸、化子模樣的少年攔路，舉起馬鞭喝道：「快讓路，不要小命了麼？」說著鞭子揮落，又重重打在馬背上。楊過大怒，叫道：「你再打馬，我殺了你！」那莽漢哈哈大笑，揮鞭往楊過頭上抽來。

楊過夾手奪過，倒轉馬鞭，吧的一聲，揮鞭在空中打了個圈子，捲住了莽漢頭頸，一扯便拉下馬來，夾頭夾臉的抽打了他一頓。那瘦馬模樣雖醜，卻似甚有靈性，見莽漢遭打，縱聲歡嘶，伸頭過來在楊過腿上挨挨擦擦，甚是親熱。楊過拉斷了牠拉車的挽索，拍拍馬背，指著遠處馬羣奔過後所留下的煙塵，說道：「你自己去罷，再也沒人欺侮你了。」

那馬前足人立，長嘶一聲，向前直奔。但這馬身子虛弱，又挨餓久了，突然疾馳，便即脫力，只奔出十餘丈，前腿一軟，跪倒在地。楊過見著不忍，跑過去托住馬腹，喝一聲：「起！」將馬托起。那莽漢見他如此神力，只嚇得連大車山柴也不敢要了，爬起身來，撒腿就跑，直奔到半里之外，這才大叫：「有強人哪！搶馬哪！搶柴哪！」

楊過覺得好笑，扯了些青草餵那瘦馬。眼見此馬遭逢坎坷，不禁大起同病相憐之心，撫著馬背說：「馬啊，馬啊，以後你隨著我便了。」牽著轠繩慢慢走到市鎮，買些料豆麥子餵馬吃了個飽。第二日見瘦馬精神健旺，這才騎了緩緩而行。

這匹癩馬初時腳步蹣跚，不是失蹄，就是打蹶，那知越走越好，七八日後食料充足、精力充沛，竟步履如飛。楊過說不出的歡喜，加意餵養。

這一日他在一家小酒店中打尖，那癩馬忽然踱到桌旁，望著鄰座的一碗酒不住嗚嘶，似欲喝酒。楊過好奇心起，叫酒保取過一大碗酒來，放在桌上，在馬頭上撫摸幾下。那馬一口就將一碗酒喝乾了，揚尾踏足，甚是喜悅。楊過覺得有趣，又叫取酒，那馬一連喝了十餘碗，興猶未盡。楊過再叫取酒時，酒保見他衣衫破爛，怕他無錢會鈔，推說沒酒了。

飯後上馬，癩馬乘著酒意，洒開大步，奔馳得猶如顚了一般，道旁樹木紛紛倒退，迅捷無比。不過尋常駿馬奔馳時又穩又快，這癩馬快是快了，身軀卻忽高忽低，顚簸起伏，若非楊過一身極高的輕功，卻也騎牠不得。這馬更有一般怪處，只要見到道上有牲口在前，非發足超越不可，不論牛馬騾驢，總要趕過了頭方肯罷休，如遇快馬，超趕時更如捨命相拚一般，風馳電掣，不勝不休。而牠腳力也眞了得，不論如何快馬，牠必能勝過。這副逞強好勝的脾氣，似因生平受盡欺辱而來。楊過心想這匹千里良駒屈於村夫之手，風塵困頓，鬱鬱半生，此時忽得一展駿足，自是要飛揚奔騰了。

這副劣脾氣倒與他甚是相投，一人一馬，居然便成了好友一般。他本來情懷鬱悶，途中調馬爲樂，究是少年心性，沒幾日便開心起來。自此一路向南，來到淮水之畔。沿路想起調笑陸無雙、戲弄李莫愁師徒之事，在馬上不自禁的好笑。想起小龍女不知身在何處，何日再得和她相會，卻又百轉腸迴，相思纏心。

這一日行到正午，一路上不斷遇見化子，瞧那些人的模樣，不少都身負武功，心下琢磨：「難道媳婦兒和丐幫的糾葛尙未了結？又莫非丐幫大集人衆，要跟李莫愁一決雌雄？這熱鬧倒不可不看。」他對丐幫本來無甚好感，但因欽服洪七公，不自禁對丐幫有了親近之意，心想這些叫化子只要不是跟陸無雙爲難，不妨就告知他們洪七公逝世的訊息。又行一陣，見路上化子越來越多。衆化子見了楊過，都微感詫異，他衣衫打扮和化子無異，但丐幫幫衆若非當眞事在緊急，決不騎馬。楊過也不理會，按轡徐行。

行到申牌時分，忽聽空中鵰鳴啾啾，兩頭白鵰飛掠而過，向前撲了下去。只聽得一個化子說道：「黃幫主到啦，今晚九成要聚會。」又一個化子道：「不知郭大俠來是不來？」第一個化子道：「他夫婦倆秤不離鉈，鉈不離秤……」瞥眼見楊過勒定了馬聽他們說話，向他瞪了一眼，便住口不說了。

楊過聽到郭靖與黃蓉的名字，微微一驚，隨即心下冷笑：「從前我在你家吃閒飯，給你們輕賤戲弄，那時我年幼無能，吃了不少苦頭。此刻我以天下爲家，還倚靠你們甚麼？」心念一轉：「我不如裝作潦倒不堪，前去投靠，且瞧他們如何待我。」

於是尋了個僻靜所在，將頭髮扯得稀亂，在左眼上重重打了一拳，面頰上抓了幾把，左眼登時青腫，臉上多了幾條血痕。他本就衣衫不整，這時更把衣褲再撕得七零八落，在泥塵中打了幾個滾，配上這匹滿身癩瘡的醜馬，果然是一副窮途末路、奄奄欲斃的模樣。裝扮已畢，一蹺一拐的回到大路，馬也不騎了，隨著眾化子而行。他不牽馬韁，那醜馬自行跟在他身後。丐幫中有人打切口問他是否去參與大宴，楊過不懂切口，瞪目不答，只混在化子羣中，忽前忽後的走著。

一行人迤邐而行，天色將暮，來到一座破舊的大廟前。見兩頭白鵰棲息在廟前一株大松樹上。武氏兄弟一個手托盤子，另一個在盤中抓起肉塊，拋上去餵鵰。日前他哥兒倆與郭芙合鬥李莫愁，楊過也曾在旁打量，當時一直凝神瞧著郭芙，對二人不十分在意，此時斜目而觀，見武敦儒神色剽悍，舉手投足之間精神十足，武修文輕捷靈動，東奔西走，沒一刻安靜。武敦儒身穿紫醬色繭綢袍子，武修文穿寶藍色山東大綢袍子，腰間都束著繡花錦緞英雄絛，果然是英雄年少，人才出眾。

楊過上前打了個躬，結結巴巴的道：「兩……兩位武兄請了，別來……別來安好。」這時廟前廟後都聚滿了乞丐，個個鶉衣百結，楊過雖灰塵撲面，混在眾丐之中也並不顯得刺眼。武敦儒還了一禮，向楊過上下一瞧，卻認他不出，說道：「恕小弟眼拙，尊兄是誰？」楊過道：「賤名不足掛齒，小弟……小弟想求見黃幫主。」

武敦儒聽他的聲音有些熟悉，正要查問，忽聽得廟門口一個銀鈴似的聲音叫道：「大武哥哥，我叫你給我買根軟些兒的馬鞭，可買到了沒有？」武敦儒忙撇下楊過，迎了上去，說道：「早買到了，你試試，可趁不趁手？」說著從腰帶上抽出一根馬鞭。

楊過轉過頭來，只見一個少女穿著淡綠衫子，從廟裏快步而出，她雙眉彎彎，小小的鼻子微微上翹，臉如白玉，顏若朝華，正是郭芙。她服飾打扮也不如何華貴，只項頸中掛了一串明珠，發出淡淡光暈，映得她更如粉裝玉琢一般。楊過只向她瞧了一眼，不由得自慚形穢，便轉過了頭不看。武修文也即搶上，哥兒倆盡力巴結。

武敦儒跟郭芙說了一會話，記起了楊過，轉頭問道：「你是來赴英雄宴的罷？」楊過也不知英雄宴是甚麼，順口應了一聲。武敦儒向一名化子招招手，道：「你接待這位朋友，明兒招呼他上大勝關去。」說著自顧和郭芙說話，再也不去理他。

那化子答應了，過來招呼，請教姓名。楊過照實說了。他原是無名之輩，那化子自然沒聽見過他的姓名，也不在意。那化子自稱姓王行十三，是丐幫中的二袋弟子，問道：「楊兄從何處來？」楊過道：「從陝西來。」王十三道：「咦，楊兄是全眞派門下的了？」楊過聽到「全眞派」三字就頭痛，忙搖頭道：「不是。」王十三道：「楊兄的英雄帖定是帶在身邊了？」楊過一怔，道：「小弟落拓江湖，怎稱得上是甚麼英雄？只是先前跟貴幫黃幫主見過一面，特來求見，想告借些盤纏還鄉。」王十三眉頭一皺，沉吟半晌，道：「黃幫主正在接待天下英雄，只怕沒空見你。」楊過此次原是特意要裝得寒酸，對方愈輕視，他愈得意，於是更加可憐巴巴的求懇。

丐幫幫眾皆出身貧苦，向來扶危解困，決不輕賤窮人。王十三聽他說得哀苦，道：「楊兄弟，你先飽餐一頓，明日咱們去大勝關。我給你回稟長老，轉稟幫主，瞧她老人家怎麼吩咐，好不好？」王十三本來叫他楊兄，現下聽他說不是英雄宴上之人，自己年紀比他大，就改口稱楊兄弟了。楊過連聲稱謝。王十三邀他進廟，捧出飯菜饗客。丐幫此時污衣派得勢，本幫即使逢到喜慶大典，也先要把鷄魚牛羊弄得稀爛，好似殘羹賸肴一般才吃，以示決不忘本，招待客人的卻是完整酒飯。

楊過正吃之間，眼前斗然一亮，只見郭芙笑語盈盈，飄然進殿，武氏兄弟分侍左右。只聽武修文道：「好，咱們今晚夜行，連夜趕到大勝關。我去把你紅馬牽出來。」三人自顧說話，對坐在地下吃飯的楊過眼角也沒瞥上一眼。三人走進後院取了包裹兵刃，出了破廟，但聽得蹄聲雜沓，已上馬去了。楊過的一雙筷子揷在飯碗之中，聽著蹄聲隱隱遠去，心中百感交集，也不知是愁是恨？是怒是悲？

次日王十三招呼他一同上道。沿途除了丐幫幫眾，另有不少武林人物，或乘馬，或步行，想來都是赴英雄宴去的。楊過不知那英雄宴、英雄帖是甚麼東西，料想王十三也不肯說，當下假痴假呆，只管扮苦裝傻。

傍晚時分來到大勝關。那大勝關是豫鄂之間的要隘，地佔形勢，市肆卻不繁盛，自此以北便是蒙古兵所佔之地了。王十三引著楊過越過市鎮，又行了七八里地，見前面數百株古槐圍繞著一座大莊院，不少英豪之士都向莊院走去。莊內房屋接著房屋，重重疊疊，一時也瞧不清那許多，看來便接待數千賓客也綽綽有餘。

王十三在丐幫只是個低輩弟子，知幫主此時正有要務忙碌，那敢去稟告借盤纏這等小事？安排了楊過的住處，自和朋友說話去了。

楊過見莊子氣派甚大，眾莊丁來去待客，川流不息，暗暗納罕，不知主人是誰，何以有這等聲勢？忽聽得砰砰砰放了三聲號銃，鼓樂手奏起樂來。有人說道：「莊主夫婦親自迎客，咱們瞧瞧去，不知是那位英雄到了？」但見知客、莊丁兩行排開。眾人都讓在兩旁。大廳屏風後並肩走出一男一女，都四十左右年紀，男的身穿錦袍，頦留微鬚，器宇軒昂，頗見威嚴；女的皮膚白皙，斯斯文文的似是個貴婦。眾賓客悄悄議論：「陸莊主和陸夫人親自出去迎接大賓。」

兩人之後又是一對夫婦，楊過眼見之下心中一凜，不禁臉上發熱，那正是郭靖、黃蓉夫婦。數年不見，郭靖氣度更見沉著，黃蓉臉露微笑，渾不減昔日端麗。楊過心想：「原來郭伯母竟這般美貌，小時候我卻不覺得。」郭靖身穿粗布長袍，黃蓉是淡紫的綢衫，她是丐幫幫主，只得在衫上不當眼處打上幾個補釘了事。靖蓉身後是郭芙與武氏兄弟。此時大廳上點起無數明晃晃紅燭，燭光照映，但見男的英俊雄偉，女的俏美嬌艷。眾賓客指指點點：「這位是郭大俠，這位是黃幫主郭夫人。」「這個花朵般的閨女是誰？」「是郭大俠夫婦的女兒。」「那兩個少年是他們的兒子？」「不是，是徒兒。」

楊過不願在人衆之間與郭靖夫婦會面，縮在一個高大漢子身後向外觀看，鼓樂聲中外面進來了四個道人。楊過眼見之下，不由得怒從心起，當先是個白髮白眉的老道，滿臉紫氣，正是全眞七子之一的廣寧子郝大通，其後是個灰白頭髮的老道姑，楊過未曾見過。後面並肩而入兩個中年道人，一是趙志敬，一是甄志丙。

陸莊主夫婦齊肩拜了下去，向那老道姑口稱師父，接著郭靖夫婦、郭芙、武氏兄弟等一一上前見禮。楊過聽得人叢中一個老者悄悄向人說道：「這位老道姑是全眞教的女劍俠，姓孫名不二。」那人道：「啊，那就是名聞大江南北的清淨散人了。」那老者道：「正是。她是陸夫人的師父。陸莊主的武藝卻非她所傳。」

陸莊主雙名冠英，他父親陸乘風是黃蓉之父黃藥師的弟子，算起來他比郭靖、黃蓉低著一輩。陸冠英的夫人程瑤迦是孫不二的弟子。他夫婦倆本居太湖歸雲莊，後來莊子給歐陽鋒一把火燒成白地，陸乘風一怒之下，叫兒子也不再做太湖羣盜的頭腦了，攜家北上，定居在大勝關。陸乘風中年早逝。當年程瑤迦未嫁時曾遭遇危難，得郭靖、黃蓉及丐幫中人相救，是以對丐幫一直感恩。這時丐幫廣撒英雄帖招集天下英雄，陸冠英夫婦富於家財，便一力承擔，將英雄宴設在陸家莊中。

郭靖等敬禮已畢，陪著郝大通、孫不二走向大廳，要與衆英雄引見。郝大通捋著鬍鬚說道：「馬劉丘王四位師兄接到黃幫主的英雄帖，都說該當奉召，但馬師兄近來身子不適，劉師兄、丘師兄他們助他運功醫治，難以分身，只有向黃幫主告罪了。」黃蓉道：「好說，好說。幾位前輩太客氣了。」她雖年輕，然是天下第一大幫的幫主，郝大通等自對她極爲尊重。郭靖與甄志丙的師弟尹志平少年時即相識，與甄志丙也曾會過面。郭靖探詢馬鈺病況，得知是老年人的常病，便即放心。

大廳上筵席開處，人聲鼎沸，燭光映紅，一派熱鬧氣象。甄志丙東張西望，似在人叢中尋覓甚麼人。趙志敬微微冷笑，低聲道：「甄師弟，龍家那位不知會不會賞光？」甄志丙臉上變色，並不答話。郭靖不知他們說的是小龍女，接口道：「那一位姓龍的英雄？是兩位師兄的朋友麼？」趙志敬道：「是甄師弟的好友，貧道是不敢接交的。」

突然之間，甄志丙在人叢中見到楊過，全身一震，如中雷轟電擊，他只道楊過既然在此，小龍女也必到了。趙志敬順著他眼光瞧去，霎時間臉色大變，怒道：「楊過！是楊過！這……這小……也來了！」

郭靖聽到「楊過」兩字，忙轉頭瞧去。他二人別離數年，楊過人已長大，又裝得落魄潦倒，郭靖本來未必相識，聽了趙志敬的呼聲，登時便認出了，又驚又喜，快步搶過去抓住了他手，歡然道：「過兒，你也來啦？我只怕荒廢了你功課，沒邀你來。你師父帶了你來，真再好也沒有了。」楊過反出重陽宮，全眞教上下均引爲本教之恥，誰也不向外洩漏絲毫，郭靖在桃花島上一直未知。郭靖對他常自掛念，生怕全眞教衆道多心，便沒去探望，也沒派人查詢，此刻相會，心下甚喜。

趙志敬此番來參與英雄宴，便是要向郭靖說知此事，不料竟與楊過相遇。他生怕郭靖聽了楊過一面之詞，先入爲主，此時聽他如此說，才知二人也是初遇，當下臉色鐵青，抬頭望天，說道：「貧道何德何能，那敢做楊爺的師父？」郭靖大吃一驚，忙問：「趙師兄何出此言？敢是小孩兒不聽教訓麼？」趙志敬見大廳上諸路英雄畢集，提起此事，勢必與楊過爭吵，全眞派臉上無光，只嘿嘿冷笑，不再言語。

郭靖端詳楊過，但見他目腫鼻青，臉上絲絲血痕，衣服破爛，泥污滿身，顯是吃了不少苦頭，心中難受，雙臂將他摟在懷裏。楊過一給他抱住，立時全身暗運內功，護住要害。然郭靖乃對他愛憐，那有絲毫相害之意，伸手給他輕擦臉上泥污，向黃蓉叫道：「蓉兒，你瞧是誰來著？」黃蓉見到楊過，也是一怔。她可沒郭靖這般歡喜，只淡淡的道：「好啊，你也來啦。」

楊過從郭靖懷抱中輕輕掙脫，說道：「我身上髒，莫弄污了你老人家衣服。」這兩句話甚是冷淡，語氣中頗含譏刺。郭靖微感難過，隨即心想：「這孩子沒爹沒娘，瞧來他師父也不疼他。」攜著他手，要他和自己坐在一桌。楊過本來給分派在大廳角落裏的偏席上，跟最不相干之人共座，冷冷的道：「我坐在那邊就是，郭伯伯你去陪貴客罷。」郭靖也覺尊客甚多，不便冷落旁人，輕輕拍了拍他肩膀，回到主賓席上敬酒。

三巡酒罷，黃蓉站起來朗聲說道：「明日是英雄大宴的正日。尚有好幾路的英雄好漢此刻尚未到來。今晚請各位放懷暢飲，不醉不休，咱們明天再說正事。」衆英雄轟然稱是。筵席上肉如山積，酒似溪流，羣豪或猜枚鬥飲，或說故敘舊。陸冠英在太湖統率羣盜時積儲甚富，他生性豪闊，這日陸家莊上也不知放翻了多少頭豬羊、斟乾了多少罈美酒。

酒飯已罷，衆莊丁接待諸路好漢，分房安息。

趙志敬悄聲向郝大通稟告幾句，郝大通點點頭。趙志敬站起身來向郭靖一拱手，說道：「郭大俠，貧道有負重託，實在慚愧得緊，今日負荊請罪來啦。」

郭靖急忙回禮，說道：「趙師兄過謙了。咱們借一步到書房中說話。小孩兒家得罪趙師兄，小弟定當重重責罰，好教趙師兄消氣。」他這幾句話朗聲而說，楊過和他相隔雖遠，卻也聽得淸淸楚楚，心下計議早定：「他只要罵我一句，我起身就走，永不再見他面。他如打我，我瞧在他前時對我親厚的份上，我也就不還手。他要打得狠了，最多不過將我殺了，也沒甚麼大不了。姑姑日後知道，也不知會不會爲我傷心。」他面臨生死關頭，第一件事便是想到小龍女。心中有了這番打算，便即坦然，已不如初見趙志敬之驚懼，見郭靖向他招手，就過去跟在他身後。

郭芙與武氏兄弟在另一桌喝酒，初時對楊過已不識得，後來經父母相認，才記起原來是兒時在桃花島上的舊伴。各人相隔已久，少年人相貌變化最大，數月不見即有不同，何況一別數年，又何況楊過故意扮成窮困落魄之狀，混在數百人之中，郭芙自然不識了。她見楊過回來，不禁心中怦然而動，回想當年在桃花島上爭鬥吵鬧，不知他是否還記昔時之恨？眼見他這副困頓情狀，與武氏兄弟丰神雋朗的形貌實有天淵之別，不由得隱隱起了憐憫之心，低聲向武敦儒道：「爹爹送他到全真派去學藝，不知學得比咱們怎樣？」武敦儒還未回答，武修文接口道：「師父武功天下無敵，他怎能跟咱們比？」郭芙點了點頭，道：「他從前根基不好，想來難有甚麼進境，卻怎地又弄成這副狼狽模樣？」武修文道：「那幾個老道跟他直瞪眼，便似要吞了他一般。這小子脾氣劣得緊，定又闖了甚麼大禍。」

三人悄悄議論了一會，聽得郭靖邀郝大通等到書房說話，又說要重責楊過，郭芙好奇心起，道：「快，咱們搶先到書房埋伏，去聽他們說些甚麼。」武敦儒怕師父責罵，不敢答應。武修文卻連聲叫好，搶在頭裏。郭芙右足一頓，微現怒色，向武敦儒道：「你就是不聽我話。」武敦儒見了她這副口角生嗔、眉目含笑的美態，心中怦的一跳，再也違抗不得，當即跟她急步而行。

三人剛在書架後面躲好，郭靖、黃蓉已引著郝大通、孫不二、甄志丙、趙志敬四人走進書房，雙方分賓主坐下。楊過跟著進來，站立一旁。

郭靖道：「過兒，你也坐罷！」楊過搖頭道：「我不坐。」面對著武林中的六位高手，他縱然大膽，到這時也不自禁的惴惴不安。

郭靖向來把楊過當作自己嫡親子姪一般，對全眞七子又十分敬重，心想也不必問甚麼是非曲直，定然做小輩的不是，板起臉向楊過道：「小孩兒這等大膽，竟敢不敬師父。快向兩位師叔祖、師父、師叔磕頭請罪。」其時君臣、父子、師徒之間的名分要緊之極，所謂君要臣死，不敢不死；父要子亡，不敢不亡；而武林中師徒尊卑之分，亦不容有半分差池。不論是武林或儒林，還是常人家庭，師父即等同於父親，尊師孝父，乃天經地義。郭靖生性嚴厲古板，如此訓斥，實爲憐他孤苦，語氣已溫和到了萬分，換作別人，早已「小畜生、小雜種」的亂罵，拳頭板子夾頭夾臉的打下去了。

趙志敬霍地站起，冷笑道：「貧道怎敢妄居楊爺的師尊？郭大俠，你別出言譏刺。我們全眞教並沒得罪您郭大俠，何必當面損人？楊大爺，小道士給您老人家磕頭賠禮，算是我瞎了眼珠，不識得英雄好漢……」

靖蓉夫婦見他神色大變，越說越怒，都詫異之極，心想徒弟犯了過失，師父打罵責罰也屬常事，何必如此大失體統？黃蓉料知楊過所犯之事定然重大異常，見郭靖給他一頓發作，做聲不得，緩緩道：「我們給趙師兄添麻煩，當眞過意不去。趙師兄也不須發怒，這孩子怎生得罪了師父，請坐下細談。」

趙志敬大聲道：「我趙志敬這一點點臭把式，怎配做人家師父？豈不讓天下好漢笑掉了牙齒？可不是要我好看嗎？」

黃蓉秀眉微蹙，心感不滿。她與全眞教本沒多大交情，當年全眞七子曾擺天罡北斗陣圍攻她父親黃藥師，丘處機又曾堅欲以穆念慈許配給郭靖，都曾令她大爲不快，雖事過境遷，早已不介於懷，但此時趙志敬在她面前大聲叫嚷，出言挺撞，未免太過無禮。

郝大通和孫不二雖覺難怪趙志敬生氣，然如此暴躁吵鬧，實非出家人本色。孫不二道：「志敬，好好跟郭大俠和黃幫主說個明白。你這般暴躁，成甚麼樣子？咱們修道人修的是甚麼道？」孫不二雖是女流，但性子嚴峻，衆小輩都對她極爲敬畏，她這麼緩緩的說了幾句，趙志敬當即不敢再嚷，連稱：「是，師叔。是。」退回座位。

郭靖道：「過兒，你瞧你師父對長輩多有規矩，你怎不學個榜樣？」趙志敬又待說「我不是他師父」，望了孫不二一眼，便強行忍住。

楊過大聲道：「他不是我師父！」

此言一出，郭靖、黃蓉固然大吃一驚，躲在書架後偷聽的郭芙及武氏兄弟也詫異無比。武林中師徒之分何等嚴明，常言道：「一日爲師，終身爲父。」郭靖自幼由江南七怪撫育成人，又由洪七公傳授武藝，師恩深重，自幼便深信尊師之道實爲天經地義，豈知楊過竟敢公然不認師父，說出這般忤逆的話來？他霍地立起，指著楊過，顫聲道：「你……你……你說甚麼？」他拙於言辭，不會罵人，但臉色鐵青，卻已怒到了極點。

黃蓉平素極少見他如此氣惱，低聲勸道：「靖哥哥，這孩子本性不好，犯不著爲他生氣。」

楊過本來心感害怕，這時見連本來疼愛自己的郭伯伯也如此疾言厲色，把心橫了，暗想：「除死無大事，就算你們合力打死了我，那又怎樣？」朗聲說道：「我本性原來不好，可也沒求你們傳授武藝。你們都是武林中大有來頭的人物，何必使詭計損我一個沒爹沒娘的孩子？」他說到「沒爹沒娘」四字，自傷身世，眼圈微微一紅，隨即咬住下唇，心道：「今日就是死了，我也不流半滴眼淚。」

郭靖怒道：「你郭伯母和你師父……好心……好心傳你武藝，都是瞧著我和你過世爹爹的交情份上，誰又使……又使甚麼詭計了？誰……誰……又來損……損你了？」他本就不會說話，盛怒之下更加結結巴巴。

楊過見他急了，更加慢慢說話：「你郭伯伯待我很好，我永遠不會忘記。」

黃蓉緩緩的道：「郭伯母自然虧待你了。你愛一生記恨，那也由得你。」

楊過到此地步，索性侃侃而言，說道：「郭伯母沒待我好，可也沒虧待我。你說傳授武藝，其實是教我讀書，你傳過我一分半分武功麼？」郭靖聽了，心道：「原來蓉兒沒傳他武功。」只聽楊過續道：「但讀書也是好事，小姪總是多認得了幾個字，聽你講了許多古人之事。我還是要多謝您。可是這幾個老道……」他手指郝大通和趙志敬，恨恨的道：「總有一日，我要報那血海深仇。」

郭靖大驚，忙問：「甚……甚麼？甚麼血海……這……這從那裏說起？」

楊過道：「這姓趙的道人自稱是我師父，不傳我絲毫武藝，那也罷了，他卻叫好多小道士來打我。郭伯伯與郭伯母你們兩位既沒教我武功，全眞教又不教，我自然只有挨打的份兒。還有這姓郝的，見到一位婆婆愛憐我，他卻把人家活活打死了。姓郝的臭道士，你說我這話是眞是假？你把一個赤手空拳的六七十歲婆婆打得嘔血身亡，你全眞教算是行俠仗義的正經教派，還是行兇作惡、殺害老弱的邪教？郝大通，咱們這就到大廳去，請天下英雄評評這個理，你敢不敢去？你不敢去，便是妖道奸人，你全眞教上上下下，便都是無恥惡棍！」想到孫婆婆爲己而死，咬牙切齒，撲上去要跟郝大通拚命。

郝大通是全眞教高士，道學武功，俱已修到甚高境界，易理精湛，全眞教中更無出其右，只因一個失手誤殺了孫婆婆，數年來一直鬱鬱不樂，引爲生平恨事。全眞七子生平殺人不少，但所殺的盡是奸惡之徒，從來不傷無辜。此時聽楊過當衆直斥，不由得臉如死灰，當日一掌打得孫婆婆狂噴鮮血的情景，又淸淸楚楚的現在眼前。他身上不帶兵刃，當下伸出左手，從趙志敬腰裏拔出長劍。

衆人只道他要劍刺楊過，郭靖踏上一步，欲待相護，不料他倒轉長劍，劍柄遞向楊過，說道：「不錯，我殺錯了人。你跟孫婆婆報仇罷，我決不還手就是。」衆人見他如此，無不大為驚訝。郭靖生怕楊過接劍傷人，叫道：「過兒，不得無禮。」

楊過知道在郭靖、黃蓉面前，決計難報此仇，朗聲說道：「你明知郭伯伯定然不許我動手，卻來顯這般大方勁兒。你眞要我殺你，幹麼又不在無人之處遞劍給我？郝大通，你這無恥兇徒、妖道惡棍，這場血仇，我遲早要報。你殺了孫婆婆，瞧你全眞教是不是恃強行兇、殺害孤寡婦孺的大惡徒？你不如連我也一起殺了滅口。」

郝大通是武林前輩，竟給這少年幾句話刺得無言可對，手中拿著長劍，遞出又不是，縮回又不是，手上運勁一抖，啪的一聲，長劍斷為兩截。他將斷劍往地下一丟，長嘆一聲，說道：「罷了，罷了！」大踏步走出書房。郭靖待要相留，卻見他頭也不回的去了。

郭靖看看楊過，又看看孫不二等三人，心想看來這孩子的說話並非虛假，過了半晌，說道：「怎麼全眞教的師父們不教你功夫？這幾年你在幹甚麼了？」問這兩句話時，口氣已和緩了許多。

楊過道：「郭伯伯上終南山之時，將重陽宮中數百個道士打得沒半分還手之力，就算馬劉丘王諸位眞人不介意，難道旁人也不記恨麼？他們不能欺你郭伯伯，難道不能在我這小小孩子身上出氣麼？他們恨不得打死我才痛快，又怎肯傳我武功？這幾年來我過的是暗無天日的日子，今日還能活著來見郭伯伯、郭伯母，當眞是老天爺有眼了。」他輕輕幾句話，將自己反出全眞教的起因盡數推在郭靖身上。所謂「暗無天日」云云，倒也不是說謊，他住在古墓之中，自是不見天日，郭靖聽來，憐惜之心不禁大盛。

趙志敬見郭靖倒有九成信了他的說話，著急起來，說道：「你……你……小雜種胡說八道……你……哼，我們全眞教光明磊落……那……那……」楊過怒道：「你罵我小雜種，你這豬狗不如的老雜種！你倒說一句眞心話，你有沒叫你的徒兒們來打我？」

郭靖只道楊過所言是實。黃蓉卻鑑貌辨色，見楊過眼珠滾動，滿臉伶俐機變的神色，心想：「這孩子狡猾得緊，其中定然有詐。」說道：「這樣說來，你一點武功也不會了？你在全眞教門下這幾年是白躭的了？」一面問一面慢慢站起，突然間手臂一長，揮掌往他天靈蓋直拍下去。

這一掌手指拍向腦門正中「百會穴」，手掌根拍向額頭入髮際一寸的「上星穴」，這兩大要穴俱是致命之處，只要爲重手拍中，立時斃命，無可挽救。郭靖大驚，叫得一聲：「蓉兒！」但黃蓉落手奇快，這一掌是她家傳的「桃華落英掌」，毫無先兆，手動掌至，郭靖待要相救，已自不及。

楊過身子微微向後一仰，要待避開，但黃蓉此時何等功夫，既然出手，那裏還能容他閃避，眼見手掌已拍上他腦門。楊過大驚之下，急忙伸手格架，腦中念頭急轉，右手微微一動，又即垂下。如郭靖這等武功高強而心智遲鈍之人，心中尚未明白，便已出手。楊過卻見事快極，心中立時想到：「郭伯母是試我功夫來著，要是我架了她這一掌，那就是自認撒謊。」但眼見黃蓉這一招實是極厲害的殺手，倘若她並非假意相試，自己不加招架，豈非枉自送了性命？在這電光石火般的一瞬之間，猛地激起了倔強狠烈、肆意妄為的性兒，心道：「死就死好了！」他此時武功雖未及黃蓉，但要伸手格開她這一掌卻也不難，可是竟甘冒生死大險，垂手不動。

黃蓉這一招果是試他武功，手掌拍到了他頭頂，卻不加勁，只見他臉現驚惶之色，既不伸手招架，更不暗運內功護住要穴，顯是絲毫不會武功的模樣，微微一笑，說道：「我不傳你武功，是為了你好。全眞派的道爺們想來和我心意相同。」回身入座，向郭靖低聲道：「他確沒學到全眞派武功。」

一言甫出，心中暗叫：「啊喲，不對！險些受了這小鬼之騙。」想起楊過在桃花島時曾以蛤蟆功震傷武修文，武功已有些根基，縱使這幾年沒半點進境，適才自己手掌拍上他腦門，無論如何定會招架，心道：「小子啊小子，你鬼聰明得過了頭，要是慌慌張張的格我一招，或許竟能給你騙過。現下你裝作一竅不通，卻露出破綻來了。」也不說破，心想且瞧你如何搗鬼再作計較。她向趙志敬望望，又向楊過瞧瞧，只是微笑。

趙志敬見黃蓉試了一招，楊過並不還手，又聽到她低聲向丈夫說的話，只道黃蓉已給他瞞過，那就更加顯得自己理虧，不由得怒火沖天，大聲道：「這小畜生詭計多端，黃幫主你試他不出，我來試試。」走到楊過面前，指著他鼻子道：「小畜生，你當眞不會武功麼？你如不接招，道爺手下可不會容情，是死是活，你自己走著瞧罷。」他知楊過的武功實在自己之上，但自己猛下殺手，卻要逼得他非顯露眞相不可，如仍然裝假，索性一招送了他性命，最多與郭靖夫婦翻臉，拚著受教主及師父重責便是。當眞怒從心上起，惡向膽邊生，心想：「你料定黃幫主不會傷你的性命，這才大著膽子、鬼模鬼樣的裝得好像。在我手下，瞧你敢不敢裝假？」袍袖一揮，便要動手。

郭靖叫道：「且慢！」只怕他傷了楊過性命，便要上前干預。黃蓉一拉他袖子，低聲道：「你別管。」她知趙志敬憤怒異常，出招必定沉重，楊過無法行險以圖僥倖，勢須還手，那時眞相便可大白了。郭靖怎知其中有這許多曲折，心下惴惴，但想妻子素來料事決無差失，也就不再說話，只踏上了一步，若當眞危險，出手相救也來得及。

趙志敬向孫不二、甄志丙二人說道：「孫師叔、甄師弟，這小畜生假裝不會武功，我是逼得無法，這才試他。倘若他硬挺到底，我一掌擊斃了他，請你們在掌教師伯、丘師伯和我師父面前作個見證。」

楊過反出全眞教的原委，孫不二自一淸二楚，見他此時憑著狡獪伎倆，擠得趙志敬下不了台，明明顯得全眞教理虧，又聽他口口聲聲辱罵全眞教，也盼趙志敬逼他現出本相，冷笑道：「這般毀師叛教逆徒，打殺了便是。」她是有道高人，豈能叫人妄開殺戒？這幾句話的用意實是威嚇楊過，要他不敢繼續裝假作僞。

趙志敬有師叔撐腰，膽子更加大了，提起右足，對準楊過小腹猛踢過去。這招「天山飛渡」剛中有柔，陽勁蘊蓄陰勁，著實厲害。但這一腳勁力雖強，卻並不深奧，乃全眞派武功入門第一課，出招平淡無奇，只要稍會武功，便能拆解。凡全眞教弟子第一天學武，就必先學「天山飛渡」，跟著就學「退馬勢」，那是避讓「天山飛渡」的一著，一攻一守，乃最簡易的套子。趙志敬使出這一招，是要使郭靖、黃蓉明白：「就算我沒傳他高深武功，難道這入門第一課也不教麼？」

楊過見他飛腿踢來，卻不使那「退馬勢」，叫聲：「啊喲！」左手下垂，擋住了小腹。趙志敬見他竟然大著膽子不閃不讓，這一腳也就不再容情，直踢過去，待得足尖與他小腹相距只餘三寸，燈光下猛見他左手大拇指微微翹起，對準了自己右足內踝的「大豁穴」。

這一腳若猛力踢去，足尖尚未及到對方身體，自己先已遭點中穴道，這一來不是對方伸手點穴，卻是自己將穴道湊到他指尖上去給他點了。他是全眞教第三代弟子中的第一高手，危急中立即變招，硬生生轉過出腳方向，右足從楊過身旁擦過，總算避開了這一點之厄，但身子已不免一晃，滿臉脹得通紅。

郭靖與黃蓉都在楊過身後，看不到他的手指，還道趙志敬腳下容情，在最後關頭轉了去勢。孫不二和甄志丙卻已看得清楚。甄志丙默不作聲。孫不二霍地站起，喝道：「好小子，這等奸猾！」

趙志敬左掌虛晃，右掌往楊過左頰斜劈下去，這一招「紫電穿雲」卻是極精妙的上乘招數，手掌到了中途，去向突換，明明劈向左頰，掌緣卻要斬在敵人右頸之中。豈知楊過早已將玉女心經練得滾瓜爛熟，這心經正是全眞武功的大對頭。王重陽每一招厲害的拳術掌法，當年林朝英無不擬具了巧妙破法。這時楊過見他左掌晃動，忙伸手抱頭，似乎極爲害怕，左手食指卻已暗藏右頸，卻以右掌在外遮掩，令趙志敬無法看到，待他掌緣斬至，突然右手微斜，波的一聲，左手食指正好點中他掌緣正中的「後溪穴」。

這一著仍是趙志敬自行將手掌送到他手指上去給他點穴，楊過不過料敵機先，將手指放在確當部位而已。趙志敬掌上穴道遭點，登時手臂酸麻，知中詭計，狂怒之下，左足橫掃而出，楊過大叫：「啊喲！」左臂微曲，將肘尖置於左腰上二寸五分之處。趙志敬左腳踢到，足踝上「照海」「太溪」二穴同時撞正楊過肘尖。他這一腳在大怒之中踢出，力道強勁已極，穴道受到的震盪便也十分厲害，左腿一麻，跪倒在地。

孫不二見師姪出醜，左臂探處，伸手挽起，在他背後拍了幾下，解開了穴道。楊過見這老道姑出手既準且快，武功遠勝趙志敬，心中也自忌憚，忙退在一旁。

孫不二雖修道多年，性子仍極剛強，見楊過的功夫奇詭無比，似乎正是本門武功的剋星，而且要顯得全然不會武功，卻將全眞派第三代弟子的第一高手制得一敗塗地，更加難得，自己出手也未必能勝，叫道：「走罷！」也不向郭黃二人道別，袍袖一拂，縱身從書房窗中撲出，逕自上了屋頂。

甄志丙一直猶似失魂落魄，要待向郭靖和黃蓉解釋原委，趙志敬怒道：「還說甚麼？」拉拉他袍袖，兩人先後躍出窗口，隨孫不二而去。

以郭靖黃蓉二人眼力，自知趙志敬給人點了穴道，但楊過明明並未伸手出指，難道另有高人暗中相助不成？

郭靖立即探頭到窗口張望，卻那裏有人？他只道趙志敬正要痛下殺手之際忽然不忍，或是忌了自己夫婦而不敢下手，又或因郝大通無理殺人，全眞教怕楊過到大廳上去宣揚其事，請衆評理，趙志敬因而假裝穴道受點，藉故離去。黃蓉卻看出必是楊過使了詭計，不過一來她在楊過背後，眼光再好也看不到他手指手肘的動靜，二來她不知世上有玉女心經這樣一門武功，竟能料敵機先，將全眞派武功剋制得沒絲毫還手之力，一時便也猜想不透。她可不會似郭靖這般君子之心度人，見全眞教四道拂袖逕去，大缺禮數，不禁恚怒。

她心下沉吟，回過身來，見書架下露出郭芙墨綠色的鞋子，當即叫道：「芙兒，在這兒幹甚麼？」郭芙嘻嘻一笑，出來扮個鬼臉，道：「我和武家哥哥在這兒找書看呢。」黃蓉知他們三人素來不親書籍，怎能今日忽然用功起來？一看女兒的臉色，料定他們必是事先躲著偷聽。正要斥罵幾句，丐幫弟子稟報有遠客到臨，黃蓉向楊過望了一眼，自與郭靖出去迎賓。

郭靖向武氏兄弟道：「楊家哥哥是你們小時同伴，你們好好招呼他。」

武氏兄弟從前和楊過不睦，此時見他如此潦倒，在全眞教中既沒學到半分武功，又讓師父「小畜生、小雜種」的亂罵，自更加輕視，叫來一名莊丁，命他招呼楊過，安置睡處。郭芙對楊過卻大感好奇，問道：「楊大哥，你師父幹麼不要你？」

楊過道：「那原因可就多啦。我又笨又懶，脾氣不好，又不會裝矮人侍候師父的親人，去給買馬鞭子、驢鞭子甚麼的……」

武氏兄弟聽得此言刺耳，都變了臉。武修文先就忍耐不住，喝道：「你說甚麼？」楊過道：「我說我不中用，討不到師父的歡心。」

郭芙嫣然一笑，說道：「你師父是道爺，難道也有女兒麼？」楊過見她這麼一笑，猶似一朵玫瑰花兒忽然開放，明媚嬌艷，心中不覺一動，臉上微微一紅，將頭轉了開去。郭芙自來將武氏兄弟擺布得團團亂轉，早已不當一回事，這時見到楊過的神色，知他已爲自己的美貌傾倒，暗自得意。

楊過眼望西首，見壁上掛著一副對聯，上聯是「桃華影落飛神劍」，下聯是「碧海潮生按玉簫」。這副對聯他在桃花島試劍亭中曾經見過，知是黃藥師所書，但此處的對聯下面署名卻是「五湖廢人病中塗鴉」。他年紀比眼前這三人大不了幾歲，閱歷心情，卻似老了十多年一般，看到「五湖廢人」四字，想起親人或死或離，自己東飄西泊，直與廢人無異，適才逼得趙志敬狼狽遁走的得意之情霎時盡消，一股淒苦蕭索之意襲上心來，不禁垂下了頭，暗自神傷。

郭芙低聲軟語：「楊大哥，你這就去安置罷，明兒我再找你說話。」

楊過淡淡的道：「好罷！」隨著那莊丁出了書房，隱約聽得郭芙在發作武氏兄弟：「我愛找他說話，你們又管得著了？他武功不好，我自會求爹爹教他。」

楊過道：「郭姑娘，請轉告你爹爹媽媽，說我走啦。」郭芙一驚，問道：「好端端的幹麼走了？」楊過淡淡的道：「也沒甚麼。我本不為甚麼而來，既然來過了，也就該去了。」

第十二回　英雄大宴

次日楊過在廳上用過早點，見郭芙在天井中伸手相招，武氏兄弟卻在旁探頭探腦。楊過暗暗好笑，向郭芙走去，問道：「你找我麼？」郭芙笑道：「是啊，你陪我到門外走走，我要問你這些年來在幹些甚麼。」楊過噓了口長氣，心想那真一言難盡，三日三夜也說不完，而且這些事又怎能跟你說？

二人並肩走出大門，楊過一側頭，見武氏兄弟遙遙跟隨在後。郭芙早已知道，卻假裝沒瞧見，只向楊過絮絮相詢。楊過詳說初入重陽宮時她父親如何打得羣道落花流水，他如何作弄鹿清篤，儘揀些沒要緊的閒事亂說一通，東拉西扯，惹得郭芙格格嬌笑。

二人緩步行到柳樹之下，忽聽得一聲長嘶，一匹癩皮瘦馬奔將過來，在楊過身上挨挨擦擦，甚是親熱。武氏兄弟見了這匹醜馬，忍不住哈哈大笑，走近二人身邊。武修文笑道：「楊兄，這匹千里寶馬妙得緊啊，虧你好本事覓來？幾時你也給我覓一匹。」武敦儒正色道：「這是大食國來的無價之寶，你怎買得起？」郭芙瞧瞧楊過，望望醜馬，見二者一般的骯髒潦倒，不由得格的一聲笑了出來。

楊過笑道：「我人醜馬也醜，原本相配。兩位武兄的坐騎，想來神駿得緊了。」武修文道：「咱哥兒倆的坐騎，也不過比你的癩皮馬好些。芙妹的紅馬才是寶馬呢。以前你在桃花島上早見過的。」楊過道：「原來郭伯伯將紅馬給了姑娘。」

四個人邊說邊走。郭芙忽然指著西首，說道：「瞧，我媽又傳棒法去啦。」楊過轉過頭來，只見黃蓉和一個年老乞丐正向山坳中並肩走去，兩人手中都提著一根桿棒。武修文道：「魯長老也真夠笨的了，這打狗棒法學了這麼久，還是沒學會。」楊過聽到「打狗棒法」四字，心中一凜，卻絲毫不動聲色，轉過頭來望著別處，假裝觀賞風景。

只聽郭芙道：「打狗棒法是丐幫的鎮幫之寶，我媽說這棒法神妙無比，乃天下兵刃中最厲害的招數，自不是十天半月就學得會的。你說他笨，你好聰明麼？」武敦儒嘆了口氣，道：「可惜除了丐幫幫主，這棒法不傳外人。」郭芙道：「將來如你做丐幫幫主，魯幫主自會傳你。這棒法連我爹爹也不會，你不用眼熱。」武敦儒道：「憑我這塊料兒，怎能做丐幫幫主？芙妹，你說師母怎會選中魯長老接替？」郭芙道：「這些年來，我媽也只掛個名兒。丐幫大大小小的事兒，一直就交給魯有腳長老辦著。我媽聽到丐幫中這許多囉哩囉唆的事兒就頭痛，她說何必老這樣有名無實，不如乾脆叫魯長老做了幫主。等魯長老學會打狗棒法，我媽就正式傳位給他啦。」

武修文道：「芙妹，這打狗棒法到底是怎樣打的？你見過沒有？」郭芙道：「我沒見過。咦，我見過的！」從地下撿起一根樹枝，在他肩頭輕擊一下，笑道：「就是這樣！」武修文大叫：「好，你當我是狗兒，你瞧我饒不饒你？」伸手作勢要去抓她。郭芙笑著逃開，武修文追了過去。兩人兜了個圈子又回到原地。

郭芙笑道：「小武哥哥，你別再鬧，我倒有個主意。」武修文道：「好，你說。」郭芙道：「咱們去偷著瞧瞧，看那打狗棒法究竟是個甚麼寶貝模樣。」武修文拍手叫好。武敦儒卻搖頭道：「要是給師母知覺咱們偷學棒法，定討一頓好罵。」郭芙慍道：「咱們只瞧個樣兒，又不是偷學。再說，這般神妙的武功，你偷瞧幾下就會了麼？大武哥哥，你可眞算了不起。」武敦儒給她一頓搶白，只微微一笑。郭芙又道：「昨兒咱們躲在書房裏偷聽，我媽罵了人沒有？你就是一股勁兒膽小。小武哥哥，咱們兩個去。」武敦儒道：「好，好，算你的道理對，我跟你去就是。」郭芙道：「這天下第一等的武功，難道你就不想瞧瞧？你不去也成，我學會了回來用這棒法打你。」說著舉起手中樹枝向他一揚。

他三人對打狗棒法早就甚是神往，耳聞其名已久，但到底是怎麼個樣兒，卻從來沒見過。郭靖曾跟他們講述，當年黃蓉在君山丐幫大會之中如何以打狗棒法力折羣雄、奪得幫主之位，三個孩子聽得欣慕無已。此刻郭芙倡議去見識見識，武敦儒嘴上反對，心中早就一百二十個的願意，只裝作勉爲其難，不過聽從郭芙的主意，萬一事發，師母須怪不到他。

郭芙道：「楊大哥，你也跟我們去罷。」楊過眺望遠山，似乎正涉遐思，全沒聽到他們的話。郭芙又叫了一遍，楊過才回過頭來，滿臉迷惘之色，問道：「好好，跟你去，到那裏啊？」郭芙道：「你別問，跟我來便是。」武敦儒道：「芙妹，要他去幹麼，他又看不懂，笨頭笨腦的弄出些聲音來，豈不教師母知覺了？」郭芙道：「你放心，我照顧著他就是了。你們兩個先去，我和楊大哥隨後再來。四個人一起走腳步聲太大。」

武氏兄弟老大不願，但素知郭芙的言語違拗不得。兄弟倆當下怏怏先行。郭芙叫道：「咱們繞近路先到那棵大樹上躲著，大家小心些別出聲，我媽不會知覺的。」武氏兄弟遙遙答應，加快腳步去了。

郭芙瞧瞧楊過，見他身上衣服委實破爛得厲害，說道：「回頭我要媽給你做幾件新衣，你打扮起來，就不會這般難看了。」楊過搖頭道：「我生來難看，打扮也沒用的。」

郭芙說過便算，也沒再將這事放在心上，瞧著武氏兄弟的背影，忽然輕輕嘆了口氣。楊過道：「你為甚麼嘆氣？」郭芙道：「我心裏煩得很，你不懂的。」

楊過見她臉色嬌紅，秀眉微蹙，確是個絕美的姑娘，比之陸無雙、完顏萍、耶律燕等還更美上三分，心中微微一動，說道：「我知道你為甚麼煩心。」郭芙笑道：「這又奇了，你怎會知道？眞胡說八道。」楊過道：「好，我如猜中了，你可不許抵賴。」

郭芙伸出一根白白嫩嫩的小手指抵著右頰，星眸閃動，嘴角蘊笑，道：「好，你猜。」楊過道：「那還不容易。武家哥兒倆都喜歡你，都討你好，你心中就難以取捨。」

郭芙給他說破心事，一顆心登時怦怦亂跳。這件事她知道、武氏兄弟知道、她父母知道，甚至師公柯鎮惡也知道，可是大家都覺得此事難以啓齒，每個人心裏常常想著，口中卻從來沒提過一句。此時斗然間給楊過說了出來，不由得她滿臉通紅，又高興，又難過，又想嘻笑，又想哭泣，淚珠兒在眼眶中滾來滾去。

楊過道：「大武哥哥穩重斯文，小武哥哥說話好聽。兩個兒都年少英俊，性子聰明，又都千依百順，向我大獻殷勤，當眞哥哥有哥哥的好，弟弟有弟弟的精，可是我一個兒，又怎能嫁兩個人？」郭芙怔怔的聽他說著，聽到最後一句，啐了一口，說道：「你滿嘴胡說，誰理你啦？」楊過瞧她神色，早知已全盤猜中，口中輕輕哼著小調兒：「可是我一個兒啊，又怎能嫁兩個人？」

他連哼幾句，郭芙始終心不在焉，似沒聽見，過了一會，才道：「楊大哥，你說是大武哥哥好呢，還是小武哥哥好？」這句話問得甚是突兀。她與楊過雖是兒時遊伴，但當時便有嫌隙，又多年未見，現下兩人都已長大，這般女兒家的心事怎能向他吐露？可是楊過生性活潑，只要不得罪他，他跟你嘻嘻哈哈，有說有笑，片刻間令人如坐春風，似飲美酒。況且郭芙心中不知已千百遍的想過此事，確然覺得二人各有好處，日常玩耍說笑，和武修文較爲投機相得，但要辦甚麼正事，卻又是武敦儒妥當得多。女孩兒情竇初開，平時對二人或嗔或怒，或喜或愁，將兄弟倆擺弄得神魂顚倒，在她內心，卻好生爲難，不知該對誰更好些才是。她沒人可以商量，這時楊過說中她的心事，竟不自禁的問出了口。

楊過笑道：「我瞧兩個都不好。」郭芙一怔，問道：「爲甚麼？」楊過笑道：「倘若他二人好了，我楊過還有指望麼？」他一路上對陸無雙嬉皮笑臉的胡鬧慣了，其實並非當眞有甚邪念，這時和郭芙說笑，竟又脫口而出。郭芙一呆，她是個嬌生慣養的姑娘，從來沒人敢對她說半句輕薄之言，當下不知該發怒還是不該，板起了臉，道：「你不說也就罷了，誰跟你說笑？」說著展開輕功，繞小路向山坳後奔去。

楊過碰了個釘子，覺得老大不是意思，心想：「我擠在他們三人中間幹麼？」轉過身來，緩緩而行，心想：「武家兄弟把這姑娘當作天仙一般，唯恐她不嫁自己。其實當眞娶到了，整天陪著這般嬌縱橫蠻的一個女子，定是苦頭多過樂趣，嘿，也眞好笑。」

郭芙奔了一陣，只道楊過定會跟來央求賠罪，不料立定稍候，竟沒他的人影。她心念一轉，暗道：「這人不會輕功，自然追我不上。」當即向來路趕回，只見他反而走遠，忙奔到他面前，問道：「你怎麼不來？」楊過道：「郭姑娘，請你轉告你爹爹媽媽，說我走啦。」郭芙一驚，道：「好端端的幹麼走了？」楊過淡淡一笑，道：「也沒甚麼，我本來不爲甚麼而來，既然來過了，也就該去了。」

郭芙素來喜歡熱鬧，雖然心中全然瞧不起楊過，只覺得聽他說笑，比之跟武氏兄弟說話另有一股新鮮味兒，實是一百個盼望他別走，說道：「楊大哥，咱們這麼久沒見，我有好多話要問你呢。再說，今晚開英雄大宴，各家各派的英雄好漢都來聚會，你怎不見識見識呢？」

楊過笑道：「我又不是英雄，也來與會，豈不教那些大英雄們笑話？」郭芙道：「那也說得是。」微一沉吟，道：「反正陸家莊不會武功之人也很多，你跟那些帳房先生、管家們一起喝酒吃飯，也就是了。」楊過一聽大怒，心想：「好哇，你將我當作低三下四之人看待了。」臉上絲毫不露氣惱之色，笑道：「那可不錯。」他本想一走了之，此時卻將心一橫，決意要做些事情來出一口惡氣。

郭芙自小嬌生慣養，不懂人情世故，她這幾句話其實並非有意相損，卻不知無意中已大大得罪了人。她見楊過回心轉意，笑道：「快走罷，別去得遲了，給媽先到，就偷看不到了。」她在前快步而行，楊過氣喘吁吁的跟著，落腳沉重，顯得十分的遲鈍笨拙。

好容易奔近黃蓉平時傳授魯有腳棒法之處，見武氏兄弟已爬在樹梢，四下張望。郭芙躍上樹枝，伸下手來拉楊過上去。楊過握著她溫軟如綿的小手，不由得心中一蕩，但隨即想起：「你便再美十倍，也怎及得上我姑姑半分？」

郭芙悄聲問道：「我媽還沒來麼？」武修文指著西首，低聲道：「魯長老在那裏舞棒弄棍，師母和師父走開說話去了。」郭芙生平就只怕父親一人，聽說他也來了，覺得有些不妥，但見魯有腳拿著一根竹棒，東邊一指，西邊一圈，毫無驚人之處，低聲道：「這就是打狗棒法麼？」武敦儒道：「多半是了。」

郭芙又看了幾招，但覺呆滯，不見奧妙，說道：「魯長老還沒學會，沒甚麼好看，咱們走罷。」楊過見魯長老所使的棒法，與洪七公當日在華山絕頂所傳果然分毫不錯，暗暗冷笑：「小女孩兒甚麼也不懂，偏會口出大言。」

武氏兄弟對郭芙奉命唯謹，聽說她要走，正要躍下樹來，忽聽樹下腳步聲響，郭靖夫婦並肩走近。只聽郭靖說道：「芙兒的終身大事，自然不能輕忽。但過兒年紀還小，少年人頑皮胡鬧總免不了的。在全眞教鬧的事，看來也不全是他錯。」黃蓉道：「他在全眞教搗蛋，我才不在乎呢。你顧念郭楊兩家祖上累世的交情，原本是該的。但楊過這小子狡獪得緊，我越瞧他，越覺得像他父親，我怎放心將芙兒許他？」

楊過、郭芙、武氏兄弟聽了這幾句話，無不大驚。四人雖知郭楊兩家本有瓜葛牽連，卻不知上代原來淵源極深，更萬想不到郭靖有意把女兒許配給楊過。這幾句話與各人都有莫大干係，四人自均凝神傾聽，四顆心一齊怦怦亂跳。

只聽郭靖道：「楊康兄弟不幸流落金國王府，誤交匪人，才落得如此悲慘下場，到頭來竟致屍骨不全。如他自小就由楊鐵心叔父教養，決不至此。」黃蓉嘆了口氣，過了一會，低低的道：「那也說得是。」

楊過對自己身世從來不明，只知父親早亡，死於他人之手，至於怎樣死法，仇人是誰，即自己生母也不肯明言。此時聽郭靖提到他父親，說甚麼「流落王府，誤交匪人」，又是甚麼「屍骨不全」，登時如遭雷轟電掣，全身發顫，臉如死灰。郭芙斜眼瞧了他一眼，見他如此神色，不由得心中害怕，擔心他突然摔下，就此死去。

郭靖與黃蓉背向大樹，並肩坐在一塊岩石之上。郭靖輕撫黃蓉手背，溫言道：「自從你懷了這第二個孩子，最近身子大不如前，快些將丐幫的大小事務一古腦兒的交了給魯有腳，須得好好調養才是。」郭芙大喜，心道：「原來媽媽有了孩子，我多個弟弟，那可有多好。媽怎麼又不跟我說？」

黃蓉道：「丐幫之事，我本來就沒多操心。倒是芙兒的終身，好教我放心不下。」

郭靖道：「全眞教既不肯收過兒，讓我自己好好教他罷。我瞧他人是極聰明的，將來我把功夫盡數傳了與他，也不枉了我跟他爹爹結義一場。」
楊過聽郭靖言語中對自己情重，心中感動不已，幾欲流下淚來。
黃蓉嘆道：「我就是怕他聰明反被聰明誤，因此只教他讀書，不傳武功。盼他將來成爲一個深明大義、正正派派的好男兒，縱使不會半點武功，咱們將芙兒許他，也是心滿意足的了。」郭靖道：「你用心本來很好，可是芙兒是這樣的一個脾氣，這樣的一身武功，要她終身守著一個文弱書生，你說不委屈她麼？你說她會尊重過兒麼？我瞧啊，這樣的夫妻定然難以和順。」黃蓉笑道：「也不怕羞！原來咱倆夫妻和順，只因爲你武功勝過我了。郭大俠，來來來，咱倆比劃比劃。」郭靖笑道：「好，黃幫主，你劃下道兒來罷。」只聽啪的一聲，黃蓉在郭靖肩頭輕輕拍了一下。
過了一會，黃蓉道：「唉，這件事說來好生爲難，就算過兒的事暫且擱在一旁，武家哥兒倆又怎生分解？你瞧大武好些呢，還是小武好些？」郭芙和武氏兄弟三人之心自然大跳特跳。楊過事不關己，卻也急欲知道郭靖對二人的評語。
只聽郭靖「嗯」了一聲，隔了好久始終沒有下文，最後才道：「小事情上是瞧不出的。一個人要面臨大事，眞正的品性才顯得出來。」他聲調轉柔，說道：「好，芙兒年紀還小，過幾年再說也不算遲，說不定到那時一切自有妥善安排，全不用做父母的操心。你教導魯長老棒法，可別太費神了，這幾日我總覺你氣息不順，很有些躭心。我找過兒去，跟他談談。」說著站起身來，向來路回去。

黃蓉坐在石上調勻一會呼吸，才招呼魯有腳過來試演棒法。這時魯有腳已將三十六路打狗棒法盡數學全，只是如何使用卻未領會訣竅。黃蓉耐著性子，一路路的詳加解釋。

那打狗棒法的招數固然奧妙，而訣竅心法尤其神妙無比，否則小小一根青竹棒兒怎得成為丐幫鎮幫之寶？以歐陽鋒如此厲害的武功，竟要苦苦思索，方能拆解得一招半式？黃蓉已花了將近一個月工夫，才將招數傳授了魯有腳，此時再把口訣和變化心法唸了幾遍，叫他牢牢記住，說到融會貫通，那是要瞧各人的資質與悟性了，卻不是師父所能傳授得了的。

郭芙與武氏兄弟不懂棒法，只聽得索然無味，甚麼「封」字訣如何如何，「纏」字訣又怎樣怎樣，第十八變怎樣轉為第十九變，而第十九變又如何演為第二十變。三人幾次要想溜下樹去，卻又怕給黃蓉發覺，只盼她儘快說完口訣，與魯有腳一齊走開。那知黃蓉預定今日在英雄大宴之前將幫主之位傳給魯有腳，預定此時將棒法口訣一齊傳完，倘若他無法領會，寧可日後慢慢再教，總須遵依幫規，使他在接任幫主時已學會打狗棒法，因之說了將近一個時辰還沒說完。偏生魯有腳天資不佳，近年來記心減退，一時之間又怎記得了這許多？黃蓉反來覆去說了一遍又一遍，他總難記得周全。

黃蓉自十五歲上與郭靖相識，對資質遲鈍之人相處已慣，魯有腳記心不好，她倒也並不著惱。苦在幫規所限，這口訣心法必須以口相傳，決不能錄之於筆墨，否則寫將出來讓他慢慢讀熟，倒可省卻不少心力了。

當日洪七公在華山絕頂與歐陽鋒比武，損耗內力後將這棒法每一招每一變都教了楊過，叫他演給歐陽鋒觀看，但臨敵使用的口訣心法卻一句不傳。他想楊過雖聽了招數，不明心法，實無半點用處，這樣便不算犯了幫規，而當時並非眞的與歐陽鋒過招，使棒的心法自也不必傳授。那知楊過竟在此處原原本本的盡數聽到。他天資高出魯有腳百倍，只聽了三遍，已一字不漏的記住，魯有腳卻兀自顚三倒四、纏七夾八的背不清楚。

黃蓉第二次懷孕之後，某日修習內功時偶一不愼，傷了胎氣，身子由是虛弱。這日教了半天，頗感疲累，倚在石上休息，合眼養了一會神，叫道：「芙兒、儒兒、文兒、過兒，一起都給我滾下來罷！」郭芙等四人大吃一驚，都想：「怎麼她不動聲色，原來早知道了！」郭芙笑道：「媽，你眞有本事，甚麼都瞞不過你。」說著使招「乳燕投林」，輕輕躍在她面前。武氏兄弟跟著躍下，楊過卻慢慢爬下樹來。

黃蓉哼了聲道：「憑你們這點功夫，也想偷看來著？倘若連你們幾個小賊也知覺不了，行走江湖，只怕過不了半天就中歹人埋伏。」郭芙訕訕的有些不好意思，但自恃母親素來寬縱，也不怕她責罵，笑道：「媽，我拉了他們三個來，想要瞧瞧威震天下的打狗棒法，那知道魯長老使的一點也不好看。媽，你使給我們見識見識。」

黃蓉一笑，從魯有腳手中接過竹棒，道：「好，你小心著，我要絆小狗兒一交。」郭芙全神留心下盤，只待竹棒伸來，立即上躍，教她絆之不著。黃蓉竹棒一晃，郭芙急忙躍起，雙足離地半尺，剛好棒兒一絆，全不使力的便將她絆倒了。郭芙跳起身來，大叫：「我不來，我不來。那是我自己不好。」黃蓉笑道：「好罷，你愛怎麼著就怎麼著。」

郭芙擺個馬步，穩穩站著，轉念一想，說道：「大武哥哥，小武哥哥，你兩個在我旁邊，也擺馬步。」武氏兄弟依言站穩。郭芙伸出手臂與二人手臂相勾，合三人之力，當眞是穩若泰山，說道：「媽，不怕你啦。除非是爹爹的降龍十八掌，那才推得動我們。」黃蓉微微一笑，揮棒往三人臉上橫掃過去，勢挾勁風，甚是峻急。三人連忙仰後相避，這麼一來，下盤紮的馬步自然鬆了。黃蓉竹棒迴帶，使個「轉」字訣，往三人腳下掠去，三人立足不穩，同時撲地跌倒。總算三人武功已頗有根基，上身微一沾地，立即躍起。

郭芙叫道：「媽，你這個仍是騙人的玩意兒，我不來。」黃蓉笑道：「適才我傳授魯長老那絆、劈、纏、戳、挑、引、封、轉八訣，那一訣是用蠻力的？你說我這是個騙人的玩意兒，那不錯，武功之中，十成中九成是騙人玩意兒，只要能把高手騙倒，那就勝了。只有你爹爹的降龍十八掌這等武功，那才是眞功夫硬拚，用不著使巧勁詐著。可是要練到這一步，天下能有幾人能夠？」這幾句話只把楊過聽得暗暗點頭，凝思黃蓉所述的打狗棒心法，與洪七公所說的招數一加印證，當眞奧妙無窮。

郭芙等三人雖懂了黃蓉這幾句話，卻未悟到其中妙旨。黃蓉又道：「這打狗棒法是武林中最特異的功夫，卓然自成一家。單學招數，如不知口訣，那是一點無用。憑你絕頂聰明，只怕也難以自創一句口訣，以之與招數相配。但若知道了口訣，非我親傳招數，也只記得甚麼『絆、劈、纏、戳、挑、引、封、轉』八個字而已，因此不怕你們四個小鬼偷聽。要是我傳授別種武功，未得我的允准，以後可萬萬不能偷聽偷學，知道了麼？」郭芙連聲答應，笑道：「媽，你的功夫我何必偷學？難道你還有不肯教我的麼？」

黃蓉竹棒在她臂上輕輕一拍，笑道：「跟兩位武家哥哥玩去。過兒，我有幾句話跟你說。魯長老，你慢慢去想罷，一時記不全，日後再教你。」魯有腳、郭芙等四人別了黃蓉，自回陸家莊去，只留下楊過站著。

楊過心中怦怦而跳，生怕黃蓉知道他偷學打狗棒法，要施辣手取他性命。

黃蓉見他神色驚疑不定，拉著他手，叫他坐在身邊，柔聲道：「過兒，你有很多事，我都不明白，倘若問你，料你也不肯說。不過這個我也不怪你。我年幼之時，性兒也極怪僻，全虧得你郭伯伯處處容讓。」說到這裏，輕輕嘆了口氣，嘴角邊現出微笑，想起了自己少年時淘氣之事，又道：「我不傳你武功，本意是爲你好，那知反累你吃了許多苦頭。你郭伯伯愛我惜我，這份恩情，我自然要盡力報答，他對你有個極大心願，盼你將來成爲一個頂天立地的好男兒。我定當盡力助你學好，以成全他心願。過兒，你也千萬別讓他灰心，好不好？」楊過從未聽黃蓉如此溫柔誠懇的對自己說話，只見她眼中充滿著憐愛之情，不由得大是感動，胸口熱血上湧，不禁哇的一聲，哭了出來。

黃蓉撫著他頭髮，柔聲說道：「過兒，我甚麼也不用瞞你。我以前不喜歡你爹爹，因此一直也不喜歡你。但從今後，我一定好好待你，等我身子復了原，我便把全身武功都傳給你。郭伯伯也說過要傳你武功。」

楊過更加難過，越哭越響，抽抽噎噎的道：「郭伯母，很多事我瞞著你，我……我……我都跟你說。」黃蓉撫著他頭髮，說道：「今日我很倦，過幾天再說不遲，你只要做個好孩子，我就喜歡啦。待會開丐幫大會，你也來瞧瞧罷。」楊過心想洪七公逝世這等大事，自須在大會中明言，擦著眼淚不住點頭。

二人在大樹下這一席話，都是眞情流露，將從前相互不滿之情，豁然消解。說到後來，楊過竟破涕爲笑，又想到郭靖言語中對自己的期望與厚意，自與小龍女分別以來，首次感到這般溫暖。

黃蓉說了一會話，覺得腹中隱隱有些疼痛，慢慢站起，說道：「咱們回去罷。」攜著他手，緩步而行。楊過心想該把洪七公的死訊先行稟明，道：「郭伯母，我有一件很要緊的事跟你說。」黃蓉只感丹田中氣息越來越不順暢，皺著眉頭道：「明兒再說，我……我不舒服。」

楊過見她臉色灰白，不禁擔心，只覺她手掌有些陰涼，大著膽子暗自運氣，將一股熱力從手掌上傳了過去。當他與小龍女在終南山同練玉女心經之時，這門掌心傳功的法門已練得極是純熟，但他怕黃蓉的內功與他所學互有衝撞牴觸，初時只微微傳了些過去，後來覺得通行無阻，這才增加內力。

黃蓉感到他傳來的內力綿綿密密，與全眞派內功全然不同，但柔和渾厚，實不在全眞高手之下，體內大爲受用，片刻之間，她逆轉的氣血已歸順暢，雙頰現出暈紅，心中驚異：「這孩子卻在那裏學到了這上乘內功？」向他一笑，意甚嘉許。

正要出言詢問，郭芙遠遠奔來，叫道：「媽，媽，你猜是誰來了？」黃蓉笑道：「今兒天下英雄聚會，我怎知是誰來了？」突然心念一動，歡然道：「啊，是武家哥哥的師伯、師叔們，這可多年不見了。」郭芙道：「媽你眞聰明，怎麼一猜就中？」黃蓉笑道：「這有何難？武家哥兒倆寸步也不離開你，忽然不跟著你，定是他們親人到了。」楊過向來自恃聰明機變，但見黃蓉料事如神，遠在自己之上，不禁駭服。

黃蓉又道：「芙兒，恭喜你又得能多學一門上乘武功，就只怕你學不會。」郭芙問道：「甚麼武功？」楊過衝口而出：「一陽指！」郭芙不去理他，隨口道：「你懂甚麼？媽，是甚麼武功？」黃蓉笑道：「楊大哥不已說了？」郭芙道：「啊，原來是媽跟你說的。」

黃蓉和楊過都微笑不語。黃蓉心想：「過兒聰明智慧，勝於武家兄弟十倍。芙兒是個草包，更加不用提了。他知一陽指是一燈大師的本門功夫，武氏兄弟的師叔伯們到來，憐他兄弟孤苦，定會傳授，而他哥兒倆要討好芙兒，自是學到甚麼就轉送給她甚麼了。」郭芙卻好生奇怪，媽媽幹麼要將此事先告訴了楊過，難道眞要將我終身許給這小叫化嗎？想到此處，不由得向楊過白了一眼，做個鬼臉。

大理一燈大師座下有漁樵耕讀四大弟子。武氏兄弟的父親武三通即是位列第三的農夫。他自與李莫愁一戰受傷，迄今影蹤不見，存亡未卜。此次來赴英雄宴的是漁人點蒼漁隱與書生朱子柳二人。

朱子柳與黃蓉一見就要鬥口，此番暌別已十餘年，兩人相見，又各逞機辯。歡敍之後，點蒼漁隱與朱子柳二人果然找了間靜室，將一陽指的入門功夫傳於武氏兄弟。

這日上午，陸家莊上又到了無數英雄好漢。陸家莊雖大，卻也已到處擠滿了人。

中午飯罷，丐幫幫衆在陸家莊外林中聚會。新舊幫主交替是丐幫最隆重的慶典，東南西北各路高輩弟子盡皆與會，來到陸家莊參與英雄宴的羣豪也均受邀觀禮。

十餘年來，魯有腳一直代替黃蓉處理幫務，公平正直，敢作敢爲，丐幫中的污衣、淨衣兩派齊都心悅誠服。其時淨衣派的簡長老已然逝世，梁長老長年纏綿病榻，彭長老叛去，幫中並無別人可與之爭，是以這次交替順理成章。黃蓉按著幫規宣布後，將歷代幫主相傳的打狗棒交給了魯有腳，衆弟子向他唾吐，只吐得他滿頭滿臉、身前身後都是痰涎，新幫主接任之禮告成。衆賓紛紛道賀。

楊過見幫主交接的禮節奇特，暗暗稱異，正要起身稟報洪七公逝世的訊息，忽見一個老丐躍上大石，大聲說道：「洪老幫主有令，命我傳達。」幫衆聽了，登時齊聲歡呼。他們十多年未得老幫主信息，常自掛念，忽聞他有號令到來，個個欣喜若狂。人叢中一個乞丐大聲叫道：「恭祝洪老幫主安好！」衆丐一齊呼叫，當眞聲振天地。呼聲此伏彼起，良久方止。

楊過見羣丐人人激動，有的甚至淚流滿面，心想：「大丈夫得能如此，方不枉在這世上走一遭。但衆人這等歡欣，我又何忍將洪老幫主逝世的訊息說了出來？何況我人微言輕，述說這等大事，他們未必肯信。會中七張八嘴，勢必亂成一團，這又不是好事，何必掃他們的興？」再想：「他們問到洪老幫主的死因，我自不能隱瞞義父跟他比武之事。武氏兄弟知道我跟義父學過『蛤蟆功』，他們焉有不說出來之理？會中這許多化子不免要疑心我從旁相助義父，一起下手，因而害死了洪老幫主，那當眞百口莫辯了。待得大會散後，我詳詳細細的告知郭伯母，讓她轉告便了。」暗自慶幸虧得這老丐搶先出來，否則自己未加深思，逕自直言，難免惹起重大麻煩。

只聽那老丐說道：「半年之前，我在廣南東路韶州始興郡遇見洪老幫主，陪著他老人家喝了頓酒。他老人家身子健旺，胃口極好，酒量跟先前也一般無二。」羣丐又大聲歡叫，夾雜著不少笑聲。那老丐接著道：「老幫主這些年來，殺了不少禍國殃民的狗官惡霸，他說剛聽到消息，有五個大壞蛋叫作甚麼『川邊五醜』，奉了蒙古韃子之命，在川東、湖廣一帶做了不少壞事，他老人家就要趕去查察，如確然如此，自然要取了這五條狗命。」一名中年乞丐站起身來，說道：「川邊五醜前一陣好生猖獗，只行蹤飄忽，我們川西衆兄弟始終找他們不到。近來卻突然不知去向，定是給老幫主出手除了。」丐幫弟子與觀禮的羣豪紛紛鼓掌。楊過心下黯然：「你們怎知洪老幫主和我義父將川邊五醜打成廢人之後，他二位不久便離了人世。」

那老丐又道：「洪老幫主言道：方今天下大亂，蒙古韃子日漸南侵，蠶食我大宋天下，凡我幫衆，務須心存忠義，誓死殺敵，力禦外侮。」羣丐齊聲答應，神情甚爲激昂。那老丐道：「朝廷政事紊亂，奸臣當道，要那些臭官兒們來保國護民，那是辦不到的。眼下外患日深，人人都要存著個捐軀報國之心，洪老幫主命我勉勵衆位好兄弟，要牢牢記住『忠義』二字。」羣丐轟然而應，齊聲高呼：「誓死遵奉洪老幫主的教訓。」

楊過自幼失教，不知「忠義」兩字有何等重大干係，但見羣丐正義凜然，不禁大有所感，心下佩服。

丐幫大會以後辦的都是些本幫賞罰升黜等事，幫外賓客不便與聞，紛紛告辭退出。

到得晚間，陸家莊內內外外掛燈結綵，華燭輝煌。正廳、前廳、後廳、廂廳、花廳各處一共開了二百餘席，天下成名的英雄豪傑倒有一大半赴宴。這英雄大宴是數十年中難得一次的盛舉，主人既須交遊廣闊，衆所欽服，又須豪於資財，出得起偌大費用，否則決難邀到這許多武林英豪。

郭靖、黃蓉夫婦陪伴主賓，位於正廳。黃蓉爲楊過安排席次，便在她坐席之旁。郭芙與武氏兄弟反而坐得甚遠。

郭芙初時有些奇怪，心想：「這人不會武功，媽怎麼讓他坐這好位？」突然轉念一想，不由得心中一涼：「啊喲不好，爹爹說要將我許配於他，莫非媽竟依從了爹爹？」她越想越怕，想到剛才眼見媽媽拉住了楊過之手而行，神情親熱，又想爹媽互敬互重，爹爹若執意如此，媽媽自也不會不允。她斜眼望著楊過，又躭心，又氣憤，心想：「我怎能嫁給這小叫化？」忍不住要哭了出來。武修文恰好在此時說道：「芙妹，你瞧那姓楊的小子也坐在這兒，他算是那一門子的英雄？」郭芙氣鼓鼓的道：「你有本事就攆他走啊！」

武氏兄弟對楊過原本只心存輕視，但在樹上聽到郭靖說要將女兒許配於他，已大生敵意。武修文聽了郭芙之言，心想：「我何不去狠狠羞辱他一番？教他在衆英雄之前大大出一番醜。師母向來極爲要強好勝，這姓楊的當衆栽個大觔斗，師母便決不能再要他做女婿了。」他適才跟師伯學了一陽指功夫，正好一試，說道：「他既要冒充英雄，那就讓他出出鋒頭，大大的露一下臉。」站起身來，滿滿斟了兩杯酒，走到楊過身旁，說道：「楊大哥，這些年來你定然挺得意罷？我敬你一杯。」

楊過見武修文不住轉頭去瞧郭芙，神色狡獪，顯是不懷好意，心想：「他來敬酒，定有鬼花樣。在酒中下毒，料也不敢，要防他下蒙藥。」站起接過酒杯，說道：「多謝。」沾口不飲。就在此時，武修文突然伸出右手食指，往他腰間點去。他將身子擋住了旁人眼光，這一指對準了楊過的「笑腰穴」，聽師伯言道，以一陽指法點中了敵人的「笑腰穴」，對方便要大笑大叫，穴道不解，始終大笑不止。

楊過早就在全神提防，豈能中此暗算？其實即是對方出其不意的突施偷襲，以他此時武功，也決不能著了道兒。若依楊過平時半點不肯吃虧的脾氣，定要狠狠反擊，不是摔武修文一交，便反點他「笑腰穴」，但今日與黃蓉說了一番話後，心中愉樂，和平舒暢，暗想：「你雖和我過不去，但總是郭伯伯、郭伯母的徒弟，我也不來跟你一般見識。」暗運歐陽鋒所授內功，全身經脈霎時之間盡皆逆轉，所有穴道即行變位，不過他此時並非頭下腳上的倒立，而於這功夫也修為甚淺，經脈只能逆轉片刻，一呼一吸之後便即迴順，必須再運內功，方得二次逆轉片時。但就只這麼短短一刻，已足令武修文這一指全無效用。

武修文一指點後，見楊過只微微一笑，坐回原位，半點不動聲色，好生奇怪，回到自己席上，低聲道：「哥哥，怎麼師伯教的功夫不管使？」武敦儒道：「甚麼不管使？」武修文將適才之事說了。武敦儒冷笑道：「定是你出指不對，又或是認穴歪了。」武修文急道：「怎麼不對？你瞧。」挺出手指，作勢往兄長腰中點去，姿式勁道，與師伯所傳絲毫不差。

郭芙小嘴一撇，道：「我還道一陽指是甚麼了不起的玩意，哼！瞧來也沒甚麼用。」她知武氏兄弟學了一陽指而自己不會，雖說二人日後必定傳她，卻已不甚樂意。

武敦儒霍地站起，也斟了兩杯酒，走到楊過身前，說道：「楊大哥，咱哥兒倆數年不見，此番重逢，小弟也敬你一杯。」楊過心中暗笑：「你弟弟已顯過身手，瞧你做哥哥的又有甚麼高招？」筷上正夾了一大塊牛肉，也不放下，左手接過酒杯，笑道：「多謝。」武敦儒更不遮掩，右臂倏出，袍袖帶風，出指疾往楊過腰間戳去。楊過見他來指勢狠，自己於這逆運經脈的功夫所習有限，只怕抵擋不住，當下不再運氣逆脈，手臂下垂，將一大塊牛肉擋在自己「笑腰穴」上。他這一下後發而先至，武敦儒全然不覺，食指戳去，正好刺中牛肉。楊過放下筷子，笑道：「喝了酒，吃塊牛肉最好。」

武敦儒提起手來，見五隻手指中抓著好大一塊牛肉，汁水淋漓，拿著又不是，拋去又不好，甚是狼狽，狠狠向楊過瞪了一眼，快步回座。

郭芙見他手中抓著一大塊牛肉，很是奇怪，問道：「那是甚麼？」武敦儒脹紅了臉，難以回答，正狼狽間，只見丐幫新任幫主魯有腳舉著酒杯，站了起來。

他舉杯向羣雄敬了一杯酒，朗聲說道：「敝幫洪老幫主傳來號令，言道蒙古南侵日急，命敝幫幫衆各出死力，抵禦外侮。現下天下英雄會集於此，人人心懷忠義，咱們須得商量個妙策，使得蒙古韃子不敢來犯我大宋江山。」羣雄紛紛起立，你一言我一語，都表贊同。此日來赴英雄宴之人多數是血性漢子，眼見國事日非，大禍迫在眉睫，早就深自憂心，有人提起此事，忠義豪傑自是如響斯應。

一個銀髯老者站起身來，聲若洪鐘，說道：「咱們今日衆家英雄在此，便當歃血結盟，共抗外敵。咱們要結成一個『抗蒙保國盟』。常言道蛇無頭不行，咱們空有忠義之志，若無一個領頭的，大事難成。今日羣雄在此，大夥兒便推舉一位德高望重、人人心服的豪傑出來，由他領頭，衆人齊奉號令。」羣雄一齊喝采，早有人叫了起來：「就由你老人家領頭好啦！」「不用推舉旁人啦！」

那老者哈哈笑道：「我這臭老兒又算得那一門子貨色？武林高手，自來以東邪、西毒、南帝、北丐、中神通為首。中神通重陽眞人仙去多年，東邪黃島主獨來獨往，西毒非我中原漢人，南帝遠在大理，都不是我大宋百姓。這個抗蒙保國盟的盟主，自是非北丐洪老前輩莫屬。」

洪七公是武林中的泰山北斗，衆望所歸，羣雄一齊鼓掌，再無異議。

人叢中一人說道：「洪老幫主自然做得羣雄盟主，除他老人家之外，又有那一個藝能服衆，德能勝人，擔當得了這個大任？」他話聲響亮，衆人齊往發聲之處瞧去，卻看不到人，原來說話的人身材甚矮，給旁邊之人遮沒了。有人問道：「是那一位說話？」

那矮子躍起身來，站到了桌上，但見他身高不滿三尺，年逾四旬，滿臉透著精悍之氣。有人識得他是江西好漢「矮獅」雷猛。衆人欲待要笑，見了他左顧右盼的威猛眼光，都把笑聲吞下了肚裏。只聽他道：「可是洪老幫主行事神出鬼沒，十年之中難得露一次臉，要是遇上了抗敵禦侮的大事，恰好無法向他老人家請示，那便如何？」羣雄心想：「這話倒也說得是。」雷猛又道：「咱們今日所作所為，全是盡忠報國之事，實無半點私心。咱們推舉一位副盟主，洪老盟主雲遊四方之時，大夥兒就對他唯命是從。」

喝采鼓掌聲中，有人叫道：「郭靖郭大俠！」有人叫道：「魯幫主最好。」有人道：「丐幫前黃幫主足智多謀，又是洪老幫主的弟子，我推舉黃幫主。」又有人道：「就是此間陸莊主。」更有人叫：「全眞教馬教主。長春子丘眞人。」一時衆論紛紜。

正亂間，廳口快步進來四個道人，卻是郝大通、孫不二、趙志敬、甄志丙四人。楊過見他們去而復回，心道：「哼，要跟我再幹一場嗎？」郭靖和陸冠英大喜，忙離席相迎。全眞派號稱天下武術正宗，今日英雄大宴中若無全眞派高手參與，不免遜色。

郝大通在郭靖耳邊低聲道：「有敵人前來搗亂，須得小心提防。我們特地趕回報訊。」郭靖心想，廣寧子郝大通是全眞教中有數高手，江湖上武功勝得過他的寥寥可數，他說這幾句話的聲音微微發顫，對頭自必是極厲害的人物，低聲問道：「歐陽鋒？」郝大通道：「不，是我曾折在他手下的那個蒙古人。」郭靖心中一寬，點頭道：「是霍都王子？」

郝大通還未回答，只聽得大門外號角聲嗚嗚吹起，接著響起了斷斷續續的擊磬聲。陸冠英叫道：「迎接貴賓！」語聲甫歇，廳前已高高矮矮的站了數十人。

堂上羣雄都在歡呼暢飲，突然見這許多人闖進廳來，都微感詫異，但均想此輩定是來赴英雄宴的人物，見內中並無相識之人，也就不以爲意。

郭靖低聲向黃蓉轉述了郝大通的說話，便即站起，夫妻倆與陸冠英夫婦一起迎了出去。郭靖識得那容貌淸雅、貴公子模樣的是蒙古霍都王子；那臉削身瘦的僧人是霍都的師兄達爾巴。這二人曾在終南山重陽宮中會過，雖是一流高手，但武功尚比自己爲遜，也不去懼他。只見這二人分立兩旁，中間站著一個身披紅袍、極高極瘦、身形猶似竹桿一般的僧人，腦門微陷，便似一隻碟子一般。

郭靖與黃蓉互望了一眼，他們曾聽黃藥師說起過密教金剛宗的奇異武功，練到極高境界之時，頂門微微凹下，此人頂心深陷，難道武功當眞高深之極？兩人暗中提防，同時躬身施禮。郭靖說道：「各位遠道到來，就請入座喝幾杯。」他既知來者是敵，也不說甚麼「光臨、歡迎」之類口是心非的言語了。陸冠英吩咐莊丁另開新席，重整杯盤。

武氏兄弟一直幫著師父師母料理事務，武修文快手快腳，尤是第一等的精明幹練人物。兩兄弟指揮莊丁，在最尊貴處安排席次，一面不住道歉，請衆賓挪動座位。郭芙見楊過安安穩穩的坐著，全不動彈，瞧著十分的不順眼，心道：「你也算得甚麼英雄？天下英雄都死光了，也輪不到你。」向武修文使個眼色，又向楊過一努嘴。武修文會意，走到楊過身前，說道：「楊大哥，你的座位兒挪一挪。」也不等他示意可否，已指揮莊丁將他杯筷搬到了屋角落裏最僻的一席。楊過心中怒火漸盛，也不說話，只暗暗冷笑。

這邊廂霍都王子向那高瘦僧人說道：「師父，我給你老人家引見中原兩位大名鼎鼎的英雄……」郭靖一驚：「原來他是這蒙古王子的師父。」那僧人點了點頭，雙目似開似閉。霍都王子道：「這位是做過咱們蒙古西征右軍元帥的郭靖郭大俠，這位是郭夫人，也即是丐幫的黃幫主。」那僧人聽到「蒙古西征右軍元帥」八字，雙目一張，斗然間精光四射，在郭靖臉上轉了一轉，重又半垂半閉，對丐幫的幫主卻似不放在心上。

霍都王子朗聲說道：「這位是在下師尊，蒙古聖僧，人人尊稱金輪國師，當今大蒙古國皇后封為第一護國大師。」這幾句話說得甚是響亮。衆人聽了，愕然相顧，均想：「我們在這裏商議抵禦蒙古南侵，怎地來了個蒙古的甚麼護國大師？」楊過更是一凜，記得那日在華山絕頂，義父與洪七公都曾稱讚川邊五醜所學功夫「了不起」，要他們帶訊去叫師祖金輪國師來比劃比劃；此刻金輪國師與川邊五醜的師父達爾巴同時到來，義父與洪七公卻不在人世了，既感傷心，又知這高瘦僧人定然了得。

郭靖不知如何對付這幾人才好，只淡淡的說道：「各位遠道而來，請多喝幾杯。」

酒過三巡，霍都王子站起身來，摺扇一揮張開，露出扇上一朵嬌豔欲滴的牡丹，朗聲道：「我們師徒今日未接英雄帖，卻來赴英雄大宴，老著臉皮做了不速之客，但想到得會羣賢，卻也顧不得許多了。盛會難得，良時不再，天下英雄盡聚於此，依小王之見，須得推舉一位羣雄的盟主，領袖武林，以為天下豪傑之長，各位以為如何？」

「矮獅」雷猛大聲道：「這話不錯。我們已推舉了丐幫洪老幫主為羣雄盟主，現下正在推舉副盟主，閣下有何高見？」霍都冷笑道：「洪七公早就歸位了。推一個鬼魂做盟主，你當我們都是死人麼？」此言一出，羣雄齊聲大譁，丐幫幫衆尤其憤怒異常，紛紛叫嚷。霍都道：「好罷，洪七公倘若未死，就請他出來見見。」

魯有腳將打狗棒高舉兩下，說道：「洪老幫主雲遊天下，行蹤無定。你說要見，就輕易見得著麼？」霍都冷笑道：「莫說洪七公此時死活難知，就算他好端端的坐在此處，憑他的武功德望，又怎及得上我師父金輪國師？各位英雄請聽了，當今天下武林的盟主，除了金輪國師，再沒第二人當得。」

羣雄聽了這一番話，都已明白這些人的來意，顯是得知英雄大宴將不利於蒙古，是以來爭盟主之位。倘若金輪國師憑武功奪得盟主，中原豪傑雖決不會奉他號令，卻也削弱了漢人抗拒蒙古的聲勢。衆人素知黃蓉足智多謀，不約而同的轉過頭去望她，心想：「這幾十個人武功再強，也決不能是這裏數千人的對手，不論單打獨鬥還是羣毆，我們都不致落了下風，大家只聽黃幫主號令行事便了。」

黃蓉知道今日若不動武，決難善罷，羣毆自然必勝，不過難令對方心服，朗聲說道：「此間羣雄已推舉洪老幫主爲盟主，這個蒙古好漢卻橫來打岔，要推舉一個大家從未聞名、素不相識的甚麼金輪國師。倘若洪老幫主在此，原可與金輪國師各顯神通，一決雌雄，但他老人家周遊天下，到處誅殺蒙古韃子、鏟除爲虎作倀的漢奸，沒料到今日各位自行到來，未能在此恭候，他老人家日後知道了，定感遺憾。好在洪老幫主與金輪國師都傳下了弟子，就由兩家弟子代師父們較量一下如何？」

中原羣雄大半知道郭靖武功驚人，又當盛年，只怕已算得當世第一，此時縱然是洪七公也未必能強得過他，若與金輪國師的弟子相較，那是勝券在握，決無敗理，當下紛紛叫好喝采，聲震屋瓦。在偏廳、後廳中飲宴的羣雄得到訊息，紛紛湧來，一時廊下、天井、門邊都擠滿了人，衆人叫好助威。蒙古武人一邊人少，聲勢大大不如。

霍都當年在重陽宮與郭靖交手，一招即敗，其時還道他是全眞派門人，後來稍加打聽，自即知道了他來歷。師兄達爾巴與自己只伯仲之間，就算師兄弟兩人齊上，多半也敵不過洪七公這位弟子郭大俠，但若不允黃蓉之議，今日這盟主一席自奪不到了，這個變故實非始料之所及，不禁徬徨無計。

金輪國師道：「好，霍都，你就下場去，和洪七公的弟子比劃比劃。」他話聲重濁，這句話一口氣說將出來，全然不須轉換呼吸。他一直在蒙古朝廷的所在和林居住，受蒙古國當今垂簾聽政的皇太后供奉，封爲國師，料想憑著自己親傳弟子霍都的武功，在中原定然少有敵手，最多是不敵北丐、東邪、西毒等寥寥幾個前輩而已，卻不知他曾折在郭靖手下。霍都答應一聲，隨即低聲道：「師父，那洪老兒的徒弟十分了得，弟子只恐難以取勝，莫要墮了師父威風。」

金輪國師臉一沉，哼了一聲，道：「難道連人家的徒兒也鬥不過？快下去。」霍都甚是尷尬，他輸給郭靖之事，一直瞞著師父，此刻不敢事到臨頭才來稟明，他只道師父有通天徹地之能，當世無人能與匹敵，只消法駕來到英雄宴，盟主之位自是手到拿來，那知竟會要自己與郭靖比武，正自焦急，一個身穿蒙古官服的胖大漢子走近身來，湊嘴到他耳邊輕輕說了幾句話。霍都一聽大喜，站起身來，張開扇子撥了幾撥，朗聲說道：「素聞丐幫的鎮幫之寶，有一套叫做甚麼打狗棒法的，是洪老幫主生平最厲害的本事。小王不才，要憑這柄扇子破他一破。若是破得，看來洪七公的本事也不過爾爾了！」

黃蓉初時見有人在他耳邊說話，並未在意，忽聽他提到打狗棒法，只輕輕幾句話，便將武功最強的郭靖撇在一邊，卻是誰人獻此妙策？向那蒙古人瞧去，當即認出此人是丐幫中四大長老之一的彭長老，原來他已投靠蒙古，改穿了蒙古裝束，留了蓬蓬鬆鬆的滿腮大鬍子，帽子低垂，直遮至眼，若不留神細看，還眞認不出來，也只有他，才知打狗棒法非丐幫幫主不傳，郭靖武功雖高，卻是不會。霍都說這番話，明是指名向自己與魯有腳挑戰。魯有腳的棒法新學乍練，領會有限，使用不得，那是非自己出馬不可了。

郭靖知道妻子的打狗棒法妙絕天下，料想可以勝得霍都，但她這幾個月來胎氣方動，內息不調，萬不能與人動武，於是步出座位，站在席間，朗聲道：「我洪恩師的打狗棒法，只在遇上天下一等一的高手之時才用，只怕閣下這點微末功夫，還不配見識。你這就來領教他老人家的降龍十八掌好了。」羣雄大聲喝采。

金輪國師雙目半張半閉，見郭靖出座這麼一站，當眞是有若淵停嶽峙，氣勢非凡，不由得暗暗吃驚：「此人果眞了不起。」

霍都哈哈一笑，說道：「終南山重陽宮中，小王與閣下曾有一面之緣，當日閣下自稱是馬鈺、丘處機諸道的門人，怎麼又冒充起洪七公的弟子來啦？」郭靖正要回答，霍都搶著又道：「一人投拜數位師父，本來也是常事。然而今日乃金輪國師與洪老幫主較量功夫，閣下武功雖強，卻是藝兼衆門，須顯不出洪老幫主的眞實本事。」

這番話倒也甚是有理，郭靖本就拙於言辭，一時難以辯駁。羣雄卻大聲叫嚷起來：「有種就跟郭大俠較量，沒膽子的就夾著尾巴走罷。」「郭大俠是洪老幫主及門弟子，若他代不得，誰又代得了？」「你定要嘗嘗打狗棒法的滋味，那你是自認爲狗了。」

黃蓉朗聲道：「咱們今日結盟，結的是『抗蒙保國盟』，抗的是蒙古，所保的國是大宋。三位要爭盟主之位，先須得加盟。國師是不是要辭了蒙古第一國師之位，來加盟我們的同盟，共抗蒙古，共保大宋？」羣雄一齊笑嚷：「對，對！你們一起來抗蒙保宋吧！倒也歡迎！」

霍都仰天長笑，發笑時潛運內力，哈哈哈哈，呵呵呵呵，將羣雄七嘴八舌的言語都壓了下去，只震得大廳上的燭火搖晃不定。羣雄相顧失色，都想：「瞧不出他年紀輕輕，公子哥兒般的人物，居然有此厲害內功。」霎時間都靜了下來。

霍都朗聲說道：「我師父要做的，是天下英雄的盟主。他老人家當了盟主之後，他老人家說甚麼，大夥兒就奉命而行，不得有違。他老人家說保蒙，大夥兒就保蒙。他老人家說滅宋，大夥兒就奉命滅宋。」羣雄紛紛叫嚷：「你先說個明白：咱們這個『抗蒙保國盟』，你們三個是不是想加盟，是不是想抗蒙保宋？」有人大聲叫道：「很好，歡迎蒙古國師棄暗投明，深明大義，跟我們一起來抗蒙保宋！」

霍都雙手一劃，說道：「到底是抗蒙保宋，還是投蒙滅宋，憑盟主一言而決，你們推舉洪七公洪幫主，我們推舉蒙古聖僧金輪國師，我是國師的弟子，向洪幫主的成名絕技打狗棒法領教，丐幫中那一位會這棒法的，快快代洪幫主出戰，否則的話，大家遵奉我師父爲盟主，聽從盟主的吩咐便了。丐幫只須向我師認輸投誠，棄暗投明，我們蒙古人也可網開一面，寬大爲懷，原諒你們的愚昧無知。」

中原羣雄喝罵聲中，魯有腳竹棒一擺，大踏步走到席間，道：「在下是丐幫新任幫主魯有腳，打狗棒法十成中還學不到一成，原本不該使用。但你定要嘗嘗給打狗棒痛打一頓的滋味，在下就打你幾棒罷。」魯有腳的武功本已頗爲精湛，打狗棒法雖未學全，究已使他原來武功加強不少威力，眼見霍都年甫三旬，料想他縱得高人傳授，功力也必不深，他知黃蓉身子不適，總不能讓她涉險。

霍都只求不與郭靖過招，旁人一概不懼，當即抱拳躬身，說道：「魯幫主，幸會幸會。跟你討教，再好也沒有了。」黃蓉暗暗著急，但想魯有腳新任幫主，他既已出言挑戰，自己便不能再加阻攔，否則既折了魯有腳的威風，又顯得自己的權勢仍在丐幫幫主之上，只有讓他先鬥上一陣再說。

陸家莊上管家指揮家丁，挪開酒席，在大廳上空出七八張桌子的地位來，更添紅燭，將廳中心照耀得白晝相似。

霍都叫道：「請罷！」兩個字剛出口，扇子揮動，一陣勁風向魯有腳迎面撲去，風中竟微帶幽香。魯有腳怕風中有毒，忙側頭避開。霍都扇風揮出，跟著嚓的一聲，扇子已摺成一條八寸長的點穴筆，逕向對手脅下點去。魯有腳竹棒揚起，竟不理會他點穴，使纏字訣一絆一挑。這打狗棒法當眞巧妙異常，去勢全在旁人萬難料到之處，霍都輕躍相避，那知竹棒猛然翻轉，竟已擊中他腳脛。他一個踉蹌，躍出三步，才不致跌倒。旁觀羣雄齊聲喝采，呼叫：「打中狗兒啦！」「教你嘗一下打狗棒法的味道！」

這一下挫折，霍都登時面紅過耳，輕飄飄一個轉身，左手揮掌擊了出去。魯有腳飛起左腳，竹棒橫掃，登時棒影飛舞，變幻無定。霍都暗暗心驚：「打狗棒法果然名不虛傳！」打疊十二分精神，右扇左掌，全力應付。魯有腳的棒法畢竟未曾學全，數次已可得手，始終功虧一簣。郭靖、黃蓉在旁看著，不住暗叫：「可惜！」

再拆得十餘招，魯有腳棒法中的破綻越露越大。楊過每招看得淸楚，不由得暗暗皺眉。幸好打狗棒先聲奪人，一出手就打中了對方腳脛，霍都心有所忌，不敢過份逼近，否則魯有腳早已落敗。黃蓉見情勢不妙，正欲開言叫他下來，魯有腳突使一招「斜打狗背」，竹棒一晃，夾頭夾臉打在霍都的左邊面頰。可是這一棒使得過重，失了輕妙之致，霍都羞痛交集之下，伸手急帶，已將竹棒抓住，當下再沒顧慮，騰的一掌，正中魯有腳胸口，跟著又橫掃一腿，喀喇一聲，魯有腳腳骨已斷，一口鮮血噴出，向前直摔下去。兩名七袋弟子急忙搶上扶下。羣雄見霍都出手如此狠辣，都憤怒異常，紛紛喝罵。

霍都雙手橫持那根晶瑩碧綠的竹棒，洋洋得意，說道：「丐幫鎮幫之寶的打狗棒，原來也不過如此。」他有意要折辱這個中原俠義道的大幫會，雙手拿住竹棒兩端，便要將竹棒折為兩截。

突然間綠影晃動，一個清雅秀麗的少婦已站在面前，說道：「且慢！」正是黃蓉。霍都見她身法奇快，吃了一驚，只說得一個：「你……」黃蓉左手輕揮，右手探取他雙目。霍都忙舉手相格，黃蓉已將竹棒輕輕巧巧的奪了過來。

這一招奪棒手法叫做「獒口奪棒」，乃是打狗棒法中極高明的招數。當年丐幫洞庭湖君山大會，黃蓉曾以這招手法在楊康手中連奪三次竹棒。這一招變幻莫測，奪棒時百發百中，再強的高手也閃避不了。堂上堂下羣雄采聲大起，黃蓉回身入座，將竹棒倚在身旁，留著霍都站在當地，甚是狼狽。

他雖武學精深，但黃蓉到底用何手法奪去竹棒，實不解其故，心想：「難道這女子會使幻術？」耳聽得衆人紛紛譏嘲，斜眼又見師父臉色鐵靑，料想這樣一個美貌少婦眞正本領自必有限，當即大聲道：「黃幫主，我已將棒兒還了給你，這就請來過過招。你總不會不敢罷？」此言一出，果然有人以爲適才並非黃蓉奪棒，乃是他將竹棒交還，以求比試。只武功極高之人，才看出是黃蓉強奪過來。

郭芙聽了他這話大是氣惱，她一生之中從未見人膽敢對母親如此無禮，唰的一聲，抽出佩劍。武修文道：「芙妹，我去給你出氣。」武敦儒也是這個心思，二人不約而同的躍到廳心。一個道：「我師母是尊貴之體。」另一個接上道：「焉能跟你這蠻子動手？」那一個又道：「你先領教領教小爺的功夫再說。」

霍都見二人年紀輕輕，但身法端穩，確是曾得名師指點，心想：「我們今日來此，原是要耀武揚威，折一折漢人武師的銳氣，多打幾場甚好。不過彼衆我寡，如釀成合戰羣毆，可就難弄得很。」說道：「天下英雄請了，這兩個乳臭小兒要跟我比武，倘若小王出手，只怕給人說一聲以大欺小，倘若不比，倒又似怕了兩個孩子。這樣罷，咱們言明比武三場，那一方勝得兩場，就取盟主之位。小王與魯幫主適才的比試不必計算，大家從頭比起。各位請看妥是不妥？」這幾句話佔盡身分，顯得極爲大方。

郭靖、黃蓉與衆貴賓低聲商量，覺得對方此議實難拒卻。今日與會之人，除了黃蓉不能出陣之外，算來以郭靖、郝大通，和一燈大師的四弟子書生朱子柳三人武功最強。

朱子柳雖是大理國重臣，並非宋人，但大理和大宋唇齒相依，近年來也頗受蒙古脅迫，算得是同仇敵愾，何況他與靖蓉夫婦交好，自是義不容辭。當下商定由朱子柳第一陣鬥霍都，郝大通第二陣鬥達爾巴，郭靖壓陣，挑鬥金輪國師。這陣勢是否能勝，殊無把握，要是金輪國師武功當眞極高，連郭靖也抵敵不住，說不定三陣連輸，那當眞一敗塗地了。

衆人議論未決，黃蓉忽道：「我倒有個必勝的法兒。」郭靖大喜，正要相詢，忽聽金刃劈風，霍霍生響，衆人轉過頭來，只見武氏兄弟各使長劍，已和霍都一柄扇子鬥在一起。郭靖、黃蓉夫婦，以及一燈大師門下的點蒼漁隱與朱子柳均關心徒兒安危，凝目觀鬥。

原來武氏兄弟聽霍都王子出言不遜，直斥自己是乳臭小兒，這話給心上人聽在耳中，這面子如何下得去？何況適才見師母奪他竹棒，手到拿來，心想他雖打敗魯有腳，但魯有腳學藝蠢笨，實在太過不濟，倒非此人了得；又想兄弟倆已得師父武功眞傳，一人即或鬥他不過，二人合力，決無敗理。也不管他要比三場比四場，當眞初生犢兒不怕虎，兄弟倆使個眼色，雙劍齊出。

郭靖武功雖高，卻不大會調教徒兒，自己領會了上乘武學精義，傳授時卻總辭不達意，說不明白。武氏兄弟資質平平，在短短數年中又學到了多少？只數招之間，二人的長劍便給霍都逼住了，半點施展不開。

霍都眼見必佔上風，也不理會對方是二人鬥他一人，見武修文長劍刺到，他左手食指往上一托，搭住了平面劍刃，扇子斜裏揮去，攔腰擊在劍刃之上，錚的一聲，長劍斷爲兩截。武氏兄弟大驚，武修文急忙躍開，武敦儒怕傷了兄弟，挺劍直刺霍都背心，要教他不能追擊。霍都早料到此招，頭也不回，摺扇迴轉，兩下裏一湊合，正好搭在劍背，手指轉了兩轉。他只手指轉動，武敦儒手中長劍若要順著扇子而轉，肩骨非脫骱不可，只得鬆手離劍，向後躍開，但見長劍直飛上去，劍光在半空中映著燭火閃了幾閃，這才跌下。武氏兄弟又驚又怒，雖赤手空拳，並不懼怕。武敦儒左掌橫空，擺著降龍十八掌的招式；武修文卻右手下垂，食指微屈，只要敵人攻來，就使一陽指對付。

霍都見二人姿式凝重，倒也不敢輕視，心道：「贏到此處，已然夠了，莫要見好不收，自討沒趣。」降龍十八掌和一陽指都是武學中一等一的功夫，武氏兄弟功力雖淺，擺出來的架子卻分毫不錯，常人看了也不覺甚麼，在霍都這等行家眼中卻知實非易與，當下哈哈一笑，拱手道：「兩位請回罷，咱們只分勝敗，不拚生死。」語意中已客氣了許多。

武氏兄弟臉上含羞，料想空手與他相鬥，多半只有敗得更慘，二人垂頭喪氣的退在一旁，卻不到郭芙身邊。郭芙急步過去，大聲道：「武家哥哥，咱們三人齊上，再跟他鬥過。」眾人羣相注目。郭芙右手持劍，左手一揮，叫道：「我們師兄妹三個一齊來。」郭靖喝道：「芙兒，別胡鬧！」郭芙最怕父親，只得退了幾步，氣鼓鼓的望住霍都。霍都見她嬌艷美貌，笑吟吟的點了點頭。郭芙瞪了他一眼，轉過頭不理。武氏兄弟本來深恐為郭芙恥笑，見她全心袒護，足見有情，甚感安慰。

霍都打開摺扇，搧了幾下，說道：「這一場比試，自然也是不算的了。郭大俠，敝方三人是家師、師兄與區區在下。我的功夫最差，就打這頭陣，貴方那一位下場指教？誰勝誰敗，那可不是玩耍了。」

郭靖聽妻子說有必勝之道，知道她智計百端，雖不知她使何妙策，卻也已有恃無恐，大聲說道：「好，咱們就三場見高下。」

霍都知道對方武功最強的是郭靖，師父天下無敵，定能勝他，黃蓉雖施過奪棒怪招，然而瞧她嬌怯怯的模樣，當眞動手，未必厲害，餘人更不足道，於是目光向眾人一掃，說道：「各位如有異議，便請早言。勝負既決，就須唯盟主之命是從了。」

羣雄要待答應，但見他連敗魯有腳與武氏兄弟，均舉重若輕，行有餘力，不知尚有多少本事沒施展出來，大家倒也不敢接口，都轉頭望著靖蓉夫婦。

黃蓉道：「足下比第一場，令師兄比第二場，尊師比第三場，那是確定不移的了。是也不是？」霍都道：「正是如此。」

黃蓉向身旁衆人低聲道：「咱們勝定啦。」郭靖道：「怎麼？」黃蓉低聲道：「今以君之下駟，與彼上駟……」她說了這兩句，目視朱子柳。朱子柳笑著接下去，低聲道：「取君上駟，與彼中駟；取君中駟，與彼下駟。既馳三輩畢，而田忌一不勝而再勝，卒得王千金。」郭靖瞠目而視，不懂他們說些甚麼。

黃蓉在他耳邊悄聲道：「你精通兵法，怎忘了兵法老祖宗孫臏的妙策？」郭靖登時想起少年時讀《武穆遺書》，黃蓉曾跟他說過這個故事：齊國大將田忌與齊王賽馬，打賭千金，孫臏教了田忌一個必勝之法，以下等馬與齊王的上等馬賽，以上等馬與齊王的中等馬賽，以中等馬與齊王的下等馬賽，結果二勝一負，贏了千金。現下黃蓉自是師此故智了。

黃蓉道：「朱師兄，以你一陽指功夫，要勝這蒙古王子是不難的。」朱子柳當年在大理國做過宰相，自是飽學之士，才智過人。大理段氏一派的武功講究悟性。朱子柳初列南帝門牆之時，武功居漁樵耕讀四大弟子之末，十年後已升到第二位，此時的武功卻已遠在三位師兄之上。一燈大師對四名弟子一視同仁，諸般武功都傾囊相授，但到後來卻以朱子柳領會的最多，尤其一陽指功夫練得出神入化。此時他的武功比之郭靖、馬鈺、丘處機固尚有不及，但已勝過王處一、郝大通等人了。

郭靖聽妻子如此說，當即接口道：「請郝道長當那金輪國師，可就危險得緊。勝負固然無關大局，只怕敵人出手過於狠辣，難以抵擋。」他心直口快，也不顧忌自己算上駟，而將郝大通當作下駟未免太不客氣。

郝大通深知這一場比武關係國家氣運，與武林中尋常的爭名之鬥大大不同，倘若給蒙古國師搶去了天下英雄盟主之位，雖然漢人豪傑決不奉他這個「番邦盟主」的號令，但漢人武士不但丟臉，而且人心渙散，只怕難以結盟抗敵，共赴國難，慨然說道：「這個倒不須顧慮，只要利於國家，老道縱然喪生於那僧人之手，那也算不了甚麼。」黃蓉道：「咱們在三場中只要先勝了兩場，這第三場就不用再比。」郭靖大喜，連聲稱是。

朱子柳笑道：「在下身負重任，倘若勝不了這蒙古王子，可要給天下英雄唾罵一世了。」黃蓉道：「不用過謙，就請出馬罷。」

朱子柳走到廳中，向霍都拱了拱手，說道：「這第一場，由敝人來向閣下討教。敝人姓朱名子柳，生平愛好吟詩作對，寫字讀書，武功上就粗疏得很，要請閣下多多指教。」說著深深一揖，從袖裏取出一枝筆來，在空中畫了幾個虛圈兒，全是個迂儒模樣。

霍都心想：「越是這般人，越有高深武功，委實輕忽不得。」抱拳爲禮，說道：「小王向前輩討教，請亮兵刃罷。」朱子柳道：「蠻夷之邦，未受聖人教化，閣下既然請教，敝人自當指點指點。」霍都心下惱怒：「你出言辱我蒙古，須饒你不得。」摺扇一張，道：「這就是我的兵刃，你使刀還是使劍？」朱子柳提筆在空中寫了一個「筆」

字，笑道：「敝人一生與筆桿兒爲伍，會使甚麼兵刃？」霍都凝神看他那枝筆，但見竹管羊毫，筆鋒上沾著半寸墨，實無異處，與武林中用以點穴的純鋼筆大不相同，正欲相詢，只見外面走進來一個白衣少女。

她在廳口一站，眼光在各人臉上緩緩轉動，似乎在找尋甚麼人。

堂上羣雄本來一齊注目朱子柳與霍都二人，那白衣少女一進來，衆人不由自主的都向她望去。但見她臉色蒼白，若有病容，雖燭光如霞，照在她臉上仍無半點血色，更顯得清雅絕俗，姿容秀麗無比。世人常以「美若天仙」四字形容女子之美，但天仙究竟如何美法，誰也不知，此時一見那少女，各人心頭都不自禁的湧出「美若天仙」四字來。她周身猶如籠罩著一層輕煙薄霧，似眞似幻，實非塵世中人。

楊過一見到那少女，大喜若狂，胸口便似猛地給大鐵槌重重一擊，立即從屋角裏一躍而出，緊緊抱住了她，大叫：「姑姑，姑姑！」

這少女正是小龍女。

她自與楊過別後，在山野間兜了個圈子，重行潛水回進古墓石室。她十八歲前在古墓中居住，當眞是心如止水，不起半點漪瀾，但自與楊過相遇，經過了這一番波折，再要如舊時一般諸事不縈於懷，卻萬萬不能的了。每當在寒玉床上靜坐練功，就想起楊過曾在此床睡過；坐在桌邊吃飯，便記起當時飲食曾有楊過相伴。練功不到片刻，便即心中煩躁，難以爲繼。如此過了月餘，再也忍耐不住，決意去找楊過，但找到之後如何對待，卻一無所知。她自聽了李莫愁挑撥之言，明知楊過已經變心，當時一悲而去，過得幾天，便想：「他變心就由他變心，我總之是離不開他！」

下得山來，但見事事新鮮，她又怎識得道路，見了路人，就問：「你見到楊過沒有？」肚子餓了，拿起人家的東西便吃，也不知該當給錢，一路上鬧了不少笑話。但旁人見她美若天仙，天眞可愛，不自禁的都加容讓，倒也無人與她爲難，在飯店中飲食了不給錢，也沒人強要索討。一日無意間在客店中聽到兩名大漢談論，說是天下有名的英雄好漢都到大勝關陸家莊赴英雄宴，她想楊過說不定也在那兒，於是打聽路途，到得陸家莊來。

除了郝大通、甄志丙、趙志敬等三人外，大廳上二千餘人均不知小龍女是何來歷，但見她美得出奇，人人心中都生特異之感。孫不二雖知其人，卻從未會過。甄志丙臉色慘白，身子發顫。趙志敬斜眼瞧著他微微冷笑。郭靖、黃蓉見楊過對她親熱逾恆，大感詫異。

小龍女道：「過兒，你果然在此，我終於找到你啦。」楊過流下淚來，哽咽道：「你……你不再撇下我了罷？」小龍女搖頭道：「我不知道。」楊過道：「你以後到那裏，我便跟你到那裏，殺了我也不跟你分開。」小龍女喜道：「好極了！」大廳之上千人擁集，他二人卻旁若無人，自行敘話。小龍女拉著楊過之手，悲喜交集，雖聽他仍叫自己「姑姑」，但他緊緊相抱，熱情如火，顯然對己情意甚深，決非師姊所說的移情負心、要拋棄自己，甚爲喜慰。

霍都見了小龍女的模樣，雖心中一動，卻不知就是當年自己上終南山去向她求婚的那個姑娘，見楊過衣衫襤褸，卻與她神情親熱，登生厭憎之心，說道：「咱們要比試功夫，你們讓點兒地方出來罷！」

楊過沒心思跟他答話，牽著小龍女的手，走到旁邊，和她並肩坐在廳柱的石礎上，心裏歡喜，有如要炸開來一般，左手緊緊摟住她肩頭，似乎怕她忽然又走。

霍都轉過頭來，對朱子柳道：「你既不用兵刃，咱們拳腳上分勝敗也好。」朱子柳道：「非也。我中華乃禮義之邦，君子論文，以筆會友，敝人有筆無刀，何須兵刃？」霍都道：「既然如此，看招！」摺扇張開，向他一搧。朱子柳斜身側步，搖頭擺腦，左掌在身前輕掠，右手毛筆逕向霍都臉上劃去。霍都側頭避開，但見對方身法輕盈，招數奇特，當下不敢搶攻，要先瞧明他武功家數，再定對策。

朱子柳道：「敝人筆桿兒橫掃千軍，閣下可要小心了。」說著筆鋒向前疾點。霍都雖是在蒙古學的武藝，但金輪國師胸中淵博，浩若湖海，於中原名家的武功無一不知。

霍都學武時即已決意赴中原樹立威名，因此金輪國師曾將中土著名武學大派的得意招數一一與他拆解。豈知今日一會朱子柳，他用的兵器既已古怪，而出招更匪夷所思，從所未聞，見他筆鋒在空中橫書斜鉤，似乎寫字一般，然筆鋒所指，卻處處是人身大穴。

大理段氏本係涼州武威郡人，在大理得國稱帝，其先世雖爲鮮卑拓跋人氏，但久與漢人通婚，受中華教化，已與漢人無異，也早自認爲是漢人，中華教化文物廣播南疆。朱子柳是天南第一書法名家，雖然學武，卻未棄文，後來武學越練越精，竟自觸類旁通，將一陽指與書法融爲一爐。這路功夫是他所獨創，旁人武功再強，若腹中少了文學根柢，實難抵擋他這一路文中有武、武中有文、文武俱達高妙境界的功夫。差幸霍都自幼曾跟漢儒讀過經書、學過詩詞，尚能招架抵擋。但見對方毛筆搖晃，書法之中有點穴，點穴之中有書法，當眞是銀鉤鐵劃，勁峭凌厲，而雄偉中又蘊有一股秀逸的書卷氣。

郭靖不懂文學，看得暗暗稱奇。黃蓉卻受乃父家傳，文武雙全，見了朱子柳這一路奇妙武功，不禁大爲讚賞。

郭芙走到母親身邊，問道：「媽，他拿筆劃來劃去，那是甚麼玩意？」黃蓉全神觀鬥，隨口答道：「房玄齡碑。」郭芙愕然不解，又問：「甚麼房玄齡碑？」黃蓉看得舒暢，不再回答。

原來「房玄齡碑」是唐朝大臣褚遂良所書的碑文，乃楷書精品。前人評褚書如「天女散花」，書法剛健婀娜，顧盼生姿，筆筆凌空，極盡抑揚控縱之妙。朱子柳這一路「一陽書指」以筆代指，也是招招法度嚴謹，宛如楷書般一筆不苟。霍都雖不懂一陽指的精奧，總算曾臨寫過「房玄齡碑」，預計得到他那一橫之後會跟著寫那一直，倒也守得井井有條，絲毫不見敗象。

朱子柳見他識得這路書法，喝一聲采，叫道：「小心！草書來了。」突然除下頭頂帽子，往地下一擲，長袖飛舞，狂奔疾走，出招全然不依章法。但見他如瘋如顛、如酒醉、如中邪，筆意淋漓，指走龍蛇。

郭芙駭然笑問：「媽，他發顛了嗎？」黃蓉道：「嗯，若再喝上三杯，筆勢更佳。」提起酒壺斟了三杯酒，叫道：「朱大哥，且喝三杯助興。」左手執杯，右手中指在杯上一彈，那酒杯穩穩的平飛過去。朱子柳舉筆捺出，將霍都逼開一步，抄起酒杯一口飲盡。黃蓉第二杯、第三杯接著彈去。霍都見二人在陣前勸酒，竟不把自己放在眼內，想揮扇將酒杯打落，但黃蓉湊合朱子柳的筆意，總是乘著空隙彈出酒杯，叫霍都擊打不著。

朱子柳連乾三杯，叫道：「多謝，好俊的彈指神通功夫！」黃蓉笑道：「好鋒銳的『自言帖』！」朱子柳一笑，心想：「朱某一生自負聰明，總是遜這小姑娘一籌。我苦研十餘年的一路絕技，她一眼就看破了。」原來他這時所書，正是唐代張旭的「自言帖」。張旭號稱「草聖」，乃草書之聖。杜甫〈飲中八仙歌〉詩云：「張旭三杯草聖傳，脫帽露頂王公前，揮毫落紙如雲煙。」黃蓉勸他三杯酒，一來切合他使這路功夫的身分，二來是讓他酒意一增，筆法更具鋒芒，三來也是挫折霍都的銳氣。

只見朱子柳寫到「擔夫爭道」的那個「道」字，最後一筆鉤將上來，墨黑的筆鋒直劃上了霍都衣衫。羣豪轟笑聲中，霍都踉蹌後退。

楊過使招美女拳法中的「麗華梳妝」，伸手在頭上一梳，跟著手指軟軟的揮了出去，臉露微笑。達爾巴依樣而爲，也作態一笑。旁觀衆人無不毛骨悚然。

第十三回　武林盟主

金輪國師雙眼時開時合，似於眼前戰局渾不在意，實則一切看得清清楚楚，眼見霍都已處下風，突然說道：「阿古斯金得兒，咪嘛哈斯登，七兒七兒呼！」眾人不知他這幾句蒙語說些甚麼，霍都卻知師父提醒自己，不可一味堅守，須使「狂風迅雷功」與對方搶攻，當下發聲長嘯，右扇左袖，鼓起一陣疾風，急向朱子柳撲去。

勁風力道凌厲，旁觀眾人不由自主的漸漸退後，只聽他口中有似霹靂般不住吆喝助威，料想這「狂風迅雷功」除兵刃拳腳外，叱咤雷鳴，也是克敵制勝的一門厲害手段。朱子柳奮筆揮洒，進退自如，和他鬥了個旗鼓相當。

兩人翻翻滾滾拆了百餘招，朱子柳一篇「自言帖」將要寫完，筆意斗變，出手遲緩，用筆又瘦又硬，古意盎然。黃蓉自言自語：「古人言道：『瘦硬方通神』，這一路

『褒斜道石刻』，當眞是千古未有之奇觀。」

霍都仍以「狂風迅雷功」對敵，但對方力道旣強，他扇子相應加勁，呼喝也更加猛烈。武功較遜之人竟在大廳中站立不住，一步步退入天井。

黃蓉見楊過與小龍女並肩坐在柱旁，離惡鬥的二人不過丈餘，相倚相偎，喁喁細語，對相鬥的二人絲毫不加理會。小龍女衣帶在疾風中獵獵飄動，她卻行若無事，只脈脈含情的凝視楊過。黃蓉愈看愈奇，到後來竟是注視他二人多而看霍朱二人少了，心想：「這小女孩似乎身有上乘武功，過兒和她這般親密，卻不知她是那一位高人的門下？」

小龍女此時已過二十歲，只因她自小在古墓中生長，不見陽光，皮膚嬌嫩，駐顏內功又高，看來倒似只十六七歲一般。她在與楊過相遇之前，罕有喜怒哀樂，七情六欲最能傷身損顏，她過兩年只如常人一年。若她眞能遵師父之教而淸心修練，不但百年之壽可期，且到了百歲，體力容顏仍不亞於五十歲之人。因此在黃蓉眼中，她倒似反較楊過年輕，而舉止稚拙、天眞純樸之處，比郭芙更爲顯然，無怪以爲她是小女孩了。

楊過凝視小龍女，見她頭髮散亂，伸手輕輕給她理好，拔下她頭髮中的那支荆釵，理好頭髮後重行插好。小龍女道：「過兒，我一路來尋你，頭髮亂不亂也不理了，反正沒人瞧我。我只愛你瞧我，你不在我身邊瞧我，我就不開心。我找你不到，我就哭，哭得好傷心。你不好，也不來勸，不來安慰我。」說著上身微微扭動，似是撒嬌。

小龍女幼小之時，師父便教她不可動情，哭固不可，笑也不行，總之要呆呆板板，心如止水。孫婆婆遵依師門教導，也不讓小龍女發洩喜怒哀樂之情，因之她自幼既不會求懇，更無機會向師父或孫婆婆撒嬌撒痴。她做了楊過的師父後，自居尊長，神色莊嚴，楊過詼諧說笑，她雖覺好笑，卻也不睬不笑。但一個少女撒嬌以求得人憐愛，原爲有生俱來的天性，即是五六歲的女孩，也會向父母愛嬌發嗲，不必教而自會。小龍女既離古墓，一心一意只在愛慕楊過，早將師父的昔日教導拋到了九霄雲外，一憑天性而爲，欲喜即喜，欲悲即悲，更不勉強克制約束內心天然心情。楊過見她神情可親可愛，攬著她肩頭的左臂微微用力，說道：「過兒不來安慰你，是我不好！」右手拿起她右掌，在自己臉頰上輕輕拍擊，說道：「打你這壞小子！」

小龍女問道：「你不見我之後，一天想我幾次？」楊過道：「你走了之後，我便出來尋你，從早到晚便在尋你，只大叫：『姑姑，姑姑！』」小龍女微笑問道：「那麼你想我不想？」楊過道：「當然想啊，一天至少想兩百次。」小龍女道：「兩百次不夠，我要三百次。」楊過道：「我一天想你四百次，上午兩百次，下午又兩百次。」小龍女道：「你吃飯的時候也想我，又多一百次，一天想五百次。」楊過道：「我吃飯的時候也想你。想啊想的，心不在焉，把麵條吃進了鼻孔裏去。」小龍女噗哧一笑，說道：

「那就不好過了。」楊過道：「我不理，鼻子一吸，把麵條從鼻孔裏吸了進去，嘴巴再一吸，就到了嘴裏，再一呑，就呑進了肚裏。」小龍女扁扁嘴道：「啊唷，那可髒死了！」楊過道：「不髒，不髒，我從小就這麼吃麵條，味道還挺好的。我吃飯時想你，嘴裏輕輕叫著『姑姑，姑姑』，嘴巴沒空，就用鼻子吃麵條。」小龍女心中感動，說道：「過兒好乖！你晚上不睡覺，又多想一百次。」

楊過道：「晚上不睡覺不行。我要睡著了才能做夢，好晚晚夢見你，緊緊抱住你，說道：『親親好媳婦兒，我要你做我媳婦兒！』一面叫，一面親你的臉，又親你好美麗的眼睛。」小龍女嘆了口氣道：「你說要我做你媳婦兒，那眞好，我自然要做。那你在睡夢裏也想著我了，又多一百次！以後我們分開了，你每天至少要想我六百次。」楊過道：「以後說甚麼也不分開了。眞要分開了，我每天想你七百次。」小龍女道：「八百次！」楊過道：「九百次！」小龍女道：「一千次！」楊過心熱如火，忍不住就要攬過她來吻她。但大廳上衆目睽睽，他畢竟曾在塵世中長到十幾歲，覺得不妥，勉強克制住了，只覺懷中小龍女的身體也漸漸溫熱。

小龍女幼小之時，師父與孫婆婆雖然愛她，卻從不顯示，一直對她冷冰冰地，直至此時，方得楊過盡情寵愛呵護，那是從所未有的經歷，心中的喜悅甜美，當眞難以言宣，全身放軟，靠在楊過身上。

這時廳心中兩人相鬥，局勢趨緊。朱子柳用筆越來越醜拙，勁力也逐步加強，筆致有似蛛絲絡壁，勁而復虛。霍都暗暗心驚，漸感難以捉摸。金輪國師大聲喝道：「馬米八米，古斯黑斯。」這八個字蒙古話不知是甚麼意思，卻震得人人耳中嗡嗡發響。朱子柳焦躁起來，心道：「他若再變招，這場架不知何時方能打完。我以大理國故相而為大宋打頭陣，可千萬不能輸了，致貽邦國與師門之羞。」忽然間筆法又變，運筆不似寫字，卻如拿了斧斤在石頭上鑿打一般。

這一節郭芙也瞧出來了，問道：「朱伯伯在刻字麼？」黃蓉笑道：「我的女兒倒也不蠢，他這一路指法是石鼓文。那是春秋時用斧頭鑿刻在石鼓上的文字，你認認看，朱伯伯刻的是甚麼字。」郭芙順著他筆意看去，但見所寫每一字盤繞糾纏，像是一幅幅小畫，一字不識。黃蓉笑道：「這是最古的大篆，無怪你不識，我也認不全。」郭芙拍手笑道：「這番邦蠢才自然更加認不出了。媽，你瞧他滿頭大汗、手忙腳亂的怪相。」

霍都對這一路古篆果然只識得一兩個字。他既不知對方書寫何字，自然猜不到書法間架和筆畫走勢，難以招架。朱子柳一個字一個字篆將出來，文字固然古奧，而作為書法之基的一陽指也相應加強勁力。霍都一扇揮出，收回稍遲，朱子柳毛筆抖動，已在他扇上題了一個大篆。

霍都一看，茫然問道：「這是『網』字麼？」朱子柳笑道：「不是，這是『爾』

字。」隨即伸筆又在他扇上寫了一字。霍都道：「這多半是『月』字？」朱子柳搖頭說道：「錯了，那是『乃』字。」霍都心神沮喪，搖動扇子，要躲開他筆鋒，不再讓他在扇上題字，不料朱子柳左掌斗然強攻，霍都忙伸掌抵敵，卻給他乘虛而入，又在扇上題了兩字，寫得急了，來不及寫大篆，卻是草書。霍都便識得了，叫道：「蠻夷！」

朱子柳哈哈大笑，說道：「不錯，正是『爾乃蠻夷』。」羣雄憤恨蒙古鐵騎入侵，殘害百姓，個個心懷怨憤，聽得朱子柳罵他「爾乃蠻夷」，都大聲喝采。

霍都給他用眞草隸篆四般「一陽書指」殺得難以招架，早就怯了，聽得這一股喝采聲勢，心神更亂，見朱子柳振筆揮舞，在空中連書三字，那裏還想到去認甚麼字？勉力舉扇護住面門胸口要害，突感膝頭一麻，原來已給敵人倒轉筆桿，點中了穴道。霍都但覺膝彎酸軟，便要跪將下去，心想這一跪倒，那可再也無顏爲人，強吸一口氣向膝間穴道沖去，要待躍開認輸，朱子柳筆來如電，跟著又是一點。他以筆代指，以筆桿使一陽指法連環進招，霍都怎能抵擋？膝頭痲軟，終於跪了下去，臉上已全無血色。

羣雄歡聲雷動。郭靖向黃蓉道：「你的妙策成啦。」黃蓉微微一笑。

武氏兄弟在旁觀鬥，見朱師叔的一陽指法變幻無窮，均大爲欽服，暗想：「朱師叔功力如此深厚強勁，化而爲書法，其中又有這許多奧妙變化，我不知何日方能學到如他一般。」一個叫：「哥哥！」一個叫：「兄弟！」兩人一般的心思，都要出言讚佩師叔武功，忽聽得朱子柳「啊」的一聲慘叫，急忙回頭，見他已仰天跌倒。

這一下變起倉卒，人人都大吃一驚。原來霍都不支跪地，朱子柳心想自己以一陽指法點中他穴道，這與尋常點穴法全然不同，旁人須難解救，伸手在他脅下按了幾下，運氣解開他被封的穴道。不料霍都穴道甫解，殺機陡生，口裏微微呻吟，尚未站直，右手拇指一按扇柄機括，四枚毒釘從扇骨中飛出，盡數釘在朱子柳身上。本來高手比武，既見輸贏，便決不能再行動手，何況對手正在好意為他解穴，大廳上眾目睽睽，怎料得到他會突施暗算？霍都若在比武之際發射暗器，扇骨藏釘雖然巧妙，卻也決計傷害不了對方；此時朱子柳解他穴道，與他相距不過尺許，而且好意相救，決想不到對方會以怨報德，忽施暗算，這暗器貼身陡發，武功再高，亦難閃避。四枚釘上餵以蒙古雪山所產劇毒，朱子柳一中毒釘，立時全身痛癢難當，難以站立。

羣雄驚怒交集，紛紛戟指霍都，斥他卑鄙無恥。霍都笑道：「小王反敗為勝，又有甚麼恥不恥？咱們比武之先，又沒言明不得使用暗器。這位朱兄若用暗器先打中小王，那我也只有認命罷啦。」眾人雖覺他強詞奪理，一時也難駁斥，但仍斥罵不休。

郭靖搶出抱起朱子柳，見四枚小釘分釘他胸口，又見他臉上神情古怪，知暗器上毒藥怪異，忙伸指先點了他三處大穴，使得血行遲緩、經脈閉塞，毒氣不致散行入心，問黃蓉道：「怎麼辦？」黃蓉皺眉不語，料知要解此毒，定須霍都或金輪國師親自用藥，但如何奪到解藥，一時彷徨無計。

點蒼漁隱見師弟中毒深重，又擔憂，又憤怒，拉起袍角在衣帶中一塞，就要奔出去和霍都交手。黃蓉思慮比武通盤大計：「對方已勝一場，漁人師兄出馬，對方達爾巴應戰，我們並無勝算。」忙道：「師兄且慢！」點蒼漁隱問道：「怎麼？」饒是黃蓉智謀百出，卻也答不出來，頭一場既已輸了，此後兩場就甚難處。

霍都使狡計勝了朱子柳，站在廳口洋洋自得，遊目四顧，大有不可一世之概，一瞥眼間，見小龍女與楊過並肩坐在石礎之上，拉著手娓娓深談，對自己這場勝利竟視若無睹，不由得心頭火起，伸扇指著楊過喝道：「小畜生，站起來。」

楊過全神貫注在小龍女身上，天下雖大，更無一事能分他之心，因之適才霍都與朱子柳鬥得天翻地覆，他竟視而不見、聽而不聞。他與小龍女同在古墓數年，實不知自己對她已刻骨銘心、生死以之。當日小龍女問他是否要自己做他妻子，只因突然而發，他心中從未膽敢想過此事，竟愕然不知所對，事後小龍女影蹤不見，他在心中已不知說了幾千百遍：「我要的，我自然要的。寧可我立時死了，也要姑姑做我媳婦。」

他與小龍女之間的情意，兩人都不知不覺而萌發，及至相別，這才蓬蓬勃勃的不可抑制。楊過固然天不怕、地不怕，而小龍女於世俗禮法半點不知，只道我欲愛則愛，欲喜則喜，又與旁人何干？因此上一個不理，一個不懂，二人竟在千人圍觀之間、惡鬥劇戰之場，執手而語，情致纏綿。

楊過心情激動，說道：「姑姑，我叫你叫慣了，嘴裏仍叫你『姑姑』，心裏卻叫你『媳婦兒』！」小龍女微笑道：「好的，沒人的時候，你可以叫我『媳婦兒』，嗯，媳婦兒，媳婦兒，我愛你這麼叫我！」楊過道：「那你要一生一世都做我媳婦兒。」小龍女道：「這個自然。難道只做三天、四天就不做嗎？我不成，你也不可以，你要永遠是我的老公，不准你變心。」楊過道：「我當然永永遠遠不變心、不負心。李師伯挑撥造謠，老想騙得你傷心，你別信她的。」小龍女點點頭，斬釘截鐵的道：「嗯，她是個壞女人！」

霍都又罵一聲，楊過仍沒聽見。霍都更欲斥責，只聽金輪國師吩咐道：「我方已勝了一場，可接著再鬥第二場。」霍都向楊過狠狠瞪了一眼，退回席間，大聲說道：「敝方勝了一場，第二場由我二師兄達爾巴出手，貴方那一位英雄出來指教？」

達爾巴從大紅袈裟下取出一件兵器，走到廳中。眾人見到他的兵刃，都暗暗心驚，原來那是一柄又粗又長的金杵。這金剛降魔杵向爲密教中護法尊者所用，藏僧、蒙僧以此爲兵刃的本亦常有，但達爾巴這降魔杵長達四尺，杵頭碗口粗細，杵身金光閃閃，似是以黃金混和鋼鐵所鑄，或是鋼杵外有幾層黃金，一望而知甚是沈重。

他來到廳中，向羣雄合什行禮，舉手將金杵往上高拋。金杵落將下來，砰的一聲，把廳上兩塊青花大磚打得粉碎，杵身陷入泥中，深逾一尺。這一下先聲奪人，此杵之重可知，瞧他又乾又瘦的一個和尚，居然使得動此杵，則武功膂力又可想而知。

黃蓉心想：「靖哥哥自能制服這莽和尚，但第三場那國師出手，我方無人能擋，這場比武是輸定了。說不得，我勉力用巧勁鬥他一鬥。」一提打狗棒，說道：「我出手罷！」郭靖大驚，忙道：「使不得，使不得。你身子不適，怎能與人動手？」黃蓉也覺並無把握取勝，但若輸了這一場，第三場便不用比了，正躊躇間，點蒼漁隱叫道：「黃幫主，讓我去會這惡僧。」他見師弟中毒後痳癢難當的慘狀，心急如焚，急欲報仇。黃蓉也苦無善策，心想：「眼下只有力拚，若他勝得蒙僧，靖哥哥再以硬碰硬，與那國師分個高下便了。」於是說道：「師兄請小心了。」

武氏兄弟搬過師伯所用的兩柄鐵槳呈上。點蒼漁隱挾在脅下，走到廳中。他雙眼火紅，繞著達爾巴走了一圈。達爾巴莫名其妙，見他打圈，便跟著轉身。點蒼漁隱猛然大喝，兩手分執雙槳，往他頭頂直劈下去。達爾巴伸手拔起地下降魔杵招架，槳杵相交，噹的一聲大響，只震得各人耳中嗡嗡發響。兩人虎口都隱隱發痛，均知對方力大，各自向後躍開。達爾巴說了一句蒙古話，漁隱卻用大理的擺夷語罵他。二人誰也不懂，突然間欺近身去，槳杵齊發，又是金鐵交鳴的一聲大響。

這番惡鬥，再不似朱子柳與霍都比武時那般瀟洒斯文。二人銅缸對鐵甕，大力拚大力，各以上乘外門硬功相抗，杵槳生風，旁觀衆人盡皆駭然。

點蒼漁隱膂力本就極大，在湘西侍奉一燈大師隱居之時，日日以鐵槳划舟，逆溯激流而上，雙臂更練得筋骨似鐵。他是一燈的大弟子，在師門親炙最久，四大弟子中向來武功第一，只是他天資較差，內功不及朱子柳，但外門硬功卻厲害之極。此時與達爾巴硬拚外功，正是用其所長，但見他雙槳飛舞，直上直下的強攻。兩柄鐵槳每柄都有五十來斤，他卻舉重若輕，與常人揮舞幾斤重的刀劍一般靈便。

達爾巴向來自負膂力無雙，不料在中原竟遇到這樣一位神力將軍，對方不但力大，招數更為精妙，當下全力使動金剛杵。杵對槳，槳對杵，兩人均是攻多守少。

當朱子柳與霍都比武之時，廳上觀戰的羣雄均已避招散開，此刻三般重兵刃交相拚鬥，別說勁風難擋，即是槳杵相撞時所發出的巨聲也令人甚難忍受。衆人多數掩耳而觀。燭光照耀之下，黃金杵化成一道金光，鑌鐵槳幻為兩條黑氣，交相纏繞。

這一場好鬥，多數人平生未見。更凶險的情景固非沒有，但高手比拚內功，內裏緊迫異常，外表看來卻甚平淡。至於拳腳兵刃的招數拆解，則巧妙固有過之，狠猛卻又大為不及。世上如點蒼漁隱這般神力之人已極罕有，再要兩個膂力相若、功力相近之人碰在一起如此惡鬥，更加難遇難見了。

郭靖與黃蓉都看得滿手是汗。郭靖道：「蓉兒，你瞧咱們能勝麼？」黃蓉道：「現下還瞧不出來。」其實郭靖何嘗不知一時之間勝負難分，但盼妻子說一句「漁隱可勝」，心中就大為安慰。

再拆數十招，兩人力氣絲毫不衰，反而精神彌長。點蒼漁隱雙槳交攻，口中吆喝助威。達爾巴問道：「你說甚麼？」他說的是蒙語，漁隱那裏懂得，也問：「你說甚麼？」達爾巴自也不懂。兩人便即各自亂罵狠鬥，只打得廳上桌椅木片橫飛。衆人耽心他們一個不留神打中了柱子，只怕整座大廳都會塌將下來。

金輪國師和霍都也暗暗心驚，看來如此惡鬥下去，達爾巴縱然得勝，也必脫力重傷，但激戰方酣，怎能停止？

兩人跳盪縱躍，大呼鏖戰，黃光黑氣將燭光逼得也暗了下來，猛然間震天價一聲大響，兩人同聲大喝，一齊跳開，原來漁隱右手鐵槳和金杵硬拚一招，二人各使全力，鐵槳槳柄較細，不及金杵堅牢，竟爾斷為兩截。槳片飛開，噹的一聲，跌在小龍女身前。

小龍女正與楊過說得出神，毫沒留意，槳片砸在磚地上，砸碎了磚塊，一小塊磚片跳了起來，撞在她左腳腳趾上，她「哎喲」一聲，跳了起來。她這一呼痛，楊過方才驚覺，忙問：「你受傷了麼？」小龍女撫著腳趾，臉現痛楚神色。

楊過大怒，又心生憐惜，先一把摟住了小龍女，防備再有人傷她，再轉頭尋找是誰投來這塊鐵板砸碎磚塊，打痛了姑姑，見點蒼漁隱右手拿著斷槳，正與達爾巴爭執，要以單槳與他再鬥。達爾巴不住搖頭，他知敵人力氣功夫和自己半斤八兩，若再比武，仍然難勝，既在兵刃上佔了便宜，這場比武就算贏了。

霍都站了出來，朗聲說道：「我們三場中勝了兩場，這武林盟主之位自該屬於我師，各位……」他話未說完，楊過向漁隱道：「你的鐵槳怎地斷了，飛過來打痛了我姑姑？」漁隱道：「我……我……」楊過道：「你的鐵槳也不做得結實些，快去賠禮。」漁隱見他是個孩子，不加理睬。楊過忽地伸手，將他斷槳奪過，叫道：「快向我姑姑賠不是。」

霍都給他打斷話頭，大是氣惱，喝道：「小畜生！快滾開！」楊過叫道：「小畜生罵誰？」霍都聽他問「小畜生罵誰」，順口答道：「小畜生罵你！」他怎知南方孩子向來以這般套子鬥口，一不留神，已自上當。楊過哈哈大笑，說道：「不錯，正是小畜生罵我！」大廳上情勢本來極爲緊張，卻給這少年突然這麼一個打岔，羣雄都笑了出來。霍都大怒，摺扇直出，往楊過頭頂擊落。

羣雄適才均見霍都武功了得，這一扇如打在楊過頭上，不死也必重傷，齊聲呼叫：「住手！」「不得以大欺小！」

郭靖飛身搶出，正要伸手奪扇，楊過頭一低，已從霍都手臂下鑽過，槳柄回繞，使出打狗棒法的「纏」字訣，在霍都腳下一絆。霍都立足不穩，一個踉蹌，險些跌倒，總算他武功高強，將跌勢硬生生變爲躍勢，凌空竄起，再穩穩落下。

郭靖一怔，問道：「過兒，怎麼了？」楊過笑道：「沒甚麼。這廝瞧不起洪老幫主的打狗棒法，我就想用打狗棒法摔他個觔斗，可惜給他逃開了。」郭靖大奇，又問：「你怎麼會使？」楊過撒謊道：「適才魯幫主和他動手，我瞧了之後，學得幾招。」郭靖自己天資魯鈍，只道世上聰明之人甚多，對他的話倒也信了八九成。

霍都這麼一絆，料得是自己不小心，怎想得到這少年竟有高明武功，心想眼下爭盟主是大事，辦完正事再打發這小子不遲，大踏步走到郭靖面前，朗聲道：「郭大俠，今日比武是我們勝了，我師金輪國師是天下武林盟主。可有那一位不服……」

他話未說完，楊過悄悄走到他身後，槳柄疾送，使出打狗棒法中第四招「戳」字訣，忽地向他臀上戳去。以霍都的武功修爲，背後有人突施暗算，豈有不知之理？可是一來他沒將楊過放在眼裏，二來打狗棒法端的神奇奧妙，他雖驚覺，急閃之際終究還是差了這麼幾寸，噗的一下，正中臀部。饒是他內功深厚，臀部又是多肉之處，這一下卻也甚爲疼痛，兼之出其不意，他只道定可避過，偏偏竟又戳中，不由得「啊」的一聲叫了出來。楊過喝道：「甚麼東西？我就不服！」

霎時之間，廳上笑聲大作。羣雄都想這少年不但頑皮，兼且大膽，這蒙古王子居然兩次著了他道兒。

至此地步，霍都焉得不惱？反手一掌，要先打他個耳光，出了口惡氣再說。他雖只順手一掌，但掌力含勁蓄勢，實是蒙古金剛宗武功的精要，預擬一掌要將這少年打昏躺下。郭靖知道厲害，左手探出，反手一勾，已將他手掌抓住，勸道：「閣下怎能跟小孩兒一般見識？」霍都給他一把抓住，但感半身發麻，不禁驚怒交集。

楊過乘勢橫過槳柄，重重一棍打在他臀上，叫道：「小畜生不聽話，爸爸打你屁股！」郭靖喝道：「過兒快退開，不許胡鬧！」羣豪已嘻嘻哈哈的笑成一團。

蒙古一邊的衆武士紛紛叫嚷：「兩個打一個麼？」「不要臉！」「這算不算比武？」郭靖一怔，放脫了霍都。

黃蓉見楊過適才這一絆一戳，確是打狗棒法招數，心下大疑：「他從何處偷學得到這路棒法？難道這幾個月來我教魯有腳之時，每天他都來偷看？但我教棒時每次均四下查過，他怎能瞞得過我？」叫道：「靖哥哥，你來。」郭靖回到妻子身旁，但他躭心楊過吃虧，眼光仍不離廳心二人。

只見霍都揮掌飛腳，不住向楊過攻去。楊過一面閃避，一面大叫：「打你屁股，打你屁股！」橫槳柄不住向他臀部抽擊，此時霍都展開身法，自已打他不著，每一棍都落了空。霍都用摺扇想打楊過腦袋，楊過卻用鐵槳柄去打他後臀，兩人你追我趕，在廳上迅速異常的兜繞圈子，誰也打不著誰。

旁觀衆人初時只覺滑稽古怪，待見二人繞了幾個圈子，都驚訝起來。楊過年紀雖小，然腳步輕盈，身手迅捷，輕功似猶勝對手。霍都幾次飛步擊打，都給他巧妙避開。點蒼漁隱與達爾巴本來各執兵刃，怒目對視，一個要衝上去再打，一個全神戒備，以防對方突襲，見霍都竟奈何不了這少年，都感詫異，一個咧開大嘴嘻嘻而笑，一個以蒙古話嘰哩咕嚕的咒罵。

轉瞬間霍楊二人又繞了三個圈子，霍都已瞧出對方輕身功夫了得，一味跟他追逐，說不定竟還輸了，突然轉身，急伸左掌迎面去抓他槳柄，右手扇子往他腿側「環跳穴」上點去。這一下出手，顯已不再是懲戒頑童，竟是比武過招了。

楊過卻仍不與他正面對戰，側身避開扇子，橫著槳柄揮打，叫道：「老子打你屁股！一日不過三，打了兩下，還欠一下！」拚鬥時這般戲弄，本來須得比對方武功高出甚多方無危險，楊過雖學過不少上乘武功，功力卻遠遠不及對手，如此胡鬧本來必定遭殃。但羣豪瞧得有勁，紛紛嘻笑叫嚷、拍手頓足的爲他助威。霍都給吵得心神不定，生怕在天下英雄面前再給這頑童打中一下屁股，那時就算當場殺了這小廝，也已大大丟臉，因之全神貫注的閃避，一時竟忘了反擊，楊過這才未遇凶險。

到了此時，黃蓉自早已看出楊過曾受高人指點，武功著實了得，又想起日間他以內力助自己調息，內功修爲亦自不凡，心想且由他胡攪一陣，竟能由此挽回連敗兩陣的頹勢亦未可知，高聲叫道：「過兒，你好好跟他比一比罷，我瞧他不是你對手。」

楊過向霍都伸了伸舌頭，道：「你敢不敢？」說著站定身子，指著他鼻子。

霍都心下雖怒，但想不可因小不忍而亂大謀，己方連勝兩場，武林盟主已然奪得，何必再為一個少年而另起糾紛？便道：「小畜生，如此頑皮，總得要好好教訓你一番，這個倒也不忙。現下請天下武林盟主金輪國師給大夥兒致訓，大家一齊聽他老人家的號令。」羣雄轟然抗辯，喧嘩嘈雜。

霍都大聲道：「咱們言明在先，三賽兩勝。各位說過的話，算人話不算？」

羣雄都是江湖上的成名人物，均知駟不及舌之義，要他們出爾反爾，那是萬萬不肯的；但適才這兩場實在輸得冤枉，第一場是中了暗算，反勝為敗，第二場只折斷了兵刃，可是硬要說不敗，卻也難以理直氣壯。眾人給他這麼一問，一時語塞。

楊過道：「這個老和尚這般高，這般瘦，模樣古怪，怎能做武林盟主？我瞧他不配。」霍都怒道：「這小孩的師父是誰？快領去管教。再在這裏撒野，我下手可要不留情面了。」楊過道：「我師父才配當武林盟主，你師父有甚麼本領？」霍都道：「你師父是那一位？請出來見見。」他見楊過身手不凡，料得他師父必是高手，是以用了個「請」字。

楊過道：「今日爭武林盟主，都是徒弟替師父打架，是不是？」霍都道：「不錯，我們三場中勝了兩場，因此我師父是盟主。」楊過道：「好罷，就算你勝了他們，那又怎地？我師父的徒弟你可沒打勝。」霍都問道：「你師父的徒弟是誰？」楊過笑道：「蠢才！我師父的徒弟，自然是我。」羣雄聽他說得有趣，都哈哈大笑。

楊過笑道：「咱們也來比三場，你們勝得兩場，我才認老和尚作盟主。但如我勝得兩場，對不起，這武林盟主只好由我師父來當了。」衆人聽他說到此處，均想莫非他師父當眞是大有來頭的人物，要來和洪七公、金輪國師爭武林盟主，不管他師父是誰，總是漢人，自勝於讓蒙古國師搶了盟主去，這少年當然鬥不過霍都，然而眼下己方已然敗定，只有另生枝節，方有轉機，於是紛紛附和：「對，對，除非你們蒙古人再勝得兩場。」「這位小哥說的甚是。」「中原高手甚多，你們僥倖佔了兩場便宜，有甚希罕？」

霍都尋思：「對方最強的兩個高手都已敗了，再來兩個又有何懼？就怕他們使車輪戰法，打敗兩個又來兩個。」對楊過道：「尊師要爭這盟主之位，原也在理，只是天下英雄何止千萬，比了一場又是一場，卻比到何年何月方了？」

楊過頭一昂，說道：「旁人來作盟主，我師父也不願理會，但她瞧著你師父心裏就有氣。」霍都道：「尊師是誰？他老人家可在此處？」楊過笑道：「他老人家就在你眼前。喂，姑姑，他問你老人家好呢。」

小龍女「嗯」的一聲，向霍都點了點頭。

羣雄先是一怔，隨即哈哈大笑。眼見小龍女容貌俏麗，年紀尚較楊過幼小，怎能是他師父？顯是這少年有意取笑、作弄霍都了。只有郝大通、趙志敬、甄志丙等幾人才知他所言是實。黃蓉雖智慧過人，卻也決計不信小龍女這樣一個嬌弱幼女會是他師父。

霍都大怒，喝道：「小頑童胡說八道！今日羣雄聚會，有多少大事要幹，那容得你在此胡鬧？快給我滾開。」

楊過道：「你師父又黑又醜，說話嘰哩咕嚕，難聽無比。你瞧我師父多美，多麼清雅秀麗，請她做武林盟主，豈不是比你這個醜和尚師父強得多麼？」

小龍女聽楊過稱讚自己美貌，心中歡喜，嫣然一笑，眞如異花初胎，美玉生暈，明艷無倫。

羣雄見楊過作弄敵人越來越大膽，都感痛快，有些老成之人卻暗暗爲他擔心，生怕霍都陡下殺手，勢必送了他性命。

果然鬧到此時，霍都再也忍耐不住，叫道：「天下英雄請了，小王殺此頑童，那是他自取其咎，須怪不得小王。」摺扇一揮，就要往楊過頭頂擊去。楊過模倣他說話神氣，挺胸凸肚，叫道：「天下英雄請了，小頑童殺此王子，那是他自取其咎，須怪不得小頑童！」羣雄轟笑聲中，他突然橫過槳柄，往霍都臂上揮去。

霍都側身讓過，摺扇斜點，左掌如風，直擊對方腦門。扇點是虛，掌擊卻實，這一掌使上了十成力，存心要一掌將他打得腦漿迸裂。楊過閃身斜走，順手將一張方桌推出，格的一響，霍都這掌擊在桌上，登時木屑橫飛，方桌塌了半邊。羣雄見他掌力驚人，不禁咋舌。霍都隨即飛腳踢開桌子，跟著進擊。楊過見他出掌狠辣，再也不敢輕忽，舞動槳柄，就使打狗棒法和他鬥了起來。

那打狗棒法的招數洪七公曾全部傳授，當日楊過在華山絕頂向歐陽鋒試演數日，招數中最奧妙曲折之處也都已演過，口訣和變化又曾聽黃蓉傳於魯有腳，這大半天中自行細加推究，將兩者一加湊合，此刻居然使得頭頭是道。只槳柄太過沉重，又短了半截，運用之際甚不方便，再加研習的時刻太短，未能熟習，拆了十餘招，已給霍都扇中夾掌，困在一隅。

黃蓉見他所使的果眞都是打狗棒法，雖招數生澀，未盡妙用，出手姿式卻似模似樣，知他兵刃不順手，當即走到廳中，伸棒在二人之間一隔，說道：「過兒，打狗須用打狗棒。魯幫主這棒兒借給你罷，打完惡狗，立即歸還。」打狗棒是丐幫幫主的信物，是以須得言明借用。楊過大喜，接過竹棒。黃蓉在他耳邊低聲道：「逼他交出解藥。」說罷便即躍回。楊過沒留神適才朱子柳身中暗器的情狀，不知解藥何指，微微一怔，霍都已揮掌劈到。

楊過提起打狗棒往他小腹點去。這竹棒又堅又韌，長短輕重，無不順手，以打狗棒使打狗棒法，威力倍增。霍都發掌正劈向他頭頸，見他竹棒疾出，逕刺自己臍下三寸的「關元穴」，這是任脈的要穴，這小小頑童認穴竟如此精確，不由得吃了一驚。他與楊過已糾纏數次，始終當他不過是個身手敏捷、曾得明師指點的少年，此刻見了他這一招刺穴，才當他是個可相匹敵的對手，再也不敢輕忽，撤掌迴身，轉扇護胸。旁觀高手見他竟改取守勢，顯是對楊過頗爲忌憚，詫異更甚。

楊過說道：「且慢，小頑童決不白白與人過招，須得賭個利物。」霍都道：「好，你若輸了，向我磕三個頭，叫三聲爺爺。」楊過又使江南頑童常用的討便宜套子，假裝沒聽見，問道：「叫甚麼？」這套子突然使將出來，不知者極易上當。霍都生長邊陲，日常相處的盡是淳樸質實之輩，那懂這些江南頑童的狡獪，順口答道：「叫爺爺！」楊過應道：「嗯，乖孫兒，再叫我一聲。」衆人轟笑聲中，霍都又知上了惡當，一咬牙，右扇左掌，狂風暴雨般攻將過去。

楊過奮力抵擋，說道：「你若輸了，就須將解藥給我。」霍都怒道：「我輸給你？快別做夢，小畜生！」楊過竹棒揚起，喝道：「小畜生罵誰？」霍都道：「小畜生罵……」話到口邊，猛然省起，總算懸崖勒馬，硬生生把最後一個「你」字縮回嘴裏。楊過笑道：「小番王，教了你個乖，你記著罷。」他話雖說得輕巧，手上卻越來越感艱難。

霍都是國師的得意弟子，已得蒙古金剛宗武功的精要，他與一燈大師最強的弟子朱子柳拆得近千招，功力之深，與楊過自不可同日而語。楊過初時激他動了怒氣，乘機佔得便宜，霍都也未全力與搏，此刻當眞動手，二十餘招之後，楊過便即相形見絀。但羣雄見他小小年紀，居然支持了這麼許久，均已大爲讚許，都說：「這孩子可了不起。」紛紛互相詢問，這少年是誰的門下。

霍都見敵人勢劣，掌力加強。楊過所使的打狗棒法神妙莫測，本非霍都的扇法掌法之所及，但洪七公所授的只是招數，棒法的口訣秘奧，他今朝甫自黃蓉口中聽到，仗著聰明，才勉強湊合著兩者使用，然要半天之間融會貫通，施展威力，自決無此理。再鬥一會，楊過東躲西閃，已難招架。

郭芙與武氏兄弟自廳中比武開始，一直全神觀鬥，三人湊首悄悄議論，及至楊過出來動手，三人大出意料之外。武氏兄弟說他狂妄愚魯，自討苦吃。郭芙偏和他們抬槓，讚他大膽機敏。武氏兄弟聽得心中酸溜溜的甚不好受。初時他們見小龍女忽然來到，與楊過神態親密，兄弟倆對望一眼，登時大感輕鬆，待得聽楊過稱她爲師父，雖不知眞假，二人心頭又沉重起來。這時見楊過給霍都逼得手忙腳亂，兩兄弟自知不該幸災樂禍、希冀敵人獲勝，然內心深處，竟盼望他這觔斗栽得越重越好。二人只因患得患失，於是忽喜忽憂，心情於瞬息之間接連數變。郭芙對楊過固無好感，亦無厭憎之心，只當他是個落魄無能之人，無足輕重，聽父親說要將自己許配於他，一時雖感氣憤，但終信此事決難成眞，也不如何掛懷，後來見他武功甚強，也只大爲驚異而已，見他勢危，卻不禁躭心。

楊過料想如此相鬥，再鬥不了十招，難免給敵人打倒，瞥見小龍女雖仍坐在石礎上，背心卻已不再倚靠廳柱，神色關注，隨時便要躍起相助，心念一動，突然橫棒揮出，身子斜飛，從小龍女腳上躍過。霍都喝道：「那裏走？」跟著躍起追擊。

小龍女雙足微抬，左足足尖踢向霍都右足外踝的「崑崙穴」，右足足尖踢他左足心的「湧泉穴」。總算霍都武功極爲精強，見微知著，變化迅捷，小龍女雙足稍起，旁人毫不在意，他已知這少女是以極厲害的招數忽施突襲，百忙中使一招「鴛鴦連環腿」，雙足向空連環虛踢，才避開了她這兩下來無影去無蹤的飛足點穴。

楊過從小龍女腳上躍過，早料到有此一著，不待敵人落地，打狗棒已揮了出去。霍都伸扇在棒上一搭，借力斜身飛開，離得小龍女遠遠地，不自禁望了她兩眼，心想：「中原果然儘多能人，這兩個少年男女都不過十幾歲年紀，怎地如此了得？」

楊過得了這一招之利，發揮棒法中攻手，連進了三記殺招，霍都大感狼狽，全力抵禦。第四招上楊過已無奧妙棒法連續進攻，緩得一緩，給他反擊過來，又處劣勢。

旁人不懂棒法，還不怎地，黃蓉卻連連暗呼可惜，忍不住唸道：「棒迴掠地施妙手，橫打雙獒莫回頭。」這正是打狗棒法的訣竅，楊過雖知歌訣招數，卻不知此招該當於此時用出，聽得黃蓉唸起，當即橫棒掠地，直擊不回。

這一棒去勢古怪，他雖使了，實不知有何功效，豈知竹棒擊出，正巧對方舉扇斜揮。霍都這一招尚未使足，已知不妙，急忙躍起相避。黃蓉又唸：「狗急跳牆如何打？快擊狗臀劈狗尾。」這路棒法在丐幫中世代相傳，做丐兒的有甚文雅之士，口訣語句自然俚俗。旁人還道是黃蓉出言譏罵敵人是狗，卻不知她正在指點楊過武藝。那打狗棒法雖是除丐幫幫主外不傳別人，但一來楊過已自學會，二來這場比武關係重大，務須求勝，黃蓉也顧不得幫規所限，看到兩人進退守攻的情勢，不住口的出言指點。

她每一句話都說得正中竅要，兼之楊過機伶無比，數次得手之後，不等黃蓉唸完歌訣全句，只消提得頭上幾字便即施展。這打狗棒法果然威力奇強，霍都空有一身武功，竟讓一根竹棒逼得團團亂轉，再無還手餘地。眼見再拆數招，這武功精強的蒙古王子就要落敗，羣雄驚喜交集。大廳中采聲四起。

霍都揮扇急攻兩招，把楊過迫開幾步，叫道：「且住！」楊過笑道：「怎麼？小孫兒認輸了罷？」霍都臉色鐵青，森然道：「你說是爲你師父爭奪盟主，怎麼使上了洪七公的武功？若說爲洪七公爭盟主，適才已比過兩場。你們到底是胡混瞎賴，還是怎地？」

黃蓉心想不錯，他這話倒難以辯駁，正想與他強詞奪理一番，楊過已接口道：「你這次說的倒算是人話，這棒法果然非我師父所授，縱然勝得你，諒你也不服。你要見識見識我師父的功夫，絲毫不難。我剛才借用別派功夫，就怕本門功夫用將出來，你輸得太慘。」原來楊過聽他說了這番話，回頭向小龍女望了一眼，猛然省起：「幸虧這番邦王子提醒了我。若我用打狗棒法勝他，怎能顯出我姑姑的本事？姑姑豈不怪我忘了她傳授武功的恩德？」其實小龍女一派天眞，心中充滿了對楊過的柔情密意，只要眼中看著他，就已心滿意足，萬事全不縈懷，他勝了固好，敗也無妨，都沒甚相干，至於他是否用本門武功，是否聽由黃蓉指點，她更半點也不放在心上。

霍都心想：「你若不用打狗棒法，取你性命又有何難。」冷笑道：「這就是了，定須領教尊師的所授高招。」

楊過跟小龍女練得最精純的乃是劍法，於是向羣雄道：「那一位尊長請借柄劍一用。」廳上二千餘人之中倒有三百餘人佩劍，聽楊過如此說，齊聲答應，紛紛拔劍。

郝大通和孫不二未曾拜王重陽爲師之時，均已心懷忠義，後來受王重陽薰陶，攘夷禦侮之心更熱。楊過反出全眞教，他們自甚感惱怒，但此時見他力抗強敵，爲中華爭光，登時將門戶私見抛在一旁。孫不二武功在全眞七子中最弱，王重陽臨終時將全眞教最鋒利的一把寶劍傳給了她，俾以利器補武功之不足。她見楊過借劍拒敵，當即縱身搶在頭裏，雙手橫托一柄青光閃閃、寒氣森森的寶劍，說道：「你用這柄劍罷！」

楊過見那劍猶如一泓秋水，知是斷金切玉的利刃，若用以與霍都交手，定可佔得不少便宜，但他一見孫不二身上的道袍，立時想起自己在重陽宮中所受的屈辱，又想起孫婆婆橫死在郝大通掌下，白眼一翻，卻不接劍，轉頭從一名丐幫弟子手中取過一柄黑沉沉的生鏽鐵劍，說道：「就借大哥此劍一用。」竟將孫不二僵在當地，進退不得。她雖出家修道，終究武學之士火性難淨，自己好意借劍，這少年竟敢如此無禮，不禁大爲惱怒，欲待開口斥責，卻又大敵當前，不便另起爭端，忍怒退回人叢。也是楊過性子太剛，愛憎強烈，本可乘此良機與全眞教修好，這麼一來，雙方嫌隙卻更深了。

霍都見他不取寶劍，卻拿了一把鏽得斑斑駁駁的鐵劍，心中卻多了一層忌憚之意。蓋武功練到極高境界，飛花摘葉均可傷人，原已不仗兵刃銳利，心想敵人取了這樣一柄鈍劍，當眞有恃無恐不成？張開摺扇，揮了兩下，欲待開口叫陣。

楊過挺劍指著摺扇上朱子柳所寫的四字，笑道：「爾乃蠻夷，衆人皆知，倒也不用張揚了。」霍都臉上一紅，摺扇啪的一聲，摺成根短棒，向他「肩井穴」微點，左掌呼地劈出，勢挾勁風，凌厲狠辣。楊過使動鐵劍，以「玉女劍法」還招。

當年林朝英石墓苦修，創下玉女心經的武功，此後不再出墓，只傳了她的貼身丫鬟，經小龍女再傳而至楊過。那丫鬟從不涉足武林。李莫愁雖是小龍女的師姊，卻未得師傳高深劍法，只以拂塵與掌法、暗器揚威江湖。此時楊過使出古墓派劍法，大廳上各門各派高手畢集，頗多見多識廣之士，但除小龍女外，竟沒一人見過。

這一派武功的創始人固是女子，接連兩代的弟子也都是女人，自不免輕柔有餘、威猛不足。小龍女教導楊過的架式，都帶著三分嬝娜風姿。楊過融會貫通之後，自然而然的除去了女子神態，轉爲飄逸靈動。古墓派輕功當世無比，此時但見他滿廳遊走，一招未畢，二招已生。劍招初出時人尙在左，劍招抵敵時身已轉右，竟似劍是劍，人是人，兩者殊不相干，一套劍法只使得十餘招，羣雄無不駭然欽服。

霍都的扇上功夫本也算得武林一絕，揮打點刺，也以飄逸輕柔取勝，但此刻遇到天下無雙的古墓派絕頂輕功，竟施展不出手腳，加以他扇上給朱子柳寫上那四個字，給楊過一番取笑，不願再行張開，這樣一來，扇子中的「揮」字功夫便使不出了。

郭芙與武氏兄弟見楊過的劍法竟如此了得，六隻眼睛睜得大大的，再也無話可說。旁觀衆人之中第一歡喜的要算郭靖，他見故人之子忽爾練成這般身手，連自己也瞧不明他的家數，想起自己郭家與楊家的累世交情，不由得悲喜交集。黃蓉斜眼望了丈夫一眼，見他眼眶微紅，嘴角卻帶笑容，知他心意，伸過手去握住了他右手。

霍都眼見不敵，焦躁起來，暗思今日若竟折在這小子手中，自此聲名掃地，還說甚麼揚威中原？見楊過長劍斜指，劍尖分花，竟連刺三處，倘若縱躍閃避，登時落了下風，當即張開摺扇，擋過了他這三招連刺，一聲呼喝，又使出「狂風迅雷功」來反擊。

他右扇左袖，鼓起一股疾風，袖中隱藏鐵掌，口裏大聲呼喝，以他武林高手的身分，與一個少年過招，竟然不得不使出看家本領來全力施爲，即令得勝，臉上也已無光。但此時他只求不敗，那裏還顧得這許多？吆喝叫嚷，一招狠似一招。

玉女劍法使的本是無鋒鈍劍，用這柄生鏽鐵劍倒也適合，楊過劍走輕靈，招斷意連，綿綿不絕，當眞是閒雅瀟洒，翰逸神飛，大有晉人烏衣子弟裙屐風流之態。這套劍法本以韻姿佳妙取勝，襯著對方的大呼狂走，更加顯得他雍容徘徊，雋朗都麗。楊過雖一身破衣，但這路劍法使到精妙處，人人眼前斗然一亮，但覺他淸華絕俗，活脫是個翩翩佳公子。可是楊過一求姿式俊雅，劍上威力便不易發揚。霍都豁出了性命不要，愈鬥愈狠，楊過漸感吃力。郭靖、黃蓉看出他又將落敗，都眉頭漸漸皺攏，但見霍都扇底與袖間的風勁越鼓越猛，不由得心中暗叫：「不好！」

忽見楊過鐵劍一擺，叫道：「小心！我要放暗器了！」霍都曾用扇中毒釘傷了朱子柳，聽他如此說，只道他的鐵劍就如自己摺扇一般，也藏有暗器，無怪他不用利劍而用鏽劍，自己旣以此手段行險取勝，想來對方亦能學樣，見楊過鐵劍對準自己面門指來，忙向右躍開。卻見楊過左手劍訣引著鐵劍從右側刺到，那裏有甚麼暗器？

霍都知道上當，罵了聲：「小畜生！」楊過問道：「小畜生罵誰？」霍都不再回答，催動掌力。楊過左手一揚，叫道：「暗器來了！」霍都忙向右避，對方一劍恰好從右邊疾刺而至，急忙縮身擺腰，劍鋒從右肋旁掠過，相距不過寸許，這一劍凶險之極，疾刺不中，羣雄都叫：「可惜！」蒙古衆武士卻都暗呼：「慚愧！」

霍都雖死裏逃生，也嚇得背生冷汗，但見楊過左手又是一揚，叫道：「暗器！」便再也不去理他，自行揮掌迎擊，果然對方又是行詐。楊過一劍刺空，縱前撲出，左手第四次揚起，大叫：「暗器！」霍都罵道：「小……」第二個字尚未出口，驀地裏眼前金光閃動，這一下相距既近，又是在對方數次行詐之後毫沒防備，忙踴身躍起，只覺腿上微微刺痛，已中了幾枚極細微的暗器。他想暗器細小，雖中亦無大礙，盛怒之下，扇戳掌劈，要將這狡獪小兒立斃於當場。

楊過知已得手，那裏還再和他力拚，只舞劍嚴守門戶，笑吟吟的道：「我三番四次提醒，要放暗器了，要放暗器了，你總不信。可沒騙你，是不是？」

霍都正要揮掌擊出，突覺腿上一下痲癢，似給一隻大蚊叮了一口，忙提氣忍住，要待發招，痲癢更加厲害了，心裏一驚：「不好，小畜生暗器有毒！」念頭只一轉，腿上癢得再也無法忍耐，也顧不得大敵當前，拋下扇子，伸手就去搔癢，只這麼一搔，竟似連心中也都癢了起來，不由得大叫摔倒。古墓派玉蜂金針之毒，天下罕見，中了一枚已自難當，何況在激鬥之際、血行正速時連中數枚？

蒙古僧人達爾巴大踏步走出，抱起師弟交在師父手中，轉身向楊過道：「小孩子，我來和你比武！」金剛杵橫掃，疾向楊過腰間打去。

這一杵揮將過來，帶著一道金光。金剛杵極爲沉重，他一出手，金光便生，可見其膂力之強、手法之快。楊過雙腳不動，腰身向後縮了尺許，金剛杵恰好在他腰前掠過。那知達爾巴不等金杵勢頭轉老，手腕使勁，金剛杵的橫揮之勢斗然間變爲直挺，竟向楊過腰間直戳過去。以如此沉重兵刃，使如此剛狠招數，竟能半途急遽轉向，人人均出意外，楊過也大吃一驚，忙按鐵劍在金杵上壓落，身子借力飛起。

達爾巴不等他落地，揮杵追擊，楊過鐵劍又在金杵上一按，二度上躍。達爾巴大喝一聲：「往那裏逃？」金杵跟著擊到。楊過身在半空，不便轉折，見情勢危急已極，當下行險僥倖，突然伸手抓住杵頭，揮劍直削下去。要是他有點蒼漁隱那樣的力氣，敵人非撒手放杵不可。但達爾巴本力強他數倍，用力迴奪，急向後退。楊過乘勢放開杵頭，輕輕巧巧的落下地來。他接連三招被逼飛身半空，性命直在呼吸之間，這時敵人兵刃雖沒奪到，但危局已解，旁觀衆人都舒了口氣。古墓派長於輕功，而劍法但求出招奇速，不求強勁傷敵，這幾下正是他所學所練的本門熟技。

達爾巴見他輕功高強，變招迅速，說道：「小孩子的功夫很不錯，是誰教你的啊？」他說的是蒙古話，楊過自然一字不懂。他料來這和尚是在罵自己，於是依著他的口音，也嘰哩咕嚕的說了同樣幾句。這幾字發音既準，次序又絲毫不亂，在達爾巴聽來，正是問他：「小孩子的功夫很不錯，是誰教你的啊？」便答道：「我師父是金輪國師。我又不是小孩子，你該叫我大和尙。」

楊過半點不肯吃虧，心想：「不管你如何惡毒罵我，我只要全盤奉還，口頭上就不會輸了。你用番話罵我豬狗畜生，我照式照樣也罵你豬狗畜生。」是以用心聽他說話，等他一說完，便依樣葫蘆的以蒙古話說道：「我師父是金輪國師。我又不是小孩子，你該叫我大和尙。」

達爾巴大奇，側過頭左看右瞧，心想你明明是小孩子，怎會是大和尙？你師父又怎會是金輪國師？說道：「我是國師的首代弟子，你是第幾代的？」楊過也道：「我是國師的首代弟子，你是第幾代的？」

吐蕃和蒙古的密教中向來有轉世輪迴之說，其時達賴與班禪的轉世尙未起始，但人死後投胎復生、不昧性靈的說法，早爲密教中人人所深信不疑。金輪國師雖是蒙古人，出家後所學的是藏傳密宗佛教，在蒙古稱爲金剛宗，他年輕時收過一個大弟子，這弟子不到二十歲就死了，達爾巴和霍都均未見過，只知有這麼一回事。達爾巴在國師座下排名第二，霍都居三，便是爲此。此時達爾巴聽了這番言語，只道楊過是大師兄轉世，又想他如不是神童帶藝投胎，一個少年怎能有如此武功？再說他是中原少年，蒙古話又怎能說得這般純熟？當下側頭向他凝視片刻，越想越像，突然拋下金剛杵，向楊過低頭膜拜，連稱：「大師兄，師弟達爾巴參見。」

這一來楊過自然大奇，心想這和尚竟然罵不過我，向我低頭服輸，見他舉動恭敬之極，所說言語自非罵人，必是敬語，倒不必跟著他學了，於是點頭微笑，躬身合什，意示接納，並加還禮。

中原羣雄更詫異之極，除郭靖、黃蓉外，大家不懂蒙古話，不知楊過跟他嘰哩咕嚕、咭咭咯咯的對答半晌，說了番甚麼言語，竟折服了這神力驚人的番僧。

這中間只金輪國師明白原委，心知這二弟子爲人魯直，上了楊過的當，大聲說道：「達爾巴，他不是你大師兄轉世，快起來跟他比武。」達爾巴一驚躍起，說道：「師父，我看他定是大師兄，否則小小年紀，怎會有如此身手？」國師道：「你大師兄的武功比你強得多，這孩子卻不及你。」達爾巴只搖頭不信。國師知他性子最直，一時也說不明白，便道：「你如不信，跟他再比試一下就知道了。」

達爾巴對師父的話向來奉若神明，他既說楊過不是大師兄轉世，那就多半不是大師兄了。但他小小年紀，竟有這般高明武功，又自稱是他大師兄，卻又難以不信，還是遵從師父吩咐，跟他較量幾招，試試他的眞功夫，瞧是誰勝誰敗，那就眞僞立判了，於是舉手向楊過道：「好，我就跟你比試一下武功，是眞是假，就憑勝敗而定。」

楊過見他站起身來，嘰哩咕嚕的說了幾句話，神色間甚是恭謹，料想他是說幾句禮貌言語，於是一音不變的照說一遍，達爾巴聽來，正是：「好，我就跟你比試一下武功，是真是假，就憑勝敗而定。」他聽了這幾句話，心下又感驚懼，暗想：「師父說我大師兄的武功比我強得多，我定然比他不過。」

楊過見他臉有懼色，心想：「我再嚇他一嚇，讓他就此退去便是。」說道：「你有五個徒兒，叫作川邊五醜，前幾天在華山絕頂對我無禮，已讓我廢去了武功。這五個傢伙還活著罷？」他說的是漢語，達爾巴自然不懂，當下由隨來的一名武士譯了。達爾巴一聽之下，更加大驚失色。

川邊五醜在洪七公與歐陽鋒兩大高手夾擊之下，全身筋脈俱廢，回去話也說不出了。達爾巴察看五人傷勢，料想就是師父金輪國師也絕無如此功力，竟能將這五人震得八脈俱廢，卻又保得他們性命，下手者實有通天徹地之能，殆是神道鬼怪。他又怎想得到洪七公、歐陽鋒二人的內力均不在金輪國師之下，二人合力，自是勝了他師父一倍。此刻聽楊過這麼說，更加懼意大盛，轉眼向國師瞧去，見他臉有怒容，卻又不敢不與楊過動手，只得說道：「請你手下留情。」楊過學著他的蒙古話，也道：「請你手下留情。」

郭芙見二人以蒙古話說個不休，走到黃蓉身邊問道：「媽，他們說些甚麼？」郭靖明白達爾巴和楊過所說的蒙古話，但不知楊過何以要學他說話。黃蓉於郭靖西征時曾在蒙古軍中，粗識蒙古言語，但不甚精，聽了達爾巴和楊過的對答，不明其意，但聽出楊過依樣葫蘆，學講達爾巴的話，但達爾巴何以竟會對他膜拜，卻也參詳不透，聽得女兒相詢，只「嗯」了一聲，道：「楊家哥哥和他說笑呢！」

便在此時，達爾巴突然揮杵向楊過打去，他想事先已說得清清楚楚，對方自有防備。楊過卻見他神態恭敬，萬不料他突然出手，這一杵險些給他打著，忙後躍避開。他急退急趨，隨即縱上連刺三劍。達爾巴心中存了怯意，生怕楊過武學造詣驚人，輪迴轉世，必具莫大神通，當下只以金剛杵緊守門戶，不敢絲毫怠忽。數招一過，楊過已瞧出他只守不攻，雖不明用意，卻樂得大展攻勢，飄忽來去，東刺西擊，這一路玉女劍法更使得英氣爽朗，顧盼生姿，而出招迅速奇快，更是人所罕見。

堪堪拆了百餘招，金輪國師瞧得大不耐煩，喝道：「達爾巴，趕快反擊，他不是你大師兄！」達爾巴的武功自遠在楊過之上，但心存敬畏，功夫倒去了五成，楊過卻乘機全力施展。一個越得心應手，一個越畏縮退讓。楊過雖佔上風，卻也傷他不得，達爾巴更道是大師兄手下留情。國師大怒，厲聲喝道：「立時反攻！」這一句話聲音奇猛，只震得各人耳鼓嗡嗡作響。達爾巴不敢違抗師令，一挺金剛杵，當即狂打急攻。

他這一番猛擊，便將楊過逼得不住閃避，招數中的破綻也漸漸顯露出來。達爾巴見他劍招稍疏，金杵倒甩上去，楊過縮手不及，劍杵相交。本來比武之際，雙方兵刃碰撞乃是常事，但金剛杵太過沉重，楊過的鐵劍始終翻騰飛舞，不敢和金杵相碰，此時一撞，但覺一股大力激盪，震得虎口劇痛，啪的一聲，鐵劍斷為兩截。達爾巴叫道：「是我勝啦！」垂杵退開，將金剛杵往地下一豎，雙手合什，躬身行禮。他雖得勝，對大師兄卻不敢失了禮數。

楊過也用蒙古話叫道：「是我勝啦！」半截鐵劍向他迎面擲去。達爾巴側身避過，心中一怔：「怎麼是大師兄勝啦？難道他這一招是誘著？」只見楊過空手猱身而上，不敢怠慢，忙舞杵護身。楊過在古墓中隨小龍女學練掌法，練到雙掌擋得住九九八十一隻麻雀飛翔，不讓一隻雀兒漏出掌去。這路「天羅地網勢」掌法乃林朝英獨得之秘，招數掌形從未下過終南山一步，此時使將出來，果然綿密無比，雖係空手，威力實不遜於手中有劍。達爾巴將金剛杵使得呼呼風響，楊過卻以極高明輕身功夫在杵隙中進退穿插，雖凶險處時時間不容髮，金剛杵卻始終碰不到他身子絲毫。他反而抓打撕劈、擒拿勾擊，在小擒拿手中夾以「天羅地網勢」掌法，著著搶攻，便似八十一隻麻雀四面八方向對方進攻一般。

又鬥一陣，達爾巴神力愈增，楊過卻也越鬥越輕捷。他在古墓寒玉床上坐臥練功，斗室中急奔疾轉，數年之功，此時才盡數顯現出來。偶然使到「夭矯空碧」，高縱低躍，更顯輕功之奇。

小龍女坐在柱旁石礎上，臉露微笑，瞧著兩人相鬥，眼見楊過久戰不下，從懷中掏出一雙白色手套，叫道：「過兒，接住了！」右手一揚，將手套擲了過去。

她這雙手套是以極細極韌的白金絲織成，雖然柔薄，卻非寶刀利刃所能損傷。郝大通見到手套飛空，臉上微微變色。當年重陽宮中交手，小龍女曾戴這手套而拗斷他長劍，竟逼得他險些自殺，此刻眼見之下，不由得觸動心境。

楊過接住手套，退後一步，迅速戴上，腰肢款擺，使出古墓派武功中最奇妙最花巧的「美女拳法」來。這路拳法每一招都模擬一位古代美女，由男子使來本來頗不雅觀，但楊過研習時姿式已改，招名拳法如舊，身法卻已變婀娜嫵媚而為飄逸瀟洒。旁觀羣雄渾摸不著頭腦，見他忽而翩然起舞，忽而端形凝立，神態變幻，極盡詭異。

女子的姿態心神本就變化既多且速，而歷代有名女子性格不凡，顰笑之際、愁喜之分，自更難知難度。將千百年來美女變幻莫測的心情神態化入武術之中，再加上女神端麗之姿，女仙縹緲之形，凡夫俗子，如何能解？楊過使一招「紅玉擊鼓」，雙臂交互快擊，達爾巴舉杵橫架。楊過變為「紅拂夜奔」，出其不意的叩關直入，達爾巴豎杵直擋。楊過突使「綠珠墜樓」，撲地攻敵下盤。達爾巴吃了一驚，心想：「大師兄的招法怎地如此難測？」急躍而起，閃開他左掌的劈削。楊過雙掌連拍數下，接著連綿不斷的拍出，原來這是「文姬歸漢」，共有胡笳一十八拍。

他每一招均有來歷，達爾巴是蒙古僧人，又怎懂得這些中原典故？霎時間給他忽高忽低、或東或西的攻了個手忙腳亂。楊過手上戴了金絲手套，時時乘機使出「紅線盜盒」、「木蘭彎弓」、「班姬作史」、「嫦娥竊藥」等招數來奪他金杵，逼得他吼叫連連，大爲狼狽。羣雄大喜，齊聲喝采助威。

金輪國師見徒兒武功明明高於這少年，只因存了怯意，不斷遭對方搶攻，以致處境窘迫，厲聲喝道：「快使無上大力杵法！」

達爾巴應道：「是！」雙手握住杵柄，揮舞起來。他單手舞杵已神力驚人，此時雙手用勁，連腰力也同時使上了，金剛杵上所發呼呼風聲更加響了一倍。這「無上大力杵法」無甚變化，只是橫揮八招，直擊八招，一共二八一十六招，但一十六招反覆使將出來，橫揮直擊，只逼得楊過遠遠避開，別說正面交鋒，連杵風也不敢碰上。

點蒼漁隱折斷鐵槳之後，一直甚不服氣，此時見到這「無上大力杵法」如此威武，心想自己槳法之中實無這般至剛至猛的招數，不由得暗自欽佩。

再鬥一陣，廳上的紅燭已有七八枝爲杵風帶滅，楊過只仗著輕功東西縱躍，一味閃避，但求不給金杵擊中帶著，那裏還能還手？中原英雄盡皆心驚，默不作聲，蒙古衆武士卻暴雷價叫起好來。

楊過在金杵緊迫下惟有不住退縮，不多時竟已退入了廳角，要待變招，卻半點騰不出手腳。這路「無上大力杵法」本就帶著三分顚狂之意，達爾巴使發了性，已忘了眼前之人是大師兄轉世，見他縮在廳角內已退無可退，大喝一聲：「你死了！」金杵橫揮，只聽得轟隆一聲猛響，煙霧瀰漫，磚土紛飛，大廳牆壁給他打破了一個大窿。

楊過於千鈞一髮之際以「天羅地網勢」從他頭頂疾躍而過，百忙之中仍沒忘了用蒙古話回敬一句：「你死了！」

衆人只道達爾巴這一招定要得手，郭靖不待他這一杵揮足，已自搶出要襲他後心，猛見眼前紅袍晃動，金輪國師發掌擊來。郭靖見對方掌勢奇速，急使一招「見龍在田」擋開。兩人雙掌相交，竟沒半點聲息，身子都晃了兩晃。郭靖退後三步，金輪國師卻穩站原地不動。他本力遠較郭靖爲大、功力也深，掌法武技卻頗有不及。郭靖順勢退後，卸去敵人的猛勁，以免受傷。金輪國師卻極爲好勝，強自硬接了這一招，忍著胸口隱隱作痛，竟凝立不動。連郭靖與金輪國師這等高手也道楊過定要遇險，以致一個飛身相救，一個出手阻截，那知楊過竟有奇招，在金杵貼身掠過的空隙之間逃了出來。二人見他居然脫險，均感詫異，一個喜慰，一個惋惜，各自退回。

達爾巴一擊不中，更不回身，金杵向後猛揮，楊過見敵招來得快極，自然而然的掠地竄出。這一下猶似燕子穿簾，離地尺許，平平掠過，剛好在金杵之下數寸，那又是

「天羅地網勢」中的武功，危急中不由自主的夾雜了一些《九陰眞經》中的功夫，那是從古墓石室頂上王重陽所遺石刻中學來的。

黃蓉大奇，道：「靖哥哥，怎麼過兒也會九陰眞經？你教他的麼？」她只道郭靖顧念故人之情，在送他上終南山的途中將眞經授了於他。郭靖道：「沒有啊，倘若傳他，我怎會瞞你？」黃蓉「嗯」了一聲，素知丈夫對旁人尚且說一是一，對自己自是更無虛言。但見楊過騰挪閃避，每遇危急，總是靠那眞經的功夫護身。但他顯然並未練通，不會以眞經武功反擊取勝，雖保得性命，這一場比武看來終歸要輸了。黃蓉暗暗嘆息：「過兒眞是奇才，他只消跟得我一年半載，將打狗棒法和眞經上的功夫學得全了，這蒙古和尚那裏還是他對手？」

正自煩惱，眼光一轉之際，忽見丐幫叛徒彭長老混在蒙古武士羣中，滿臉喜色，她靈機忽動，叫道：「過兒，移魂大法，移魂大法！」《九陰眞經》中有一門功夫叫做「移魂大法」，係以心靈之力克敵制勝。當年洞庭湖君山丐幫大會，黃蓉曾以此法克制彭長老迷神催眠的「懾心術」，因此見到此人時便即想起。

古墓派的玉女心經講究兩人共使，須求心意相通，王重陽在古墓石室中刻下《九陰眞經》法要時摘入「移魂大法」的大綱，旨在擊破玉女心經的兩人心意相通，心通之術既受阻撓，玉女心經的諸般妙詣便使不出了。楊過記得「移魂大法」的要旨，他素服黃蓉之能，心想：「郭伯母既出此言，必有緣故，反正今日已然輸定，我就試他一試。」拳腳上繼續竄避招架，心中卻摒慮絕思，依著經中所載止觀法門，由「制心止」而至「體眞止」，寧神歸一，竟無半點雜念。這時他全憑本性招架，聽聲閃躍、遇風趨避，目光呆呆的瞪著敵人。

又拆數招，達爾巴忽覺楊過舉動有異，向他望了一眼，金杵猛擊過去。楊過使一招美女拳法中的「蠻腰纖纖」，腰肢輕擺避開，他既運「移魂大法」，心體為一，拳腳上使的是甚麼招數，臉上就有甚麼神情。達爾巴見他臉上忽現書卷之氣，那裏知他是在模仿唐代詩人白樂天之妾小蠻的舞姿，不禁一呆，金杵當頭直擊。楊過側頭避過，五根手指張開，伸手在自己頭髮上一梳，手指跟著軟軟的揮了出去，臉上微微一笑，卻是一招「麗華梳妝」。那張麗華是後陳陳後主的寵姬，髮長七尺，光可鑑人，陳後主為她廢棄政事而亡國，其媚可知。楊過這麼一笑，達爾巴已受感染，跟著也是一笑。楊過眉清目秀，添上笑容，更增風致，達爾巴顴骨高聳，面頰深陷，跟著楊過作態一笑，旁觀眾人無不毛骨悚然。

楊過見他呆住，伸指戳出，卻是一招「萍姬針神」。達爾巴側身閃開，臉上跟著他做個細心縫衣的模樣。黃蓉見楊過領會她的意思，居然能以「移魂大法」令敵人受到感應，大為喜慰，低聲對郭靖道：「過兒遭際非凡，當年你在他這般年紀之時，尚沒如此功夫。」郭靖喜動顏色，點了點頭，目光凝視廳心二人，竟不稍瞬。

這「移魂大法」純係心靈之力的感應，倘若對方心神凝定，此法往往無效。要是對方內力更高，則反激過來，施術者反受其制。兩人比武，若施術者武功較強，則拳腳兵刃已足獲勝，實不必施用此法，若功力不及，卻又不敢貿然使用。是以此法雖高深精奧，臨敵時卻也無甚用處。達爾巴聽楊過說了一通蒙古話，早有八九成信得他是大師兄轉世，只因心存敬畏，是以感應極快，楊過這才一舉成功，但若施之於霍都，則此術楊過事先既未曾練過，內力又不及對手，勢必大遭凶險。

這時楊過將美女拳法施展出來，或步步生蓮，或依依如柳，達爾巴依樣模仿，只將衆人看得又驚駭，又好笑。

郭芙早笑得打跌，對母親道：「媽，楊家哥哥這套功夫眞妙，你怎不教我？」黃蓉道：「你若會了移魂大法，定然鬧得天翻地覆，終於自受其害。」拉著她手，鄭重說道：「你別以爲好玩，楊家哥哥正與這和尙性命相搏，這可比動刀動劍更加凶險呢！」郭芙伸了伸舌頭，凝神望著楊過，心裏總覺得好玩，見楊過笑達爾巴也笑、楊過怒達爾巴也怒，於是也跟著學樣。

那知這「移魂大法」厲害之極，她只學得兩下，心頭便迷迷糊糊，竟一步步走向廳心。黃蓉大吃一驚，忙伸手拉住。這時郭芙已心神受制，用力想甩開母親。黃蓉反手扣住她手腕拖回，將她臉兒轉過，教她瞧不到楊過。郭芙掙扎了幾下，脈門給拿住了動彈不得，腦中一昏，便伏在母親懷裏睡著了。

此時達爾巴已全爲楊過制住，見他使招「西子捧心」，登時跟著來一下「東施效顰」，見他使出「洛神微步」，便也亦步亦趨，「翩若驚鴉、宛若遊蛇」起來。金輪國師早看出不對，連聲呼喝，達爾巴竟恍如不聞。楊過見時機已至，突使一招「曹令割鼻」，揮手在自己臉上斜削一掌，左掌削過，右掌又削，連綿不斷。古時曹文叔之妻名令，夫死後自割其鼻，以示決不再嫁。拳法中這一招本是以手掌在自己臉前削過，格開敵人擊來面門的拳掌，楊過的手掌卻近了數寸，削上了自己臉頰，看似出手甚重，其實只是手掌在自己臉上輕輕一抹，達爾巴那裏知道，雙掌拚命往自己臉上打去。他神力驚人，每一掌都是百餘斤勁力，打到十餘掌，終於支持不住，將自己打得昏暈倒地。

楊過悄退數步，坐到小龍女身畔，右手支頤，左手輕輕揮出，長嘆一聲，臉現寂寥之意。這是「美女拳法」最後一招的收式，叫作「古墓幽居」，卻是楊過所自創，林朝英固然不知，小龍女也是不會。楊過當年學全了美女拳法之後，心想祖師婆婆姿容德行，不輸於古代美女，武功之高更不必說，這路拳法中若無祖師婆婆在，算不得有美皆備，於是自行擬了這一招，雖說爲抒寫林朝英而作，舉止神態卻模擬了師父小龍女。當日小龍女見到，只微微一哂，自也不會跟著他去胡鬧。

羣雄齊聲歡呼，叫道：「我們又勝了第二場！」「武林盟主是大宋高手！」「蒙古韃子快快滾出去罷，別來中原現世啦！」兩名蒙古武士在紛亂中搶出，將達爾巴抬了回去。

金輪國師見兩個徒弟都輸在這少年手裏，卻均非武功不及，委實敗得胡裏胡塗之至，心中惱怒，但臉上不動聲色，坐在椅上喝道：「少年，你師父是誰？」他武功絕倫之外，兼且博學多才，居然會說漢語。

楊過右手向小龍女一伸，笑道：「我師父就是這一位，你快來拜見武林盟主罷！」

金輪國師見小龍女嫵媚嬌怯，比楊過年紀更小，絕不信是他師父，心想：「中原漢人詭計多端，可不能騙得了我？」霍地站起，噹啷啷一陣響亮，從懷中取出一個金輪。這金輪徑長尺半，乃黃金混和白金及別的金屬鑄成，輪上鑄有天竺梵文的密宗真言，中藏九個小球，隨手一抖，響聲良久不絕。國師指著小龍女道：「哼，你這小姑娘也配做武林盟主？只要你接得住我這金輪的十招，我就認你是盟主。」楊過笑道：「我已勝了兩場，三賽兩勝，你方言明在先，卻又胡賴些甚麼？」國師道：「我要試試她功夫，瞧她是不是當得起。」

小龍女不知金輪國師武功驚世駭俗，也不知「武林盟主」是甚麼東西，更沒想到自己要當還是不當，聽他說要試試自己是否接得住他金輪十招，當即站起，說道：「那我就試試。」

國師道：「你如接不住我十招，那便怎樣？」小龍女道：「接不住，我就打你不過，又怎樣了？」她此時雖對楊過愛念已深，然對別事仍無動於中。中原羣雄與蒙古武士均不知這是她本性，見她全不把國師瞧在眼內，還道她確是武功深不可測。更有人見楊過使「移魂大法」打敗達爾巴，還道她會使妖法，是個小妖女，登時紛紛議論。

金輪國師卻也眞怕她行使妖法，便口中喃喃念咒，嘰哩咕嚕，咭哩咯嘟，唸的是密宗眞言「降魔伏妖咒」。楊過在旁聽得明白，只道這和尙又用蒙古話罵他師父，忙用心硬記，一個字一個字全記得淸淸楚楚。國師唸完咒語，金輪一擺，噹啷啷一陣響，喝道：「少年退開，我要動手了！」這兩句話說的卻是漢語。

楊過搖搖手，不敢說話，只怕一分心便忘了硬生生記住的這大段蒙古話，便依著字音，一字一字的唸了起來。黃蓉雖略識蒙古話，但所知者多半爲軍中言語，學到的有限，這些蒙古密宗咒語，夾了不少梵語，更一句也不明，只微笑聽著。

恰好達爾巴此時悠悠醒轉，見師父手持金輪，正要與人動手，卻聽楊過口誦密宗眞言「降魔伏妖咒」，此是本門秘法，決不傳外人，楊過若非大師兄轉世，怎麼會唸此咒？情急之下，一躍而出，跪在師父面前叫道：「師父，他眞是大師兄轉世，你再收他入門罷！」金輪國師怒道：「胡說！你上了當還不知道。」達爾巴道：「是的啊，這事千眞萬確，決不能錯。」國師見他糾纏不淸，一把抓起他背心往廳裏擲去。達爾巴一個一百多斤重的身軀，在他一抓一擲之下輕飄飄的恍似無物。

衆人適才見達爾巴力鬥點蒼漁隱與楊過，膂力驚人，但國師這麼一擲，功力顯然又遠在其上，眼見小龍女這般嬌滴滴的模樣，別說接他十招，就是給他用力吹一口氣，只怕也就吹倒了，不禁都爲她擔憂。蒙古武士中不少人曾見過國師顯示武功，當眞是藝壓萬夫、力勝九牛。小龍女雖是敵人，但見她稚弱美貌，人人均起憐惜之心，想她縱有妖術，也必難敵國師玄功通神，不免暗暗盼他不要痛下辣手。

楊過唸完咒語，低聲道：「姑姑，小心這個和尙。」國師聽他這篇咒語唸得一字不錯，心下佩服，讚道：「少年，虧得你了。」楊過道：「和尙，虧得你了。」國師雙目一瞪，說道：「虧得我甚麼？」楊過道：「虧得你有膽跟我師父動手，她是菩薩轉世，有通天徹地之能、降龍伏虎之功，你還是小心爲妙。」他見這和尙厲害，想說得他有了顧忌，出手不敢放盡，師父就易於抵擋。但金輪國師是蒙古不世出的英傑，文武全才，那會上當，叫道：「第一招來了，小姑娘，亮兵刃罷！」

楊過除下金絲手套，給師父戴上，見她臉頰白中透紅，雙眼含情，瞧著自己，忍不住要在她臉上深深一吻，終於硬生生的克制了，垂手退開。小龍女從懷中摸出一條雪白綢帶，迎風一抖，綢帶末端繫著一個金色圓球，圓球中空有物，綢帶抖動，圓球如鈴子般響了起來，玎玲玎玲，清脆動聽。衆人見二人的兵刃都極怪異，心想今日當眞大開眼界，一個兵刃極短，一個卻是極長，一個極堅，一個卻極柔，偏巧二般兵器又都會玎璫作聲。

金輪國師所用的金輪專擅鎖拿對手兵刃，不論刀槍劍戟、矛鎚鞭棍，遇上了盡皆縛手縛腳，常人揮動武器一招過去，噹啷啷一聲響，手中就沒了兵器。若不是他見楊過功夫了得，還決不會說到十招。他一生之中，極少有人能接得了他金輪的三招。

小龍女綢帶揚動，搶先進招。金輪國師問道：「這是甚麼東西？」左手去抓帶子，見綢帶夭矯靈動，料來變化必多，這一抓中暗伏上下左右中五個方位，不論綢帶閃到那裏，都逃不脫掌握。那知綢帶上的小圓球玎的一聲響，反激起來，逕來打他手背上的「中渚穴」。國師變招奇速，手掌翻轉，又來抓那小球。小龍女手腕微抖，小球翻將過去，自下而上，打他手背虎口處的「合谷穴」。國師手掌再翻，這次卻是伸出食中兩指去夾圓球。小龍女看得明白，綢帶微送，圓球伸出去點他臂彎裏的「曲澤穴」。

這幾下變招，當眞只在反掌之間，國師手掌翻了兩次，小龍女手腕抖了三下，卻已交換了五招。楊過看得明白，大聲數道：「一二三四五……五招啦！還賸五招。」金輪國師要小龍女接他十招，是要她抵擋金輪的十下攻勢，楊過取巧，卻將雙方交換的招數一併計算在內。國師是一代武學宗師，那肯與這狡獪小兒斤斤辯算招數多少？當下左臂微偏，讓開圓球，金輪直遞了出去。

小龍女只聽得噹啷啷一陣急響，眼前金光閃動，敵人金輪已攻到面前尺許之處。這一下當眞變生不測，別說抵擋，閃躲也已不及，危急中抖動手腕，綢帶直繞過來，圓球直打國師腦後正中的「風池穴」，這是人身要害，任你武功再強，只要給打中了，終須性命難保。那是她無可奈何，才以兩敗俱傷的險招逼敵迴輪自保。果然國師不願與她拚命，低頭避過，只這麼一低頭，手上輪子送出略緩。小龍女已乘機收回綢帶，玎玎璫璫一陣響，圓球與輪子相碰，已將金輪的攻招解開。這只一瞬間的事，但小龍女已是從生到死、從死到生的經了一轉，急忙展開輕功，向旁急退，臉上大現驚懼。

國師只這麼攻了一招，但楊過大聲叫道：「六七八九十……好啦，我師父已接了你十招，更有甚麼話說？」這幾下交手，國師已知這小姑娘武功雖高，終究萬萬不及自己，倘若正式比拚，十招之內定可將她打敗，最討厭楊過在旁攪局，胡言亂語，弄得自己心神不定，心想：「且不理這少年胡說，我加緊出招，先將這女孩兒打敗了，再作道理。」一袍袖帶風，金輪晃動，又是一招極厲害的殺著劈將過去。楊過大叫：「不要臉！說了十招，又來偷襲，十一、十二、十三、十四……」他也不理會雙方攻守招數多少，口中自管連珠價數將出來。

小龍女接過一招之後，極是害怕，說甚麼也不敢再正面擋他第二招，展開輕功，在廳上飛舞來去，手中綢帶飄動，金球急轉，幻成一片白霧，一道黃光。那金球發出玎玎聲響，忽急忽緩，忽輕忽響，竟如樂曲一般。原來她閒居古墓之時，曾依著林朝英遺下的琴譜按撫瑤琴，頗得妙理。後來練這綢帶金球，聽著球中發出的聲音頗具音節，也是她少年心性，竟在武功中把音樂配了上去。天地間歲時之序，草木之長，以至人身脈搏呼吸，無不含有一定節奏，音樂乃依循天籟及人身自然節拍而組成，是故樂音則聽之悅耳，嘈雜則聞之心煩。武功一與音樂相合，使出來更柔和中節，得心應手。

古墓派的輕功乃武林一絕，別派任何輕功均所不及。於平原曠野之間尚不易見其長處，此時在廳上使將出來，的是飄逸無倫，變幻萬方。她一生在墓室中練功，於丈許方圓之內當眞趨退若神。金輪國師武功雖然遠勝，但她一味騰挪奔躍，卻也奈何不了，只聽得鈴聲玎玎，有如樂曲，聽了幾下，竟便要順著她樂音出手，急忙擺動金輪，發出一陣嘈音來衝亂鈴聲。霎時間大廳上兩般聲音交作，忽輕忽響，或高或低。鈴聲淸脆，聽來心曠神怡，金輪中發出的噹啷巨響卻是如鍛鐵，如刮鑊，如殺豬，如打狗，如逃命，如弔喪，說不出的古怪喧噪。

郭靖與黃蓉在旁觀戰，都想起少年之時在桃花島上聽洪七公、歐陽鋒、黃藥師三人以樂聲拚鬥的情景，此時思及，已如隔世。眼前這兩人武功雖妙，說到以樂聲拚鬥的功夫，卻尚遠不及洪黃歐陽。這時楊過滔滔不絕的早已數到了「一千零五、一千零六、一千零七……」但小龍女不與敵人正面動手，國師卻算來未滿十招。郭芙本在母親懷中昏睡，給金輪的惡響吵醒，雙手掩耳，抬起頭來，滿臉迷惘，不明所以。

此時國師也已極不耐煩，自覺以一代宗主身分，來來去去竟鬥不下一個少女，若再拖延，縱然獲勝，也已臉上無光，猛地裏左臂橫伸，金輪斜砸，手掌自左下方仰拍，金輪自右上方擊落。二人遊鬥這許久，小龍女輕功的路子已給他摸準了五成，這兩下殺招攔住了她進退路，要教她讓得前面，避不了後面。小龍女危急中綢帶飛揚，捲起一團白花，急向上躍。國師金輪迴轉，已將綢帶鎖住。若是尋常兵刃，早給他鎖奪脫手，但綢帶沒半點堅勁，竟爾輕輕巧巧的從輪孔中滑脫。國師喝道：「這是第二招，第三招來了！」踏上一步，金輪忽地脫手，向小龍女飛了過去。

這一下絕招實出乎人人意料之外，但見金輪急轉，向小龍女砸到。小龍女大駭，伏低身子向後急竄，只聽得噹啷啷聲響，一團黃光從臉畔掠過，不容寸許，疾風只削得她嫩臉生疼。眾人驚呼聲中，國師搶身長臂，手掌在輪緣一撥，那金輪就如活了一般，在空中忽地轉身，又向小龍女追擊過去。小龍女眼見輪子轉動時勢道大得異乎尋常，那敢用綢帶去捲？只得以絕頂輕功旁躍避開。國師兩擊不中，叫道：「好輕功！」搶上去突伸左拳，噹的一聲在輪邊一擊，同時雙掌齊出，攔在小龍女身前，那金輪卻嗆啷啷的從她腦後飛來。

金輪來勢並不十分迅速，但輪子未到，疾風已至，勢道猛惡之極。國師在輪上擊這一拳時，已先行料到對方閃避方位，因此那輪子猶似長了眼睛一般，在空中繞了半個圈子，向她身後急追。小龍女這一躍一避，已盡施生平所學，卻見這和尚雙掌箕張，竟自攔在身前。羣雄耳中嗚響，目為之眩，無不驚心。

楊過見小龍女遇險，情急關心，順手抓起達爾巴遺在地下的金杵，奮力躍起，舉杵向輪子搗去，噹的一聲大響，金剛杵恰好套入輪中空洞，但金輪力道實在猛惡，只震得他雙手虎口迸裂，鮮血長流，連人帶輪和著金杵，一齊摔落在地。

小龍女瞥眼見金輪落地，後路脅迫已解，但自己身在半空，如何能避開面前大敵？情急智生，綢帶揮出，捲住西首柱子用勁一扯，身子在空中借力斜飛，撞向廳柱，輕輕巧巧的滑落，溜到了柱後，在千鈞一髮之際，避開了國師五丁開山般的掌力。

國師明已得手，卻又給楊過從中阻撓，不但對方逃開，連自己縱橫無敵的兵刃也讓他打落在地，真是生平從所未遇的大挫折。他本來清明在躬，智慧朗照，這時卻不由得大動無明，不待楊過起身，呼的一掌，已劈空向他擊去。按理他是一派宗師，對方既是後輩，又已摔在地下未曾起身，如此打他一掌，和他身分及平素的自負委實殊不相稱，但盛怒之下也已顧不得這許多。

郭靖見他怒視楊過，抬肩縮臂，知他要猛下毒手，暗叫：「不好！」倘若搶步上前，縱擋得一擋，楊過仍不免受傷，危急中不及細思，一招「飛龍在天」，全身躍在空中，向他頭頂搏擊下來。國師若不收掌力，雖能將楊過斃於掌底，自己卻也要喪生於這凌厲無倫的降龍掌之下，手掌急轉，「嘿」的一聲呼喝，手掌與郭靖相交。

這是當代兩位武學大師的二次交掌。郭靖人在半空，無從借力，順著對方掌勢翻了半個觔斗，向後落下。國師卻穩站原地，身不晃，腳不移，居然行若無事。郝大通、孫不二、點蒼漁隱等素知郭靖武功，見後無不駭異，心想這番僧的功夫委實深不可測。其實郭靖兩次和他交掌，都向後退讓，自然而然的消解對方掌力，乃武學正道。國師給楊過一搗亂，攪得臉上無光，硬要爭回顏面而再度實接郭靖掌力，卻大耗內力真氣，雖似佔了上風，實則內裏吃虧。二人均是並世雄傑，數十招內難判高下，國師勉強在一招中先佔地步，胸口又不免隱隱生疼，好在對方只求救人，並不繼續進招，於是口唇緊閉，暗運內力，打通胸口所凝住的一股滯氣。

楊過死裏逃生，爬起身來，奔向小龍女身旁，小龍女也正過來探視。兩人齊聲問道：「你沒事麼？」兩人同時點了點頭，臉上同現笑容，摟在一起，滿心喜悅。

楊過隨即舉起金剛杵，將金輪頂在杵上，要盤子般轉動，居然也發出些嗆啷啷的聲響，高聲叫道：「番邦衆武士聽者：你們大國師的兵刃已給我繳下，還說甚麼天下武林盟主？快快滾你們番邦老奶奶的臭鷄蛋、臭鴨蛋罷！」

蒙古武士盡皆不服，眼見國師與小龍女比武已然勝了，對方出了一個楊過不足，又出一個郭靖，紛紛叫嚷：「你們以三敵一，羞也不羞？」「國師自行將金輪拋去，豈是你這小子所能奪下？」「一對一，好好比過，不許旁人插手助拳！」「對對，再打過。」衆人喧嘩叫嚣，但說的都是蒙古話，除郭靖之外，中原羣雄一句也聽不懂。

中原羣雄中明白事理的，也覺以武功而論，國師當然在小龍女之上，但「抗蒙保國盟」盟主這個名號，說甚麼也不能讓一個蒙古國師拿去，否則中原武林固然丟盡了臉面，而羣集抗蒙之際自不免先行折了銳氣。少年氣盛的見蒙古衆武士喧擾，也即大聲喝駡，與他們對吵起來。雙方各抽兵刃，勢成羣毆。

楊過高舉金杵金輪，向國師說道：「還不認輸？你的兵刃都失了，還有甚麼臉面？世上可有兵刃給人收去的武林盟主麼？」

國師正暗運內力，楊過的說話耳中聽得淸淸楚楚，卻不敢開口說話。楊過一見情狀，已自猜到三分，忙大聲說道：「各位英雄請聽了：我再問他三聲，他如不答，便是認輸。」他怕時刻一久，國師運氣完畢，更不延擱，一口氣的問道：「你是不是輸了？武林盟主你是想也不敢想了？你默不作聲，就是認輸？」國師正消去了滯氣，胸口隱痛已除，待要答話，楊過見他嘴唇微動，忙搶在頭裏，說道：「好，你既認輸，我們也不來難為你，你們大夥兒好好的去罷。」當下高舉金杵金輪，拿去交給了郭靖。他本想交與師父，但怕國師發怒來奪，小龍女抵擋不住。

國師氣得臉皮紫脹，又忌憚郭靖武功了得，金輪既落入他手，自己空手去奪，必難成功，眼見中原武士人多勢眾，倘若羣鬥，己方定要一敗塗地。好漢不吃眼前虧，只得先行退卻，再圖報復，大聲說道：「中原蠻子詭計多端，倚多為勝，不是英雄好漢，大夥兒隨我走罷。」他右手一揮，蒙古眾武士齊向廳外退出。他遙遙向郭靖施禮，說道：「郭大俠，黃幫主，今日領教高招。青山不改，綠水長流，咱們後會有期。」

郭靖躬身答禮，說道：「大師武功精深，在下佩服得很。賢師徒的兵刃就請取回。」說著要將金輪金杵遞過。楊過大聲道：「金輪國師，你想伸手接過，要不要臉？」郭靖剛喝得一聲：「過兒，別胡說！」國師早已袍袖飄動，轉身向外，頭也不回的大步出廳。

楊過忽地想起一事，叫道：「喂，你的弟子霍都中了我暗器之毒，快拿解藥來換我的解藥罷。」國師自恃玄功通神，深明醫理，甚麼毒物都能治得，恨極楊過狡猾無禮，對他的話毫不理睬，逕自去了。黃蓉見朱子柳合上眼睡去，心想此間聚集了不少使用餵毒暗器的名家，總有人能治得他身上之毒，見國師不肯交換解藥，卻也不甚在意。

此時陸家莊前後歡聲雷動，都為楊過與小龍女力勝金輪國師喝采。二人身旁圍集數百人，紛紛議論。有的說楊過打敗霍都，乃是以其人之道、還治其人之身。有的說小龍女輕功超逸，居然避開了金輪如此兇猛的飛擊。但對楊過以「移魂大法」使達爾巴自擊暈倒一節，十之八九都不明白。有人問起，楊過便胡說八道一番，問者似懂非懂，若再追問，只更增迷惘。

注：本書初版之中，金輪國師作金輪「法王」，其身份爲西藏喇嘛教法王，有讀者指摘作者歧視西藏密宗，常將喇嘛派爲反面角色。其實作者對藏傳密教同樣尊崇，與尊敬佛教之其他宗派無異，亦決不歧視西藏、青海、四川、甘肅、雲南、內蒙等地的藏族同胞。作者曾受藏傳佛教上師寧布切加持，授以淨意、清靜、辟邪咒語，熟讀後能隨口唸誦，作者客廳中現懸有藏胞從西藏帶出之大幅蓮花生上師顯聖唐卡織毯。據史書記載，元朝中期以後，蒙古統治者入據中原，利用少數藏傳喇嘛，欺壓人民，多作淫穢之事，違反佛教宗旨及戒律，故事中將喇嘛寫作反派角色，並非故意歧視。爲免誤會計，三版修訂時將原來的「法王」改爲「蒙古國師」，但其個人作爲，仍大致根據史書所述之「番僧」作風，與行爲高尚聖潔之其他喇嘛全不相干。

酒樓上桌椅不久便紛遭踏碎，三人在碎木層上相鬥。金輪國師大踏步來去，鐵輪晃得嘡啷啷直響，雙臂大開大闔，以急招向楊過和小龍女二人猛攻。

第十四回　禮教大防

當下陸家莊上重開筵席，再整杯盤。楊過一生受盡委屈，遭遇無數折辱輕賤，今日方得揚眉吐氣，爲中原武林立下大功，人人刮目相看，自是得意非凡。更加開心的是相思多時，終於得與小龍女重逢相聚，而且嫌隙盡去，兩情融洽。

小龍女見楊過喜動顏色，除了相思之苦盡消之外，知他尙爲逐去金輪師徒而喜，自也極爲高興。黃蓉對她很是喜愛，拉著她手問長問短，要她坐在席間自己身畔。小龍女見楊過坐在郭靖與點蒼漁隱之間，與她隔得老遠，忙招手道：「過兒，過來坐在我身邊。」楊過卻知男女有別，初見之際一時忘形，對她眞情流露，此時在衆目睽睽之下再與她這般親熱，卻覺不妥，聽她這般叫喚，臉上不禁一紅，微微一笑，卻不過去。

小龍女又叫道：「過兒，你幹麼不來？」楊過道：「我坐在這裏好了，郭伯伯跟我說話呢。」小龍女秀眉微蹙，說道：「我要你坐在我身邊。」楊過見了她生氣的神情，心中怦然一動，這輕嗔薄怒的模樣，眞教他爲之粉身碎骨也甘心情願。當日只因陸無雙的嗔容與小龍女微有相似之處，便爲她奮身卻敵、護行千里，此時眞人到來，那裏還能有半點違拗？當即站起，走到她座前。

黃蓉見了二人神情，微微起疑，當即命人安排席位，問楊過道：「過兒，你這身武功是跟誰學的？」楊過指著小龍女道：「她是我師父啊，郭伯母你怎麼不信？」黃蓉素知他狡譎，但見小龍女一派天眞無邪，料定不會撒謊，轉頭問她：「妹妹，他的武功是你教的？」小龍女很是得意，說道：「是啊，你說我教得好不好？」黃蓉這才信了，說道：「好得很啊！妹妹，你師父是誰？」小龍女道：「我師父已經死了。」說著眼圈一紅，心中難過。她師父本來教得她不動七情六欲，但此時對楊過的愛念一起，胸中隱藏著的深情慢慢都洩露了出來。

黃蓉又問：「請問尊師高姓大名？」小龍女搖頭道：「我不知道，師父就是師父。」黃蓉只道她不肯說，武林中人諱言師門眞情也屬常事，便不再問。小龍女的師父是林朝英的貼身丫鬟，只有一個使喚的小名，連她自己也不知姓甚麼。

這時各路武林大豪紛向郭靖、黃蓉、小龍女、楊過四人敬酒，互慶打敗了強敵金輪國師。郭芙跟著父母，本來到處受人尊重，此時相形之下，不由得黯然無光，除了武氏兄弟照常在旁殷勤之外，竟沒一人理會。她心中氣悶，說道：「大武哥哥，小武哥哥，咱們別喝酒了，外邊玩去。」武敦儒與武修文齊聲答應。三人站起，正要出廳，忽聽郭靖叫道：「芙兒，你到這兒來。」郭芙回過頭來，見父親已移坐在母親一席，笑吟吟的向她招手，於是走近身去，叫了聲：「爹，媽！」倚在黃蓉身上。

郭靖向黃蓉笑道：「你起初躭心過兒人品不正，又怕他武功不濟，難及芙兒，現下總沒話說了罷？他為中原英雄立了這等大功，別說並沒甚麼過失，就算有何莽撞，做錯了事，那也是功勝於過了。」黃蓉點點頭，笑道：「這一回是我走了眼，過兒人品武功都好，我也歡喜得緊呢。」

郭靖聽妻子答應了女兒的婚事，心中大喜，向小龍女道：「龍姑娘，令徒過世了的父親當年與在下有八拜之交。楊郭兩家累世交好，在下單生一女，相貌與武功都還過得去……」他性子直爽，心中想甚麼口裏就說甚麼。黃蓉挿嘴笑道：「啊喲，瞧你這般自誇自讚的勁兒，也不怕龍家妹子笑話。」

郭靖哈哈一笑，接著說道：「在下意欲將小女許配給賢徒。他父母都已過世，此事須得請龍姑娘作主。乘著今日羣賢畢集，喜上加喜，咱們就請兩位年高德劭的英雄作媒，訂了親事如何？」其時婚配講究父母之命、媒妁之言，男女本人反做不了主，因之當年郭靖之父郭嘯天與楊過的祖父楊鐵心才有指腹為婚之事。

郭靖說了此言，笑嘻嘻的望著楊過與女兒，心料小龍女定會玉成美事。郭芙早羞得滿臉通紅，將臉蛋兒藏在母親懷裏，心覺不妥，卻不敢說甚麼。

小龍女臉色微變，還未答話，楊過已站起身來，向郭靖與黃蓉深深一揖，說道：「郭伯伯、郭伯母養育的大恩、見愛之情，小姪粉身難報。但小姪家世寒微，人品低劣，萬萬配不上你家千金小姐。」

郭靖本想自己夫婦名滿天下，女兒品貌武功又是第一流的人才，現下親自出口許配，他定然歡喜之極，那知竟會一口拒絕，不由得一怔，但隨即想起，他定是年輕面嫩，靦覥推托，哈哈一笑，說道：「過兒，你我不是外人，這是終身大事，不須害羞。」楊過又一揖到地，說道：「郭伯伯、郭伯母，你兩位如有甚麼差遣，小姪赴湯蹈火，在所不辭。婚姻之命，卻實在不敢遵從。」郭靖見他臉色鄭重，大是詫異，望著妻子，盼她說個明白。

黃蓉暗怪丈夫心直，不先探聽明白，就在席間開門見山的當衆提出來，枉自碰了個大釘子，眼見楊過與小龍女相互間的神情大有纏綿眷戀之意，但他們明明自認師徒，難道兩人行止乖悖，竟做出逆倫之事來？這一節卻甚爲難信，心想楊過雖未必是正人君子，卻也不致如此胡作非爲。宋人最重禮法，師徒間尊卑倫常，看得與君臣、父子一般，萬萬逆亂不得。所謂「三綱五常」，君爲臣綱，父爲子綱，夫爲妻綱。師即是父，

是以「師父」二字連稱，師娶其徒，徒娶其師，等於是父女亂倫、母子亂倫一般，當時之人連想也不敢想。（注）

黃蓉雖有所疑，但此事太大，一時未敢相信，問楊過道：「過兒，龍姑娘眞的是你師父嗎？」楊過道：「是啊！」黃蓉又問：「你是磕過頭、行過拜師的大禮了？」楊過道：「是啊。」他口中答覆黃蓉，眼光卻望著小龍女，滿臉溫柔喜悅，深憐密愛，別說黃蓉聰穎絕倫，就算換作旁人，也已瞧出了二人之間絕非尋常師徒而已。

郭靖卻尙未明白妻子的用意，心想：「他早說過是龍姑娘的弟子，二人武功果是一路同派，那還有甚麼假的？我跟他提女兒的親事，怎麼蓉兒又問他們師承門派？嗯，他先入全眞派，後來改投別師，雖不合武林規矩，卻也不難化解。」

黃蓉見了楊過與小龍女的神色，暗暗心驚，向丈夫使個眼色，說道：「芙兒年紀還小，婚事何必著急？今日羣雄聚會，還是商議國家大計要緊。兒女私事，咱們暫且擱下罷。」郭靖心想不錯，忙道：「正是，正是。我倒險些兒以私廢公了。龍姑娘，過兒與小女的婚事，咱們日後慢慢再談。」

小龍女搖了搖頭，說道：「我自己要嫁給過兒做妻子，他不會娶你女兒的。」

這兩句話說得清脆明亮，大廳上倒有數百人都聽見了。郭靖一驚，站了起來，竟不相信自己的耳朶，但見她拉著楊過的手，神情親密，可又不由得不信，期期艾艾的道：

「他……他是你的徒……徒……兒，卻難道不是麼？」

小龍女久在地下古墓，不見日光，因之臉無血色，白皙逾恆，但此時心中歡悅，臉色嬌艷，如花初放，笑吟吟的道：「是啊！我從前教過他武功，可是他現下武功跟我一般強了。他心裏喜歡我，我也很喜歡他。從前……」說到這裏，聲音低了下去，雖然天眞純樸，但女兒家的羞澀卻是與生俱來，緩緩說道：「從前……我只道他不喜歡我，不要我做他媳婦，我……我心裏難受得很，只想死了倒好。但今日我才知他是眞心愛我，我……我……」廳上數百人肅靜無聲，傾聽她吐露心事。本來一個少女縱有滿腔熱愛，怎能如此當衆宣洩？又怎能向郭靖這不相干之人傾訴？但她於甚麼禮法人情壓根兒一竅不通，覺得這番言語須得跟人說了，當即說了出來。

楊過聽她眞情流露，自大爲感動，但見旁人臉上都是又驚又詫、又尷尬、又不以爲然的神色，知道小龍女太過無知，不該在此處說這番話，當下牽著她手站起身來，柔聲道：「姑姑，咱們去罷！」小龍女道：「好！」兩人並肩向廳外走去。大廳上雖羣英聚會，幾逾千人，但在小龍女眼中，就只見到楊過一人。

郭靖和黃蓉愕然相顧，他夫婦倆一生之中經歷過千奇百怪、艱難驚險，於眼前此事卻竟不知如何應付才好。

小龍女和楊過正要走出大廳，黃蓉叫道：「龍姑娘，你是天下武林盟主，衆望所屬，觀瞻所繫，此事還須三思。」小龍女回過頭來，嫣然一笑，說道：「我做不來甚麼盟主不盟主，姊姊你如喜歡，就請你當罷。」黃蓉道：「不，你如眞要推讓，該當讓給前輩英雄洪老幫主。」武林盟主是學武之人最尊榮的名位，小龍女卻半點也不放在心上，隨口笑道：「很好！就這樣罷，反正我不懂。」拉著楊過的手，又向外走。

突然間衣袖帶風，紅燭晃動，座中躍出一人，身披道袍、手挺長劍，正是全眞道士趙志敬。他橫劍攔在廳口，大聲道：「楊過，你欺師滅祖，已不齒於人，今日再做這等禽獸之事，怎有面目立於天地之間？趙某但教有一口氣在，斷不容你。」楊過不願與他在衆人之前糾纏不清，低沉著聲音道：「讓開！」趙志敬大聲道：「甄師弟，你過來，你倒說說，那天晚上咱們在終南山上，親眼目睹這兩人赤身露體，幹甚麼來著？」甄志丙顫巍巍的站起身來，說道：「他們師徒要自成婚配，不干我們的事！」

楊過那晚與小龍女在花叢中練玉女心經，爲趙甄二人撞見，楊過曾迫趙志敬立誓，不得向第五人說起，那知他今日竟在大庭廣衆之間大肆誣衊，惱怒已極，喝道：「你立過重誓，不能向第五人說的，怎麼如此……如此……」趙志敬哈哈一笑，大聲道：「不錯，我立誓不向第五人說，可是眼前有第六人、第七人、百人千人，就不是第五人了。你們行得苟且之事，我自然說得。」

趙志敬見二人於夜深之際、衣衫不整的同處花叢，怎想得到是在修習上乘武功？這時狂怒之下抖將出來，倒也不是故意誣衊。小龍女那晚爲此氣得口噴鮮血，險些送命，這時聽他狡言強辯，再也忍耐不住，伸手向他胸口輕輕按去，說道：「你還是別胡說的好。」此刻她玉女心經早已練成，這一掌按出無影無蹤，而玉女心經又是全眞派武功的剋星，趙志敬伸手急格，不料小龍女的手掌早已繞過他手臂，按到了他胸口。

趙志敬一格落空，大吃一驚，但對方手掌在自己胸口稍觸即逝，竟沒半點知覺，當下也不在意，冷笑道：「你摸我幹麼？我又不……」一言未畢，突然雙目直瞪，砰的一聲，仰天翻身摔倒，竟已受了極重內傷。林朝英自創制玉女心經武功以來，這一招是第一次重創全眞派門人。全眞武功竟輸得一敗塗地，別說還手，連招架也沒絲毫能耐。

孫不二與郝大通見師姪受傷，忙搶出扶起，只見他血氣上湧，脹得滿臉通紅，宛似醉酒，摔在地下爬不起身，跟著一大口鮮血噴出。孫不二冷笑道：「好哇，你古墓派當眞和我全眞派幹上了。」拔出長劍，就要與小龍女動手。她心中暗驚，心想若與小龍女動手，只怕一兩招間便即大敗，但實逼處此，非叫陣不可。

郭靖急從席間躍出，攔在雙方之間，勸道：「咱們自己人休得相爭。」向楊過道：「過兒，雙方都是你師尊。你勸大家回席，從緩分辨是非不遲。」

小龍女從來意想不到世間竟有這等說過了話不算的奸險背信之事，極是厭煩，牽著楊過的手，皺眉道：「過兒，咱們走罷，永不見這些人啦！」楊過隨著她跨出兩步。

孫不二長劍閃動，喝道：「打傷了人想走麼？」

郭靖見雙方又要爭鬧，正色說道：「過兒，你可要立定腳跟，好好做人，別鬧得身敗名裂。你的名字是你郭伯母取的，你可知這個『過』字的用意麼？」

楊過聽了這話，心中一震，突然想起童年時的許多往事，想起了諸般傷心折辱，又想：「怎麼我這名字是郭伯母取的？」

郭靖對楊過愛之切，就不免求之苛、責之深，見他此日在羣雄之前大大露臉，正自欣慰無已，卻突然發覺他做了萬萬不該之事，心中一急，語聲也就特別嚴厲，又道：「你過世的母親定然曾跟你說，你單名一個『過』字，表字叫作甚麼？」楊過記得母親確曾說起，只是他年紀輕輕，從來無人以表字相稱，幾乎自己也忘了，答道：「叫作『改之』。」郭靖厲聲道：「不錯，那是甚麼意思？」楊過想了一想，記起黃蓉教過的經書，說道：「郭伯母是叫我有了過失就要悔改。」

郭靖語氣稍轉和緩，說道：「過兒，人孰無過，過而能改，善莫大焉，這是先聖先賢說的話。你對師尊不敬，此乃大過，你好好的想一下罷。」

楊過道：「若是我錯了，自然要改。可是他……」手指趙志敬道：「他打我辱我，騙我恨我，我怎能認他爲師？我和姑姑淸淸白白，天日可表。我敬她愛她，難道這就錯了？」他侃侃而言，居然理直氣壯。郭靖的機智口才均遠所不及，怎說得過他？但心知他行爲大錯特錯，卻不知如何向他說淸楚才是，只道：「這個……這個……總之是你不對……」

黃蓉緩步上前，柔聲道：「過兒，郭伯伯全是爲你好，你可要明白。」楊過聽到她溫柔的言語，心中一動，也放低了聲音道：「郭伯伯一直待我很好，我知道的。」眼圈一紅，險些要流下淚來。黃蓉道：「他好言好語的勸你，你千萬別會錯了意。」楊過道：「我就是不懂，到底我又犯了甚麼錯？」黃蓉臉一沉，說道：「你是當眞不明白，還是跟我們鬧鬼？」楊過心中不忿，心道：「你們好好待我，我也好好回報，卻又要我怎地？」咬緊了嘴唇卻不答話。黃蓉道：「好，你既要我直言，我也不跟你繞彎兒。龍姑娘既是你師父，那便是你尊長，便不能有男女私情。」

這個規矩，楊過並不像小龍女那般一無所知，但他就是不服氣，爲甚麼只因爲姑姑教過他武功，便不能做他妻子？爲甚麼他與姑姑絕無苟且，卻連郭伯伯也不肯信？他本是個天不怕地不怕、偏激剛烈之人，此時受了冤枉，更是甩出來甚麼也不理會了，大聲說道：「我做了甚麼事礙著你們了？我又害了誰啦？姑姑教過我武功，可是我偏要她做我妻子。你們斬我一千刀、一萬刀，我還是要她做妻子。」

這番話當眞是語驚四座，駭人聽聞。當時宋人拘泥禮法，這般肆無忌憚的逆倫言語，人人聽了都說不出的難過，就如聽到有人公然說要娶母親爲妻一般。郭靖一生最敬重師父，只聽得氣往上衝，搶上一步，伸手便往他胸口抓去。

小龍女吃了一驚，伸手便格。郭靖武功遠勝於她，此時盛怒之下，更出盡了全力，一帶一揮，將小龍女拋出丈餘，接著手掌疾探，抓住了楊過胸口「天突穴」，左掌高舉，喝道：「小畜生，你膽敢出此大逆不道之言？」

楊過給他一把抓住，全身勁力全失，心中卻絲毫不懼，朗聲說道：「姑姑全心全意愛我，我對她也是這般。郭伯伯，你要殺我便可下手，我這主意是永生永世不改的。」郭靖道：「我當你是我親生兒子一般，決不許你做了錯事，卻不悔改。」楊過昂然道：「我沒錯！我沒做壞事！我沒害人！你便將我粉身碎骨，我也要娶姑姑為妻，終生不跟她分離！」這幾句話說得斬釘截鐵，鏗然有聲。

廳上羣雄聽了，心中都是一凜，覺得他的話實在也有幾分道理，若他師徒倆一句話也不說，在甚麼世外桃源，或窮鄉荒島之中結成夫婦，始終不為人知，確是與人無損。只要他們不吐露是師徒關係，這對郎才女貌的璧人結為夫婦，確然礙不了任何人的事，害不了誰。但這般公然無忌的胡作非為，卻有乖世道人心，不但成為武林中敗類，抑且成為俗世中的奸惡之徒。

郭靖舉起手掌，淒然道：「過兒，我心裏好疼，你明白麼？我寧可你死了，也不願你做壞事，你明白麼？」說到後來，語音中已含哽咽。

楊過知道自己若不改口，郭伯伯便要一掌將自己擊死。他有時雖然狡計百出，但此刻卻又倔強無比，朗聲道：「我知道自己沒錯，我一定要娶我姑姑作妻子。你不准許，就打死我好啦。」

郭靖左掌高舉，這一掌若是擊在楊過天靈蓋上，他那裏還有性命？羣雄凝息無聲，數百道目光都望著他手掌。

小龍女聽楊過朗聲宣稱：「你便將我粉身碎骨，我也要娶姑姑為妻，終生不跟她分離。」不由得心魂俱醉，自己心中也大聲說道：「你便將我粉身碎骨，我也要嫁過兒為妻，終生不跟他分離。」見郭靖抓住楊過要打，縱身過去，在楊過身旁一站，朗聲道：「我一定要嫁他做媳婦，你連我也一起打死好啦！」

郭靖左掌在空際停留片時，又向楊過瞧了一眼，但見他咬緊口唇，雙眉緊蹙，宛似他父親楊康當年的模樣，心中一陣酸痛，長嘆一聲，右手放鬆了他領口，說道：「你好好的想想去罷。」轉過身來，回席入座，再也不向他瞧上一眼，臉色悲痛，心灰意懶已到極處。

小龍女道：「過兒，這些人橫蠻得緊，咱們走罷。」楊過心想「橫蠻」二字的形容，確甚適當，大踏步走向廳口，與小龍女攜手而出，到莊外牽了瘦馬，逕自去了。羣雄眼睜睜的望著二人背影，有的鄙夷，有的惋惜，有的憤怒，有的驚詫。

楊過與小龍女並肩而行，夜色已深，此時兩人久別重逢，遠離塵囂，於適才的惡鬥、爭辯，都已忘得乾乾淨淨，只覺此刻人生已臻極美之境，過去的生涯盡是白活，而未來的時光也大可不必再過。兩人心靈相通，不交一言，默默無言的走著，到了一株垂楊樹下，兩人過去坐下，在樹蔭下倚著樹幹，漸感倦困，就此沉沉睡去。瘦馬在遠處吃著青草，偶而發出一聲聲低嘶。

一覺醒來，天已大明，兩人相視一笑。楊過道：「姑姑，咱們到那裏去？」小龍女沉吟半晌，道：「還是回古墓去罷。」她自下得山來，只覺軟紅十丈雖然繁華，終不如在古墓中那麼逍遙自在。楊過尋思：「得與姑姑在古墓中廝守一輩子，此生已無他求。」從前記掛著外面世界，只盼她放自己出墓，但在外面打了個轉，卻又留戀起古墓中清淨的生涯來，滿臉笑容說道：「好極了！」當下兩人折而向北，緩緩而行。一個仍叫他「過兒」，一個仍叫她「姑姑」，都覺如此相處相呼，最自然不過。

中午時分，兩人談到金輪國師的武功，都說他功夫了得，難以抵敵。小龍女忽道：「過兒，玉女心經中第七篇，咱們從沒練好過，你可記得麼？」楊過道：「記是記得的，但咱倆拆來拆去，總是不成，想來總有些甚麼地方不對。」小龍女道：「本來我也想不透，但昨天見那老道姑的寶劍抖了幾下，倒讓我想起一件事來。」楊過回想孫不二昨日所使的劍招，登時領悟，叫道：「對啦，對啦，那是要全眞派武學與玉女心經同時使用，怪不得咱們一直練得不對。」

當年古墓派祖師林朝英獨居古墓而創下玉女心經，雖是要剋制全眞派武功，但對王重陽始終情意不減，因此前面各篇固是以玉女心經武功剋制全眞派功夫，寫到第七篇之時，幻想終有一日能與意中人並肩擊敵，因之這一篇的武術是一個使玉女心經，一個使全眞功夫，卻相互應援，分進合擊，而不是相互對抗。林朝英當日柔腸百轉，深情無限，纏綿相思，盡數寄託於這篇武經之中。雙劍縱橫是賓，攜手克敵才是主旨所在，然而在所遺石刻之中卻不便注明這番心事。小龍女與楊過初練時相互情愫未生，無法體會祖師婆婆的深意。

當下兩人一齊悟到，各自折了一枝柳枝，一招招對拆起來。小龍女緩緩使動玉女劍法，楊過使的則是全眞劍法。但拆了數招，仍覺難以融會。他二人想不到林朝英當年創制這套劍法，心中想像與王重陽並肩禦敵，一招一式盡是相互配合照顧，此時楊龍兩人對拆，卻是將對方當成了敵人，互刺互擊，相殺相斫，自大爲鑿枘。其實林朝英與王重陽都是天下一等一的高手，單只一人，已無旁人能與之對敵，這套聯手抗敵的功夫，並無眞正用處，只林朝英自肆想像、以託芳心而已。她創此劍法時武功已達巔峯，招式勁急，綿密無間，不能有毫髮之差，楊過與小龍女不明其中含意，自難得心應手。其實當日兩人修習玉女心經第七篇，本已互相迴護救援，但修習之時，楊過忍不住抱住小龍女，兩人自知不合，此後遇到這類武功時便即避開不練，以免心猿意馬之際，重蹈故轍。

過去既逢到即避，自不熟練，二人練了一會總感不對。小龍女道：「或許咱們記錯了，回到墓中去瞧清楚了再練。」楊過正要答話，突聽遠處馬蹄聲響，一騎飛馳而至。轉眼之間，這一乘如風般掠過身邊，正是黃蓉騎著小紅馬。

楊過不願再與她一家人見面而多惹煩惱，於是與小龍女商量改走小道，以免在前途再行相遇。小龍女雖是師父，但除武功之外甚麼事也不懂，楊過說改走小道，她自無異議。當晚二人在一家小客店中宿了。楊過睡在床上，小龍女仍用一條繩子橫掛室中，睡在繩上。二人都已決意要結爲夫婦，但在古墓中數年來都如此安睡，此番重遇，仍自然而然的睡下，依法練功，只想到心上人就在身旁，此後更不分離，均感無限喜慰。

次日中午，二人來到一座大鎭。鎭上人煙稠密，車來馬往，甚是熱鬧。楊過帶同小龍女到一家酒樓用飯，剛走上樓梯，不禁一怔，見黃蓉與武氏兄弟坐在一張桌旁正自吃飯。楊過心想既然遇到，不便假裝不見，上前行禮，叫了聲：「郭伯母。」

黃蓉雙眉深鎖，臉帶愁容，問道：「你見到我女兒沒有？」楊過道：「沒有啊。芙妹沒跟你在一起麼？」黃蓉尚未答話，樓梯聲響，走上數人。當先一人身材高大，正是金輪國師。楊過急忙轉頭，悄悄走到小龍女身旁，低聲道：「背轉了臉，別瞧他們。」但金輪國師眼光何等銳利，一上樓梯，於樓上諸人均已盡收眼底，嘿嘿冷笑，大剌剌的在一張桌旁坐了下來。楊過本已將頭轉過，突聽黃蓉叫了聲：「芙兒！」不禁回頭，只見郭芙與國師同坐一桌。郭芙眼睜睜望著母親，卻不敢過去。

原來金輪國師陸家莊受挫，心中不忿，籌思反敗為勝之策，更兼霍都身中玉蜂針，毒性發作，多方解救始終無效，更須設法搶奪解藥，是以未曾遠去，便在陸家莊附近逗留。也是郭芙合當遭難，清晨騎了小紅馬出來馳騁，正好遇上這個大對頭，給他一把揪下馬來。小紅馬極有靈性，飛奔回莊，悲嘶不已。郭靖夫婦知女兒遇險，大驚之下，立即分頭尋找。黃蓉雖懷有身孕，仍帶著武氏兄弟來回探察，此日在這鎮上見到楊過師徒，不料國師押著郭芙，卻也來到了這酒樓。

黃蓉一見女兒，驚喜交集，見她落入大敵手中，叫了一聲之後，便不再說話，拿著一雙筷子在桌上劃來劃去，籌思救女之策。正自琢磨，忽聽國師說道：「黃幫主，這一位是你的愛女罷？前日我見她倚在你懷中，撒痴撒嬌，有趣得緊啊。」黃蓉哼了一聲，並不答話。武修文站起身來，喝道：「枉你身為一派宗師，比武不勝，卻來欺侮人家年輕姑娘，羞也不羞？」國師對他的話只當沒聽見，又道：「黃幫主，前日較量，你們明明輸了，卻多般的橫生枝節，不是好漢行逕。你先將毒針解藥給我，然後咱們約定日子，公公道道的比一場武，以定武林盟主之位到底誰屬。」黃蓉仍哼了一聲，並不答話。

武修文大聲道：「你先把郭姑娘放回，我們立時送上解藥，比武之議慢慢商量不遲。」黃蓉斜眼向楊過與小龍女望了一眼，心想：「解藥是在這二人身上，你貿然答應對方，也不知人家給是不給。」國師道：「餵毒暗器，天下難道就只你們一家？你們用毒針傷我徒兒，我也能在你女兒身上釘上幾枚毒釘。你們給解藥，我們就給她治。說到放人，可沒那麼容易。」黃蓉見女兒神色如常，似乎並未受傷，但母女情深，不禁心中無主，常言道「關心則亂」，她雖機變無雙，此時竟一籌莫展。

眼見店伴將酒菜川流不息送到金輪國師桌上，國師等縱情飲食，大說大笑。郭芙呆呆坐著，凝望母親，始終不提筷子。黃蓉心如刀割，牽動內息，突然腹中隱隱作痛。

金輪國師用完酒飯，站起身來，說道：「黃幫主，跟咱們一起走罷。」黃蓉一愕，立時省悟，他不但擒住女兒不放，竟連自己也要帶走，此時落了單，身邊只武氏兄弟二人，自非他敵手，不禁臉色大變。國師又道：「黃幫主，你不用害怕，你是中原武林中大有來頭的人物，我們當然以禮相待。只要武林盟主之位有了定論，立時恭送南歸。」他上樓見到黃蓉，便知遇到良機，只要將她擒獲，中原武士非拱手臣服不可，那比拿住了郭芙可要高出百倍，當眞是一件天大買賣送上門來。黃蓉只關心著女兒，先前竟沒想到此節。

武氏兄弟見師娘受窘，明知不敵，卻也不能不挺身而出，長劍雙雙出鞘，護在師娘身前。黃蓉低聲道：「快跳窗逃走，向師父求救。」武氏兄弟兩人向她瞧了一眼，又向郭芙瞧了一眼，這才奔向窗口。

黃蓉暗罵：「笨蛋，這當兒怎容得如此遲疑？」果然只這麼稍一稽延，已自不及。金輪國師長臂前探，一手一個，抓住二人背心，如老鷹拿小鷄般提了起來。武氏兄弟迴劍急刺，國師也不閃避，只雙手微擺，武敦儒長劍刺向弟弟，而武修文的長劍卻刺向了哥哥。二武大驚，忙撒手拋劍，噹啷兩聲，兩劍同時落地，才算沒傷了兄弟。國師內力到處，閉了二人穴道，雙臂一振，將二人拋出丈許，冷笑道：「乖乖的跟佛爺走罷。」

國師轉頭向楊過與小龍女道：「你兩位跟黃幫主倘若不是一路，便請自便，以後別來礙我的事就是。兩位武功了得，今後好好保重，再去練上一二十年，天下便無敵手。」他倒並非對二人另眼相看，卻知黃蓉、小龍女、楊過三人武功雖都不及自己，但如聯手相鬥，那就不易應付，即使得勝，也未必定可擒獲黃蓉，因之有意相間，那是得其主幹、捨其旁枝之意。他並不知黃蓉因懷孕而不便動手，只估量她打狗棒法極其神妙，是個勁敵。

小龍女道：「過兒，咱們走罷！這老和尚很厲害，咱們打他不過的。」她滿心只盼早回古墓，與楊過長相廝守，她於世間的恩仇鬥殺本就毫不關心，見到國師又感害怕，便即直言無隱。楊過答應了，站起身來，走到樓口，心想此去回到古墓，多半與黃蓉永世不再相見，不禁向她望了一眼。

只見她玉容慘淡，左手按住小腹，顯是在暗忍疼痛，楊過登時心想：「郭伯伯、郭伯母不許我和姑姑相好，未免多事，但他們對我實無惡意，今日郭伯母有難，我如何能一走了之？但敵人太強，我與姑姑齊上，也決不是這和尚的敵手，反正救不了郭伯母，又何必將自己與姑姑的性命賠上？不如立即去稟告郭伯伯，讓他率人追救。」想到此處，向黃蓉打個眼色。黃蓉知他要去傳訊求救，稍感寬心，極緩極緩的點了點頭。

楊過攜著小龍女的手，舉步下樓，只見一名蒙古武士大踏步走到黃蓉身前，粗聲說道：「快走，還躭擱甚麼？」說著伸手去拉她臂膀，竟當她囚犯一般。

黃蓉當了十餘年丐幫幫主，在武林中地位何等尊崇，雖今日遭厄，豈能受此傖夫之辱？見他黑毛茸茸的一雙大手伸將過來，當即衣袖甩起，袖子蓋上他手腕，乘勢抓住揮出，呼的一聲，那蒙古武士肥大的身軀從酒樓窗口飛了出去，跌在街心，只摔得半死不活。黃蓉生性愛潔，不願手掌與他手腕相觸，是以先用袖子罩住，才隔袖摔他。

酒樓上衆人初時聽他們說得斯文，均未在意，突見動手，登時大亂。

金輪國師冷笑道：「黃幫主果然好功夫。」學著蒙古武士的神氣，大踏步走上，一模一樣的伸手去拉，黃蓉知他有意炫示功夫，雖同樣的出手，自己要同樣的摔他卻萬萬不能，只得退了一步。楊過已走下樓梯數級，猛見爭端驟起，黃蓉眼下就要受辱，不由得激動了俠義心腸，還顧得甚麼生死安危，飛身過去拾起武敦儒掉下的長劍，急向國師後心刺去，喝道：「黃幫主帶病在身，你怎可乘危相逼？」

國師聽到背後金刃破空之聲，竟不回頭，翻過手指往他劍刃平面上一擊。噹的一響，楊過只震得右臂發麻，劍尖直垂下去，忙飛身躍開。

國師回過身來，說道：「少年，快快走罷！你年紀輕輕，武功不弱，將來成就遠勝於我，此時卻還不是我對手，何苦強自出頭，喪生於我手下？」這幾句話軟硬兼施，既把楊過捧了一下，卻又深具威脅。他的金輪為楊過與小龍女擊落，令他已然到手的武林盟主之位終於落空，心中對二人自恨得牙癢癢的，然此刻權衡輕重，以拿住黃蓉為第一要務，不願多樹敵人，只盼楊過與小龍女退出這場是非，日後再找這兩個小輩的晦氣不遲。他稱雄大漠，頗富謀略，非徒武功驚人而已。

這幾句話不亢不卑，確又不是大言欺人，楊過究是少年心性，聽他說自己將來造就還勝於他，心中自喜，笑道：「大和尚不必客氣，要練到你這般厲害的功夫很不容易。這位黃幫主自小養我大的，你還是別難為她罷。她武功厲害之極，多半還勝過了你，她今日若非有病，你是比不過她的。你如不信，待她將病養好了，跟你比試一場如何？」他只道國師自負功夫了得，給他這麼一激，或許眞的不再與黃蓉爲難。

豈知國師本來擔心黃蓉、小龍女、楊過三人聯手合力，這才對楊過客氣，此刻聽了他這幾句話，向黃蓉臉上一望，果見她容色憔悴，病勢竟自不輕，心想單憑你這兩個少年男女，我金輪國師又有何懼？冷笑一聲，搶到梯口，說道：「那你也留下罷！」

小龍女站在梯間，給金輪國師將她與楊過隔開，心中不樂，說道：「和尚你走開，讓他下來。」國師雙眉倒豎，「單掌開碑」，一招疾推下去。他膂力本大，這一招居高臨下，更加威猛無比，小龍女那敢硬接？她懸念楊過身在樓頭，不向梯底躍下，雙足一蹬，竟以絕頂輕功從敵人身畔擦過，與楊過並肩而立。國師當她從左側掠過時迴肘反打，竟一擊不中，心下也佩服她身法輕捷。楊過又拾起武修文掉下的長劍交在她手裏，說道：「姑姑，這和尚無禮，咱們打他。」

嗆啷一響，國師從袍子底下取出一隻輪子，這輪子與他先前所使的金輪一般大小，只顏色黑黝黝地，卻是精鐵所鑄，輪上也鑄有金剛宗眞言。他共有金銀銅鐵鉛五隻輪子，當眞遇上大敵之時，可以五輪齊出，但他以往只用一隻金輪，已自打敗無數勁敵，因此上得了金輪國師的名號，其餘銀銅鐵鉛四輪卻從未用過，其實依他武學修爲，原該稱「五輪國師」才是。陸家莊比武時金輪給楊過以金剛杵搗下，這時將鐵輪取出，說道：「黃幫主，你也一齊上麼？」他雖見黃蓉臉有病容，終忌憚她武功了得，這句「黃幫主」一呼，點醒她是一幫之主，如與旁人聯手合力鬥他一人，未免墮了幫主身分。

楊過叫道：「黃幫主要回家啦，她沒空跟你囉唆。」轉頭向黃蓉道：「郭伯母，你先帶了芙妹走罷。」他已打定主意，自己與小龍女合力拒敵，打是打不過的，但勉力抵擋一陣，設法逃走，卻多半辦得到，好在此時並非比武賭勝，只須逃脫魔掌，就算逃得狼狽萬狀，又有何妨？當下挺劍向國師刺去。小龍女見他使的是玉女心經功夫，於是跟著揮劍旁擊，她心中無甚打算，既見楊過與這和尚動手，也就出手相助。

金輪國師舞動輪子，擋開兩劍，他嫌酒樓上桌椅太多，施展不開手腳，一面舞輪，一面飛腳將桌椅踢開。楊過心想：「跟你以力硬拚，我們定然要輸，只有跟你糾纏，才可抵擋得片刻。」見他踢開桌椅，便反把桌椅推轉，擋在敵我之間。他與小龍女都輕身功夫了得，東鑽西竄，並不正式和敵人拚鬥，再加上忽爾投擲酒壺，忽爾拋去菜盤，只鬧得樓面上酒漿菜汁，淋漓滿地。

如此一鬧，黃蓉已乘機拉過郭芙。達爾巴中了楊過的「移魂大法」之後，此時兀自時昏時醒，霍都中毒重傷，其餘的蒙古武士本領低微，那裏擋得住黃蓉？楊過大叫：「郭伯母，你們快走罷！」但黃蓉見國師招數厲害，楊、龍二人出盡全力，仍難招架，此刻胡鬧歪打，尚可擋得一擋，若給他找到破綻，猛下毒手，這兩個少年男女那裏還有性命？心想：「他捨命救我，我豈能只圖自身，捨之而去？」給武氏兄弟解開穴道後，站在樓頭，悄立觀戰。

武氏兄弟卻連聲催促：「師娘，咱們先走罷，你身子不適，須得保重。」黃蓉初時不理，聽他們催得緊了，怒道：「爲人不講『俠義』，練武有何用處？活在世上又有何用處？這楊過強過你們百倍。哼，你兄弟倆好好想一想罷。」武氏兄弟一番好意，卻給師母一頓搶白，訕訕的老大不是意思。

郭芙從地下拾起一條斷了的桌腳，叫道：「武家哥哥，咱們齊上。」黃蓉一把拉住，說道：「憑你這點功夫，上去送死麼？」郭芙撅起了小嘴不信。她見楊過與小龍女出招也無甚特異奧妙之處，有時姿式雖妙，劍招卻毫不凌厲狠辣。

國師每次追擊，總給地下倒翻的桌椅擋住去路，而楊、龍二人轉動靈活，飄忽來去，儘是遊鬥。他心念一動，足下突然使勁，只聽喀喇喇、喀喇喇響聲不絕，一張張倒翻的桌椅在他足底碎裂斷折。他手上舞動鐵輪攻拒轉打，足底卻使出「千斤墜」功夫，雙腳踏到何處，何處的桌椅便斷，再鬥得數轉，樓面上堆成一層碎木殘塊，三人均在碎木層上相鬥，再無桌椅阻手礙腳，擋住去路。

此時國師大踏步來去，鐵輪晃得噹啷啷直響，雙臂大開大闔，以急招向二人猛攻。楊過與小龍女少了桌椅的阻隔，只得以眞功夫抵擋。國師連進三招，楊過修習玉女心經，只練快，不練勁，手上乏勁，國師來招，他架得手臂隱隱生痛。國師得理不讓人，第四招當頭猛砸，鐵輪未到，已挾著一股疾風，聲勢驚人。楊過與小龍女雙劍齊上，劍尖抵中鐵輪，合雙劍之力，才擋過了這一招，但兩柄劍均已給壓得彎了。

兩人同時奮力彈開鐵輪，楊過長劍直刺，攻敵上盤，小龍女橫劍急削敵人左腿。國師飛腳向小龍女手腕踢去，鐵輪斜打，擊向楊過項頸。楊過低頭蹲腿，閃避鐵輪。不料此時奇峯突起，國師右手陡鬆，鐵輪竟向楊過頭頂摔落，他雙手得空，同時向小龍女肩上抓去。就在這瞬息之間，二人同時遭逢奇險。黃蓉「啊」的一聲叫，要待搶上相救，只見楊過身子貼地斜飛，尚未落地，長劍已直刺國師後心，這一招也是一舉兩得，攻守兼備，既解自身危難，且以「圍魏救趙」之計令國師不敢向小龍女進襲，此招叫作「雁行斜擊」，卻是全眞派劍法。

國師「咦」的一聲，乘鐵輪尚未落地，右腳腳背在鐵輪上一抄，那輪子激飛起來，嗆啷啷聲響，向楊過頭上砸到。楊過在危急中使了一招全真派劍法，居然收到奇效，跟著又是一招全眞派的「白虹經天」，平劍旋轉向輪子打去。輪重劍輕，這一劍平擊本無效用，但這一下旋轉恰到好處，合上了武學中「四兩撥千斤」的道理，鐵輪方向轉過，反向國師頭上飛去。郭芙在旁看得大喜，拍手喝采。

國師膽敢兵刃脫手、飛輪擊敵，原是料到敵人無力接輪，倘若對方以兵刃砸碰飛輪，不論多麼沉重的鋼鞭大刀，撞上了均非脫手不可，那料到楊過竟有撥轉輪子的功夫？盛怒之下，伸手抓住鐵輪，暗運轉勁，又將輪子飛出。這時勁力加急，輪子竟寂然無聲，卻是鐵輪飛轉太快，輪中小球不及相互碰撞。楊過第一次撥他輪子，是無意中用上了九陰眞經的功夫，這時再度伸劍拍打，噹的一聲，長劍震得脫手。國師立時一記「大摔碑手」重重拍去。原來楊過的九陰眞經功夫未曾練熟，這次力道用得不正。

小龍女見楊過遇險，纖腰微擺，長劍急刺，這一招去勢固然凌厲，抑且風姿綽約，飄逸無比，卻已使上了《玉女心經》第七篇中互相救護的武功。黃蓉母女看得心曠神怡，同聲叫道：「好！」

國師收掌躍起，抓住輪子架開劍鋒，楊過也乘機接回長劍，適才這一下當眞死裏逃生，但人當危急之際心智特別靈敏，猛地裏想起：「我和姑姑二人同使玉女劍法，難以抵擋。但我使全眞劍法，她使玉女劍法，卻均化險爲夷。心經的最後幾篇原來要如此使法？」大叫：「姑姑，『浪跡天涯』！」說著斜劍刺出。小龍女未及多想，依言使出心經中所載的「浪跡天涯」，揮劍直劈。兩招名稱相同，招式卻是大異，一招是全眞劍法的厲害劍招，一招是玉女劍法的險惡家數，雙劍合璧，威力立時大得驚人。國師無法齊擋雙劍擊刺，向後急退，嗤嗤兩聲，身上兩劍齊中。虧得他閃避得宜，劍鋒從兩脅掠過，只劃破了他衣服，但已嚇出了一身冷汗。

國師百忙中又急退兩步，以避鋒銳，只聽楊過叫道：「花前月下！」一招自上而下搏擊，模擬冰輪橫空、淸光鋪地的光景。小龍女單劍顫動，如鮮花招展風中，來回揮削，只晃得國師眼花繚亂，渾不知她劍招將從何處攻來，只得躍後再避。楊過又叫：「淸飲小酌！」劍柄提起，劍尖下指，有如提壺斟酒。小龍女劍尖上翻，竟是指向自己櫻唇，宛似舉杯自飲一般。

金輪國師見二人劍招越來越怪，卻相互呼應配合，所有破綻全爲旁邊一人補去，厲害殺著層出不窮。他越鬥越驚，暗想：「天下之大，果然能人輩出，似這等匪夷所思的劍法，我在蒙古怎夢想得到？唉！我井底之蛙，可小覷了天下英雄。」氣勢一餒，更呈敗象。

楊過和小龍女修習這篇劍法，數度無功，此刻身遭奇險，相互情切關心，都不顧自身安危，先救情侶，正合上了劍法主旨。這路劍法每一招中均含著一件韻事，或「撫琴按簫」、或「掃雪烹茶」、或「松下對弈」、或「池邊調鶴」，均是男女與共，當眞是說不盡的風流旖旎。林朝英情場失意，在古墓中鬱鬱而終。她文武全才，琴棋書畫，無所不能，最後將畢生所學盡數化在這套武功之中。她創制之時只是自舒懷抱，那知數十年後，竟有一對後輩情侶以之克禦強敵，卻也非她始料之所及了。

楊過與小龍女初使時尚未盡數體會劍法奧妙，到後來卻越來越得心應手。使這劍法的男女二人倘若不是情侶，則許多精妙之處實難體會；相互間心靈不能溝通，則聯劍之際是朋友便太過客氣，是尊長小輩便不免照拂仰賴；如屬夫妻同使，妙則妙矣，可是其中脈脈含情、盈盈嬌羞、若即若離、患得患失諸般心情卻又差了一層。此時楊過與小龍女相互眷戀極深，然未結絲蘿，內心隱隱又感到前途困厄正多，當眞是亦喜亦憂，亦苦亦甜，這番心情，與林朝英創制這套「玉女素心劍」之意漸漸心息相通。

黃蓉在旁觀戰，見小龍女暈生雙頰，靦覥羞澀，楊過時時偷眼相覷，依戀迴護，雖是並戰強敵，卻流露出男歡女悅、情深愛切的模樣，不由得暗暗心驚，同時受了二人的感染，竟回想到與郭靖初戀時的情景。酒樓上一片殺伐聲中，竟蘊含著無限柔情密意。

楊過與小龍女靈犀暗通，金輪國師更難抵禦，深悔適才將桌椅盡皆踏毀了，否則有桌椅阻隔，敵人攻勢不能如此淩厲，眼見再打下去非送命不可，當下一步步退向樓梯，又一級級的退了下去。楊過與小龍女居高臨下的逼攻，眼見就可將他逐走。黃蓉叫道：「除惡務盡，過兒，別放過了他。」她瞧出楊過與小龍女所以勝得國師，全憑了一套奇妙的劍法，看來倒有八分僥倖，今日若放過了他，此人武學高深，回去窮思精研，想出了破解這套劍法的法門，日後再要相除卻又千難萬難了。

楊過答應一聲，猛下殺手，「小園藝菊」、「茜窗夜話」、「柳蔭聯句」、「竹簾臨池」，一招招的使將出來，國師幾乎連招架都來不及，別說還手。

楊過本擬遵照黃蓉囑咐乘機殺他，那知林朝英當年創制這路劍法本爲自娛抒懷，實無傷人斃敵之意，其時心中又充滿柔情，劍法雖然厲害，卻無一招旨在致敵死命。這時楊龍二人雖逼得國師手忙腳亂，狼狽萬狀，卻無法取他性命。

國師不明劍法來歷，見對方奇招迭出，只道厲害殺著尚未使出，只要二人一用上，那眞是老命休矣，危急中計上心來，足下用勁，每在樓梯上退一級，便踏斷一級樓梯。他魁梧的身軀攔在梯心，楊龍二人無法搶前，待得三級樓梯斷截，長劍已自遞不到他身前。國師鐵輪一舉，說道：「今日見識中原武功，老衲佩服得緊。你們這套劍法叫做甚麼名堂？」楊過正色道：「中原武功，以打狗棒法與刺驢劍術爲首，我們這套劍法，就是刺驢劍術了。」國師一怔，道：「刺驢劍術？」楊過道：「是啊，刺禿驢的劍術。」國師才知他是繞彎兒詛罵，大怒喝道：「無禮小兒，終須叫你知道金輪國師的手段。」鐵輪嗆啷啷一揮，大踏步而去。

但見他身形飄飄，去得好快，幾下急晃，已在牆角邊隱沒。楊過料知難以追上，轉過身來，卻見達爾巴扶著霍都，臉色慘白，站在當地，說道：「大師兄，你殺我不殺？」楊過見二人可憐，向黃蓉道：「郭伯母，放他們走了，好不好？」黃蓉點了點頭。楊過又見霍都神情委頓，憔悴不堪，從懷裏摸出一小瓶玉蜂漿來，指指霍都，做過服藥姿勢，交給達爾巴。達爾巴大喜，與霍都嘰哩咕嚕說了一陣。霍都取出一包藥粉，交給楊過，說道：「那位使筆的前輩中了我毒釘，這是解藥。」

達爾巴向楊過合什行禮，說道：「大師兄，多謝。」楊過也合什還禮，嬉皮笑臉的學他蒙語，說道：「大師兄，多謝。」達爾巴大奇：「大師兄為甚麼叫我大師兄？」轉念一想，便即明白：「他轉世為人，已讓我為大，不來跟我爭大師兄之位。」心下更加感激，向楊過深深打躬，伸左臂抱起霍都，與衆蒙古武士一齊去了。

楊過將解藥交於黃蓉，躬身施禮，說道：「郭伯母，小姪就此別過，伯母和郭伯伯多多保重。」想到這番別後再不相見，心中難過。黃蓉問道：「你到那裏去？」楊過道：「我和姑姑去個見不到人的所在隱居，從此永不出來，免得累了郭伯伯與你的名聲。」黃蓉尋思：「他今日捨命救了我和芙兒，恩德非淺，眼見他陷迷沉倫，我豈可不相救於他？」於是說道：「那也不忙在這一刻，今兒大夥兒累了，咱們找個客店休息一宵，明日分手動身不遲。」楊過見她情意懇摯，不便違拗，也就答應了。

黃蓉取出銀兩，賠了酒樓的破損，到鎮上借客店休息。當晚用過晚膳，黃蓉差開郭芙，叫她去和武氏兄弟說話，將小龍女叫進房來，說道：「妹子，我有一件物事送給你。」小龍女道：「你給我甚麼？」

黃蓉將她拉到身前，取出梳子給她梳頭，只見她烏絲垂肩，輕軟光潤，極是可愛，於是將她柔絲細心捲起，從自己頭上取下一枚束髮金環，說道：「妹妹，我給你這個戴。」那金環打造得極是精致，通體是一枝玫瑰花枝，花枝迴繞，相連處鑄成一朶將開未放的玫瑰。黃藥師收藏天下奇珍異寶，她偏揀中了這枚金環，匠藝之巧，可想而知。小龍女從來不戴甚麼首飾，束髮之具就只一枚荊釵而已，雖見金環精巧，也不在意，隨口謝了。黃蓉給她戴在頭上，隨即跟她閒談。

說了一陣子話，只覺她天真無邪，世事一竅不通，燭光下但見她容色秀美，清麗絕俗，若非與楊過有師徒之份，兩人確是一對璧人，問道：「妹子，你心中很喜歡過兒，是不是？」小龍女盈盈一笑，問道：「是啊，你們爲甚麼不許他跟我好？」

黃蓉一怔，想起自己年幼之時，父親不肯許婚郭靖，江南七怪又罵自己爲「小妖女」，直經過重重波折，才得與郭靖結成鴛侶，眼前楊過與小龍女眞心相愛，何以自己卻來出力阻擋？但他二人師徒名份既定，若有男女之私，大乖倫常，有何臉面以對天下英雄？當下嘆了口氣，說道：「妹子，世間有很多事情你是不懂的。要是你與過兒結成夫妻，別人要一輩子瞧你不起。」小龍女微笑道：「別人瞧我不起，那打甚麼緊？」

黃蓉又是一怔，只覺她這句話與自己父親倒氣味相投，當眞有我行我素、視天下人皆如無物之概；想到此處，不禁點了點頭，心想似她這般超羣拔類的人物，原不能拘以世俗之見，但轉念又想起丈夫對楊過愛護之深、關顧之切，不論他是否會做自己女婿，總盼他品德完美，於是說道：「過兒呢？別人也要瞧他不起。」小龍女道：「他和我一輩子住在誰也瞧不見的地方，快快活活，理會旁人作甚？」黃蓉問道：「甚麼誰也瞧不見的地方？」小龍女道：「那是一座好大的古墓，我向來就住在裏面的。」黃蓉一呆，道：「難道今後你們一輩子住在古墓之中，就永遠不出來了？」

小龍女很是開心，站起來在屋中走來走去，說道：「是啊，出來幹麼？外邊的人都壞得很。你們雖好，但很多想法很是古怪。」黃蓉道：「過兒從小在外邊東飄西蕩，老是關在一座墳墓之中，難道不氣悶麼？」小龍女笑道：「有我陪著他，怎會氣悶？」黃蓉嘆道：「初時自是不會氣悶。但多過得幾年，他就會想到外邊的花花世界，他倘若老是不能出來，就會煩惱了。」小龍女本來極是歡悅，聽了這幾句話，一顆心登時沉了下來，道：「我問過兒去，我不跟你說了。」說著走出房去。

黃蓉見她美麗的臉龐上突然掠過一層陰影，自己適才的說話實是傷了一個天眞無邪的少女之心，登感後悔，但轉念又想，自己見得事多，自不同兩個少年男女的一廂情願，這番忠言縱然逆耳，卻深具苦心，心想：「不知過兒怎麼說？」悄悄走到楊過窗下，要聽聽二人對答之言。

只聽小龍女問道：「過兒，你這一輩子跟我在一起，會煩惱麼？會生厭麼？」楊過道：「你又問我幹麼？你知道我只有歡喜不盡。咱倆個直到老了、頭髮都白了、牙齒跌落了，也仍歡歡喜喜的廝守不離。」這幾句話情辭眞摯，十分懇切。小龍女聽著，心中感動，不由得痴了，過了半晌，才道：「是啊，我也是這樣。」從衣囊中取出根繩子，橫掛室中，說道：「睡罷！」楊過道：「郭伯母說，今晚你跟她母女倆睡一間房，我跟武氏兄弟倆睡一間房。」小龍女道：「不！為甚麼要那兩個男人來陪你？我要和你睡在一起。」說著舉手一揮，將油燈滅了。

黃蓉在窗外聽了這幾句話，心下大駭：「她師徒倆果然已做了苟且之事，那道士趙志敬的話並非虛假！」她想兩個少年男女同床而睡，不便在外偷聽，正待要走，突見室內白影一閃，有人凌空橫臥，晃了幾下，隨即不動了。黃蓉大奇，借著映入室內的月光看去。只見小龍女橫臥在一根繩上，楊過卻睡在炕上。二人雖然同室，卻相守以禮。黃蓉悄立庭中，只覺這二人所作所為大異常人，是非實所難言。

她悄立良久，正待回房安寢，忽聽腳步聲響，郭芙與武氏兄弟從外邊回來。黃蓉道：「儒兒、文兒，你哥兒倆另外去要間房，不跟楊家哥哥一房睡罷。」武氏兄弟答應了。郭芙卻問：「媽，為甚麼？」黃蓉道：「不關你事。」武修文笑道：「我知道為甚麼。他二人師不師、徒不徒，狗男女作一房睡。」黃蓉板臉斥道：「文兒，你不乾不淨的說甚麼？」武敦儒道：「師娘你也忒好，這樣的人理他幹麼？我是決不跟他說話的。」郭芙道：「今兒他二人救了咱們，那可是一件大恩。」武修文道：「哼，我倒寧可教金輪國師殺了，好過受這些畜生一般之人的恩惠。」黃蓉怫然不悅，道：「別多說了，快去睡罷。」

這一番話楊過與小龍女隔窗都聽得明白。楊過自幼與武氏兄弟不和，當下一笑而已，並不在意。小龍女心中卻在細細琢磨：「幹麼過兒和我好，他就成了畜生、狗男女？」思來想去難以明白，半夜裏叫醒楊過，問道：「過兒，有一件事你須得眞心答我。你和我住在古墓之中，多過得幾年，可會想到外邊的花花世界？」楊過一怔，半晌不答。小龍女又問：「你如不能出來，可會煩惱？你雖愛我之心始終不變，在古墓中時日久了，可會氣悶？」

這幾句話楊過均覺好生難答，此刻想來，得與小龍女終身廝守，當眞是快活勝過神仙，但在冷冰冰、黑沉沉的古墓之中，縱然住了十年、二十年仍不厭倦，住到三十年呢？四十年呢？順口說一句「決不氣悶」，原自容易，但他對小龍女一片至誠，從來沒半點虛假，沉吟片刻，道：「姑姑，要是咱們氣悶了、厭煩了，那便一同出來便是。」

小龍女嗯了一聲，不再言語，心想：「郭夫人的話倒非騙我。將來他終究會氣悶，要出墓來，那時人人都瞧他不起，他做人有何樂趣？我和他好，不知何以旁人要輕賤於他？想來我是個壞女子了。我喜歡他、疼愛他，要了我的性命也行。可是這般反而害得他不快活，那他還是不娶我的好。那日晚上在終南山巔，他不肯答應要我做媳婦，自必爲此了。」反覆思量良久，只聽得楊過鼻息調勻，沉睡正酣，於是輕輕下地，走到炕邊，凝視著他俊美的臉龐，中心栗六，柔腸百轉，不禁掉下淚來。

次晨楊過醒轉，只覺肩頭濕了一片，微覺奇怪，見小龍女不在室中，坐起身來，卻見桌面上用金針刻著細細的十二個字：

「你自己保重，記著我時別傷心。」

楊過腦中一團混亂，呆在當地，不知所措，見桌面上淚水點點，兀自未乾，自己肩頭所濕的一片自也是她淚水所沾了。他神智昏亂，推窗躍出，大叫：「姑姑，姑姑！」

店小二上來侍候。楊過問他那白衣女客何時動身，向何方而去。店小二瞠目不知所對。楊過心知此刻時機稍縱即逝，要是今日尋她不著，只怕日後難有相會之時，奔到馬厩中牽出瘦馬，躍上馬背。郭芙正從房中出來，叫道：「你去那裏？」楊過聽而不聞，沿大路縱馬向北急馳，不多時已奔出了數十里地。他一路上大叫：「姑姑，姑姑！」卻那裏有小龍女的人影？

又奔一陣，只見金輪國師一行人騎在馬上，正向西行。衆人見他孤身一騎，均感錯愕。國師提韁催馬，向他馳來。楊過未帶兵刃，斗逢大敵，自十分凶險，但他此時心中所思，只是小龍女到了何處，自身安危渾沒念及，眼見國師拍馬過來，反而勒轉馬頭，迎了上去，問道：「你見到我師父麼？」國師見他並不逃走，已自奇怪，聽了他問這句話，更是一愕，隨口答道：「沒見啊，她沒跟你在一起麼？」

二人一問一答，均出倉卒，未經思索，但頃刻之間，便都想到楊過一人落單，就非國師敵手。二人眼光一對，胸中已自了然。楊過雙腿一夾，金輪國師已伸手來抓。但瘦馬神駿非凡，猶似疾風般急掠而過。國師催馬急趕，楊過一人一騎早遠在里許之外，再難追上。國師心念動處，勒馬不追，尋思：「他師徒分散，我更有何懼？黃幫主如尚未遠去，嘿嘿……」當即率領徒衆，向來路馳回。

楊過一陣狂奔，數十里內找不到小龍女半點蹤跡，胸間熱血上湧，昏昏沉沉，竟險些暈倒在馬背之上，心中悲苦：「姑姑何以又捨我而去？我怎麼又得罪她啦？她離去之時流了不少眼淚，那自非惱我。」忽然想起：「啊，是了，定是我說在古墓之中日久會厭，她只道我不願與她長相廝守。」想到此處，眼前登見光明：「她回到古墓去啦，我跟去陪著她便是。」不由得破涕爲笑，在馬背上連翻了幾個觔斗。

適才縱馬疾馳，不辨東西南北，定下神來，認明方向，勒轉馬頭，向終南山而去。一路上越想越覺所料不錯，倒將傷懷懸想之情去了九分，放開喉嚨，唱起山歌來。

過午後在路邊一家小店中打尖，吃完麵條，出來之時匆匆未攜銀兩，覷那店主人不防，躍上馬背，急奔而逃，只聽店主人遠遠在後叫罵，卻那裏奈何得了他？不禁暗自好笑。行到申牌時分，見前面黑壓壓一片大樹林，林中隱隱傳出呼叱喝罵之聲。他心中微驚，側耳聽去，卻是金輪國師與郭芙的聲音。

他心知不妙，躍下馬背，把韁繩在轡頭上一擱，隱身樹後，悄步尋聲過去探索，走了十餘丈，望見樹林深處的亂石堆中，黃蓉母女、武氏兄弟四人正與金輪國師一行拒敵。但見武氏兄弟臉上衣上都是血漬，黃蓉、郭芙頭髮散亂，神情甚是狼狽，看來若非國師要拿活口，只怕四人都早已喪生於他鐵輪之下。

楊過瞧了片刻，心想：「姑姑不在此間，我若上去相助，枉自送了性命。這便如何是好？可有甚麼法兒能救得郭伯母？」忽見國師揮輪砸出，黃蓉無力硬架，便在一堆亂石之後一縮。國師在亂石外轉來轉去，竟攻不到她身前。楊過大奇，再看郭芙和武氏兄弟三人也倚賴亂石避難，危急中只須躲到石後，達爾巴諸人就須遠兜圈子，方能追及，那時郭芙等又已躲到了另一堆亂石之後。楊過詫異之極，見這幾堆平平無奇的亂石居然有此妙用，實不可思議，看來黃蓉等雖危實安，只沒法脫出亂石陣逃走而已。

國師久攻不下，雖打傷了武氏兄弟，但傷非致命，己方倒有一名武士爲郭芙刺死，眼見黃蓉所堆的這許多亂石大有古怪，須得推究出其中奧妙，方能擒獲四人。他自負才智過人，反正這幾人說甚麼也逃不脫自己掌握，待想通了亂石陣的布局，大踏步闖進陣中，手到擒來，方顯本事。左手一揮，約退諸人，自己也退開丈餘，望著亂石陣暗自凝思。大凡行兵布陣，脫不了太極兩儀、五行八卦的變化，國師精通奇門妙術，心想這亂石陣雖怪，總也不離五行生剋的道理。那知他怔怔的看了半天，剛似瞧出了一點端倪，略加深究，卻又全盤不對，左翼對了，右翼生變，想通了陣法的前鋒，其後尾卻又難以索解，不禁呆在當地，驚佩無已。他文武全才，實是當世出類拔萃的人物，眼前既遇難題，務要憑一己才智破解，方遂心願。

國師皺起眉頭沉思，良久不動，突然間雙眼精光大盛，身形晃動，闖進亂石陣中，抓住了郭芙的手臂，急退而出。這一下變生不測，黃蓉等三人大驚失色，登時手足無措，如出陣去救，定要遭他毒手。

原來郭芙見敵人呆立不動，一時大意，竟不遵母親所示的方位站立，離了陣法的蔽障。國師一見有隙可乘，立時出手擒獲，伸指點了她脅下穴道，放在地下。他故意不點啞穴，讓她哀聲求救，好激得黃蓉出陣。郭芙周身痲癢難當，忍不住呻吟出聲。黃蓉豈不知敵人詭計，但聽到女兒哀聲，中心如沸，只得咬住嘴唇強忍。

楊過在樹後瞧得明白，見黃蓉竹棒一擺，就要奔出亂石堆搶救愛女，這一出去可凶險之極，當下不及細想，猛地躍出，抓住郭芙後心，向亂石堆撲去。國師鐵輪飛出，擊向他後心，楊過人在半空，難以閃避，用力將郭芙朝黃蓉推去，同時使個「千斤墜」，身子直落，啪的一聲，結結實實的摔在亂石堆上，但聽得嗆啷啷聲音響亮，鐵輪自頭頂疾飛而過，兜了個圈子，又飛回國師手中。

黃蓉抱住愛女，悲喜交集，見楊過從亂石堆上翻身爬起，撞得目青鼻腫，忙伸竹棒指引他進入石陣。

金輪國師見功敗垂成，又是楊過這小子作怪，不怒反喜，微微冷笑，說道：「好，你乖乖的自投羅網，卻省得日後再來找你了。」

楊過這一下奮身救人，實因激於義憤，進了石陣之後，才想起這一出手，瞧來自己性命也得饒上了，此生再難見小龍女之面，不由得暗暗懊悔。黃蓉問道：「你師父呢？」楊過黯然道：「她突然半夜裏走了，也不知爲了甚麼，我正在找她。」黃蓉料知是自己昨日所下說詞生效，嘆了口氣，說道：「過兒，你又何必多此一舉？」楊過只有苦笑，搖頭道：「郭伯母，我傻裏傻氣，心頭熱血一湧，這就管不住自己了。」黃蓉道：「好孩子，你心腸好，跟你爹……」說了一半，突然住口。楊過顫聲道：「郭伯母，我爹爹是壞人，是不是？」黃蓉垂頭道：「你要知道這個幹麼？」突然叫道：「小心，到這裏來！」拉著他跨過兩堆亂石，避開了金輪國師一下偷襲。

楊過向那亂石堆前前後後望了一陣，好生佩服，說道：「郭伯母，如你這般聰明才智，並世再沒第二個了。」黃蓉爲女兒解開穴道，正自給她按摩，微笑著未答。郭芙道：「你知道甚麼？我媽的本事都是外公教的。外公才厲害呢。」楊過在桃花島上曾見到黃藥師的諸般手澤，但當時年幼，未能領略這中間的妙處，此刻經郭芙一提，連連點頭，不由得悠然神往，嘆道：「幾時得能拜見他老人家一面，也不枉了這一生。」

驀地裏金輪國師闖過兩堆亂石，又攻了過來。楊過手中沒兵器，忙拾起黃蓉拋在地下的竹棒，搶出去阻擋，呼呼兩棒，使上了打狗棒法。國師見他棒法精妙，凝神接戰，拆了數招，突然間兩人腳下同時在亂石上一絆，都不禁踉蹌。國師只怕中了暗算，躍出陣去。

黃蓉接引楊過進來，指派武氏兄弟與女兒搬動石塊，變亂陣法，問楊過道：「你這打狗棒法到底從何處學來？」楊過於是照實述說如何在華山巧遇洪七公、北丐西毒如何比武、洪七公如何傳授棒法等情，跟著說了洪七公逝世的經過。黃蓉聽得師父逝世，甚是傷心，伏地大哭，心想靖哥哥得知恩師逝世，必定悲傷之極，又想此刻身處困厄，倘若恩師在側，必令自己不可徒自悲傷，須得振奮迎敵。想到迎敵脫困，便說道：「過兒，你很聰明，且想個法兒，脫卻今日之難。」

楊過瞧了她的神情，知她已想到計策，故作不知，說道：「若你身子安健，和我雙戰國師，自能獲勝，又或能邀得我師父來，那也好了。」黃蓉拭了眼淚，說道：「我身子一時三刻之間怎能痊可？你師父也不知去了那裏。我另有一個計較，卻須用到這幾堆亂石。這石陣是我爹爹所授，其中變幻百端，刻下所用的還不到二成。」楊過又驚又喜，想起黃藥師學究天人，大爲讚嘆。

黃蓉道：「我師父授你的打狗棒法僅是招式，而你在樹上聽到我說的只是口訣大意。現下我將棒法中的精微變化一併傳你。」楊過大喜，以退為進，說道：「這只怕使不得，打狗棒法除了丐幫幫主，歷來不傳外人。」黃蓉白了他一眼，道：「在我面前，你又使甚麼狡獪？這棒法我師父傳了你三成，你自個兒偷聽了二成，今日我再傳你二成。餘下三成，就得憑你自己才智去體會領悟，旁人可傳授不來。這一來並非有人全套傳你，二來今日事急，也只好從權。」

楊過跪倒在地，拜了幾拜，笑道：「郭伯母，我幼小之時，你曾答應教我功夫，今日才教，也還不遲。」黃蓉微笑道：「你一直記恨，是不是？」楊過笑道：「我決不記恨，只常可惜學不到你的好功夫。」黃蓉輕聲悄語，將棒法的奧妙處說給他知曉。

金輪國師在亂石外望見楊過向黃蓉磕頭，二人有說有笑，唧唧噥噥，不知搗甚麼鬼，瞧來似有恃無恐。他素來持重，知眼前這二人武功雖不及己，卻均鬼計多端，可別不小心上了大當，定要參透其中機關，再定對策。也幸好他緩下了攻勢，黃蓉與楊過不必應敵，不到半個時辰，已將竅要教完。

楊過聰明穎悟，勝過魯有腳百倍，眞所謂聞一知十，舉一反三，兼之他對這套棒法早費過許多心血推詳，先前百思不得其解之處，今日黃蓉略加點撥，便即豁然貫通。國師遙遙望見黃蓉神色端嚴安詳，口唇微動，楊過卻搔耳摸腮，喜不自勝，實不知二人葫蘆中賣甚麼藥，但此事於己不利，當可斷言。

楊過聽完要訣，問了十餘處艱深之點，黃蓉一一解說，說道：「行啦，你問得出這些疑難，足證你領悟已多。這第二步嘛，咱們就要把這和尚誘進陣來擒獲。」

楊過一驚，道：「將他擒住？」黃蓉道：「那又有何難？此刻你我聯手，智勝於彼，力亦過之。現下我要解說這亂石陣的奧妙，你一時定然難以領會，好在你記心甚好，只須將三十六般變化死記即可。」於是一項一項的說了下去，青龍怎樣演為白虎，玄武又怎生化為朱雀。原來這亂石陣乃從諸葛亮的八陣圖中變化出來。當年諸葛亮在長江之濱用石塊布成陣法，東吳大將陸遜入陣後難以得脫。此刻黃蓉所布的便是黃藥師師法諸葛武侯遺意之陣，只事起倉卒，未及布全，大敵奄至，那陣法不過稍具規模而已。但縱然如此，也已嚇得金輪國師心神不定，眼睜睜望著面前五人，不敢動手。

這陣圖的三十六項變化，繁複奧妙之至，饒是楊過聰明過人，一時記得明白的也只十餘變。眼見天色將暮，國師蠢蠢欲動，黃蓉道：「就只這十幾變，已足困死他有餘。你出去引他入陣，我變動陣法，將他困住。」

楊過大喜，道：「郭伯母，他日我和姑姑如到桃花島上，你肯不肯將這門學問盡數教我？」黃蓉抿嘴一笑，涼風拂鬢，夕陽下風致嫣然，說道：「你們只要肯來，我如何不肯教？你捨命救了我和芙兒兩次，難道我還似從前這般待你麼？」

楊過聽了，胸中暖烘烘地，此時黃蓉不論教他幹甚麼，他當眞百死無悔，提起竹棒，轉出石陣，叫道：「生了鏽的鐵輪國師，你有膽子，就來跟我鬥三百回合！」金輪國師正自躭心他們在石陣中搗鬼，暗算自己，見他出陣挑戰，正求之不得，嗆啷啷鐵輪響動，斜劈過去。他怕楊過相鬥不勝，又逃回陣中，攻了兩招之後，逕自抄他後路，要逼得他遠離石陣。豈知楊過新學了打狗棒法的精要，將那絆、劈、纏、戳、挑、引、封、轉八字訣使出來，變化精微，出神入化。國師大意搶攻，略見疏神，竟讓他挺竹棒在大腿上戳了一下，雖在危急中急閉穴道，未曾受傷，卻也疼痛良久。

他吃了這一下苦頭，再也不敢怠忽，掄起鐵輪，凝神拒戰，眼前對手雖只是個十餘歲的少年，他卻如接大敵，攻時敬，守時嚴，竟當他是一派大宗師那麼看待。這一來，楊過立感不支，打狗棒法雖妙，即學即用，畢竟難以盡通，當下使「封」字訣擋住鐵輪攻勢，移動腳步，東突西衝。國師跟著他竹棒攻守變招，眼見他向外衝擊，心想來得正好，不住倒退，要引他遠離石陣。不料退了十幾步，突然右腳在一塊巨石上一絆，原來不知不覺間竟已遭誘進石陣。

他心知不妙，只聽黃蓉連聲呼叫：「朱雀移青龍，巽位改離位，乙木變癸水。」武氏兄弟與郭芙搬動岩石，石陣急變。國師大驚失色，停輪待要察看周遭情勢，楊過的竹棒卻纏了上來。這打狗棒法與他正面相敵雖尚不足，擾亂心神卻是有餘，國師腳下連絆幾下，站立不穩，知石陣極是厲害，陷溺稍久，越轉越亂，危急中大喝一聲，躍上亂石。本來上了石堆，即可不受石陣困惑，否則方位迷亂，料來只須筆直疾走定可出陣，豈知奔東至西，往南抵北，只不過在十餘丈方圓內亂兜圈子，不免精力耗盡，束手待斃。但國師剛上石堆，楊過已揮棒打向腳骨，他鐵輪是短兵刃，不能俯身攻拒，只得躍下平地，橫輪反擊。

又拆十餘招，眼見暮色蒼茫，四下裏亂石嶙峋，石陣中似乎透出森森鬼氣，饒是他藝高膽大，至此也不由得暗暗心驚，突然間腦海中靈光一閃，已有計較，石陣中岩石有大有小，大者難動，小者卻可對付。左足一抄，一塊二十餘斤的大石已給他抄起，飛向半空，跟著右腿掠出，又是一塊大石高飛。他身形閃動，雙腿連抄，數塊較小岩石砰嘭山響，互撞之下，火花與石屑齊飛，那亂石陣霎時破了。黃蓉等五人大驚，連連閃避空中落下來的飛石。

此時金輪國師若要出陣，已易如反掌，但他反守為攻，左掌探出，竟來擒拿黃蓉。楊過棒尖向他後心點到，國師鐵輪斜揮架開，左掌卻已搭到黃蓉的肩頭。她如向後閃躍，原可避過，但耳聽風聲勁急，半空中一塊大石正向身後猛砸下來，只得急施大擒拿手反勾國師左腕。國師叫聲：「好！」任她勾住手腕，待她借勢外甩之際，突運神力，向裏疾拉。

若在平日，黃蓉自可運勁卸脫，但此刻內力不足，叫聲「啊喲」，已自跌倒。楊過大驚，顧不得生死安危，向前撲出，抱住了國師雙腿，兩人一齊摔倒。

金輪國師武功畢竟高出他甚多，人未著地，右掌揮出，擊向楊過右胸。楊過忙伸左臂擋格，啪的一聲，掌臂相交，楊過只覺胸口氣血翻湧，身子便如一綑稻草般飛了出去。就在此時，空中最後一塊巨石猛地落下，也正湊巧，砰的一響，正好撞在國師背心。這一撞沉猛之極，他內功再強，卻也經受不起，雖運功將大石彈開，但身子晃了幾下，終於向前仆跌。

頃刻之間，石落陣破，黃蓉、楊過、國師三人同時受傷倒地。

注：本小說觀念上的主要關鍵，是宋人認爲楊過（徒弟）不能與小龍女（師父）結婚。有一位物理學教授鄭重提出，師徒不能結婚，宋朝禮法上有何根據？他認爲宋人對禮教之防其實極爲寬鬆，以李清照寡婦再嫁爲證。其實宋人對禮教之防殊不寬鬆，某人違反禮法，不足以證明當時禮法不存在。今日中港臺各地時有逆子殺父弒母的案件發生，不足以證明今日中國社會容許兒子殺父弒母。社會上衆所公認的觀念，通常並無明文記載，例如父女不能通婚、母子不能通婚，自古衆所公認，《論語》、《墨子》、佛經、道藏等典籍通常並不提及，孔孟未加嚴詞斥責，並不表

示孔孟贊成母子、父女通婚。某時代有某事某人，並不表示該時代贊成或認可此事此人。李清照之例，不合簡單邏輯。宋朝有漢奸秦檜，明朝有吳三桂，不足以證明宋人明人認可秦檜、吳三桂之漢奸行爲。當代有林彪、四人幫，亦不足證明當代人認可林彪、四人幫。自然科學家雖不學邏輯，但其推理必須合邏輯。科學上單一孤證不足以證明某事爲有或無。

婚姻制度是人類社會中最複雜的制度之一。宋人重視三綱五常，將「師」與「父」並列，所以稱爲「師父」。在宋人眼光中，娶師爲妻，幾乎等於以母爲妻、或「以長嫂爲妻」。歐陽修爲宋代大儒，道德文章爲世所尊，因寫過以小甥女爲對象之「艷詞」：「恁時相見已留心，何況到如今」，致爲人誣爲與甥女「通姦」（其實並無其事），引起軒然大波，幾乎釀成殺身之禍。實則婚姻觀念經常隨時代變遷。西漢時漢高祖劉邦的兒子惠帝劉盈，於登基後娶他的外甥女張氏爲皇后。張皇后是魯元公主的女兒，魯元公主是劉邦的女兒、惠帝之姊，嫁給張敖而生張皇后。惠帝立張氏爲后，一來因他從小喜歡這個外甥女，二來是他母親呂后所主持。魯元公主是呂后的女兒，張皇后是呂后的外孫女，呂后喜歡「親上加親」。在漢朝，外甥女可做皇后，母儀天下，到了宋朝，爲外甥女寫一首風懷詩幾乎釀成殺身之禍，可見觀念變遷之烈。我國某些少數民族中，婚姻制度又有不同，王昭君和番，嫁匈奴王呼韓邪單于爲妻，生一子爲右日逐王，呼韓邪單于死後，其另妻所生之長子復株累若鞮單于繼位，依匈奴俗又娶王昭君爲妻，即娶庶母，後生二女。

中國二十世紀八十年代初重訂的新婚姻法，第六條規定「三代以內的旁系血親」「禁止結婚」，即堂兄妹、表兄妹禁止結婚。堂兄妹不能結婚，中國由來已久（在內地偏僻農村或山區，堂兄妹常有因戀愛私通而遭殺害之事發生）。表兄妹不能結婚的規定如清初即頒行，則名著《紅樓夢》就寫不成了。因賈寶玉與薛寶釵、林黛玉二女都屬「三代以內的旁系血親」，王法禁止結婚，戀愛亦屬大忌。賈母、王夫人、王熙鳳等都無所施其手腳了。只薛寶琴、尤三姐才是寶玉合法的配偶人選，史湘雲戚屬較疏，大概已不在三代以內。

新婚姻法第二條規定「實行計劃生育」，將來表兄妹、表姊弟、外甥女、舅父、堂兄妹等等關係大大減少，男女之間關係單純化了。

中國從前同姓不婚。後代此禁漸弛，但堂兄妹仍不能婚。外國未必有此規定。英國大小說家愛米萊·勃朗黛名著《咆哮山莊》中敘述復仇者強迫外甥女與自己兒子結婚（表姊弟成婚），在中國舊時，順理成章，新婚姻法卻不准許。

師生不能戀愛成婚，近代中國仍有此觀念。沈從文先生在北大教書時追求學生張兆和女士（後爲沈夫人），張女士有反感，訴之於老師胡適，胡適鼓勵其接受，終締良緣。七八十年代時，臺灣師範大學數次發生師生戀愛風波，當時臺灣社會輿論沸然，認爲師生不應戀愛。武俠名著《蜀山劍俠傳》的作者李壽民先生（還珠樓主）年輕時在天津一位姓孫人家作家庭教師，爲主人孫仲山一女一子作老師。二小姐孫經洵與李先生日久生情，相愛甚深。孫仲山反對師生戀愛，不准二人相見。孫小姐離家出走，向天津婦女會投訴。孫仲山串通天津英租界當局，逮捕李先生，更告上法庭。開審時，孫小姐向法庭作證，宣稱自己已成年（二十四歲），自願嫁給李壽民，法官不能以「師生戀愛」爲罪名定罪，只得開釋。後來李先生與孫小姐結婚，是當年北方「師生戀愛」糾紛的一件著名事件。

筆者在《神鵰俠侶》書中引入此觀念之討論，主旨爲重視獨立思考，向未必合理之傳統觀念挑戰。當時中國當局嚴格控制屬下人員之婚姻，屬下人員結婚須向上級申請，批准與否之主要標準爲「階級成分」，因此而釀成無數悲劇（尤以部隊中爲多）。作者對此頗有感觸，雖未身受其害，但友儕影響所及，亦有感同身受者，幸現行新婚姻法第三條、第四條強調婚姻自由原則，「必須男女雙方完全自願」，「不許任何第三者加以干涉」。這當是改革開放的一大德政。

婚姻習俗變遷多端，詳加研究可寫成一部大書。恩格斯根據美國學者摩爾根的研究，認爲婚姻制度的根源爲剝削關係、生產關係及私有財產。佛洛依德則從性心理學著眼，認爲與戀母情結、殺父情結、兄弟爭產情結有關。此兩說各有若干理由。近代及當代則有很多學者根據生物學立論，認爲與遺傳基因、優生觀念等有關，筆者亦傾向接受此說。

綜覽各國的婚姻法，可發現不少有趣而難以了解的奇特例子。我國西藏及大涼山少數地區，仍有一妻多夫的羣婚制度，幾兄弟往往共娶一妻。讀者常向筆者挑戰，認爲《鹿鼎記》中韋小寶一夫七妻爲不可信。其實明清大官妻妾成羣固不爲奇，即令尋常小官或稍有資產之地主、商人，亦常娶多妻，如《大紅燈籠高高掛》中所描寫者。筆者少年時常至杭州「汪莊」（今改爲「西子國賓館」）遊玩，見汪姓茶商主人之墓羣，汪老爺與夫人居中兩個大墳，左右各有四個小墳，是汪老爺八位小妾的墳墓。筆者常在汪老爺的大墳上踢幾腳，以表示對他的不滿，現在這些墳墓都已拆去塡平了。清朝杭州富商胡雪巖的故居今已開放，顯示他當時共有十三位夫人。

即以先進文明的英國而論，其婚姻法中亦有封建傳統。不久之前，一對英國夫婦要離婚，必須具備充分理由向國會申請，由國會爲此通過一件法案，方得批准，可見離婚之難。現行英國婚姻法中又規定：離婚的男子不得再娶其妻的姊妹爲妻，離婚的女子不得再嫁其夫的兄弟，即嫂子離婚後不能嫁其大伯小叔。但有些英國著名小說中的故事卻又未必遵守這個規定，如高爾斯華綏的名著《有產者》，哈代的名著《還鄉》。歐洲王室互相通婚，儘量不與平民通婚，通常不禁表兄妹婚姻。英國女皇伊莉莎白二世的皇夫菲立普公爵，與女皇即爲遠房表兄妹。

婚姻的禁忌主要出自當時社會的共同觀念。古代羅馬法、伊斯蘭宗教法、印度種姓習慣法，今日非洲回教國家的法律、羅馬天主教國家的規定、東方國家的習俗非但各不相同，且同一國家中因時代不同亦變遷多端。我國唐代皇室受北齊、北周鮮卑人影響甚大，不甚重視倫常中的輩份觀念。唐太宗李世民在玄武門之變中殺死其親兄弟元吉後，娶其妻爲妃，他去世後，他兒子高宗李治娶父妃武則天爲皇后。唐玄宗的楊貴妃，本來是他兒子壽王的妃子，做父親的霸佔兒媳婦，社會人士眼開眼閉也就算了。到了宋朝，儘管傳說中宋太宗弑其兄宋太祖，又殺其弟晉王，但歷朝甚少宮闈亂倫之事。後代民間常說「唐烏龜、宋鼻涕」，意謂唐朝亂倫之事甚多，宋朝則注重倫常，但對外懦弱。

古代社會中兄妹通婚視作固然，西洋神話中亞當夏娃，中國神話中伏羲女媧，皆爲兄妹通婚。希臘馬其頓人征服埃及後，希臘王室爲保持血統純淨，不與埃及本地人通婚。據記載，希臘托勒密王朝中的十五個國王，有十人娶姊妹爲后，著名的王后克麗歐佩脫拉，也嫁她的兄弟。（見 Brent D. Shaw, *Explaing Incest: Brother-Sister*

Marriage in Greco-Roman Egypt.）

中國京劇中有一齣好戲「轅門斬子」，故事說宋朝名將楊延昭（楊六郎）在轅門外綁了兒子楊宗保要斬，因他不守軍紀，戰爭中與敵國番邦女子穆桂英成婚。衆大臣大將紛紛求情，包括佘太君（楊延昭之母）、寇准（當朝宰相）、八賢王（皇帝的叔父）等等，楊延昭不允，非斬不可。結果十分滑稽。最後媳婦穆桂英前來挑戰，打敗了公公，以武力逼迫公公放了丈夫。以《神鵰》的故事作比喻，好比楊過要娶小龍女爲妻，郭靖要一掌劈死他，黃藥師、柯鎮惡、黃蓉、朱子柳、一燈大師衆人勸阻無效。小龍女急了，施展玉女心經武功來打，打得郭靖大敗，只好答允不干預二人的婚事。民間戲劇往往代表人民大衆的共同觀念，「轅門斬子」的故事並非歷史事實，卻表達了民間廣大人民的普遍想法。

二〇〇三年七月十九日，香港及外國報紙刊載消息：美國加州大學柏克萊分校（一般稱爲UC Berkeley，美國最著名大學之一）發出校方當局通傳，宣布該校老師（包括院長、系主任、教授、副教授、教師等）不得與學生戀愛或結婚，犯者解雇，學生開除。據稱美國耶魯（Yale）大學等已有此先例規定。學校師生中有人抗議，引用諾貝爾獎獲獎人普林斯頓（Princeton）大學教授Prof. John Nash爲例，納許教授先在麻州理工學院任教時，與他學生戀愛結婚，其後爲一代大學者可見。美國法律雖不禁師生結婚，但學術界及社會保守人士仍有偏見。

加州大學、耶魯大學等的規定，並非基於師生不得成婚之類封建意識，而是著眼於考試評分、實驗費分配、學位授與之類中的不公平或偏心，類似於我國專制時代科舉以及地方官任命中的「迴避制度」，著眼點在於避免營私舞弊的可能。

評論者詢問：宋朝有甚麼禮教的規定，師生不可以戀愛結婚？出於何書何律？其實，不單是宋朝，即使是相對開明和西方化的今時臺灣與香港，也有許許多多知名之士反對師生戀愛和結婚。錢穆先生和胡女士的婚姻，梁實秋先生和韓女士的婚姻，都曾在社會上引起軒然大波，梁先生的弟子們還組織陣線，爲「保衛老師而戰鬥」。著名小說家徐訏在〈兩性問題與文學〉一文中說：「錢先生與胡女士之戀愛結合，當時也頗受時議，因胡女士爲錢先生的學生，而胡女士之父爲錢先生的朋友，如果從西洋的戀愛原則上講，兩個人既然相愛，結合是極合道德的。倒是譏評的人，下意識中還是存著中國傳統上性道德的觀念，以爲長輩與小輩相愛，是一種準亂倫的行爲。有人說，對錢先生的評論並不在他的戀愛與結合，而是因爲錢先生是中國文化本位論者，主張維護中國傳統道德的人，而又是以道統自承的學者，是根據言行不一致來說的。這種說法不能說沒有道理。」

甚至以思想開放見稱的殷海光先生，也對此頗有微詞。他在《中國文化的展望》

第七章〈言行不顧〉一文中說：「義理派注重的是『道統』……理學在中國社會文化裏有一種塑造人物類型的魔力。『言行不相顧』是這類人物最顯著的特徵之一。」

香港《星島日報》當時的主筆野火先生曾撰文說：「我在『文化論戰』進行批判時，並非針對該老人的婚姻，而是針對該老人的言行不一致。因爲該老人是一位中國文化本位論者，平素以維護中國傳統道德自任。可是在實際生活中，他卻全不遵守他自己所揭櫫的那一套道德律——思想以中國傳統文化做標準，而生活（至少婚姻是如此）卻採取西洋文化那個標準。」（見野火《中國傳統文化論戰集》）

這些先生們以爲師生戀愛違反中國文化傳統，金庸卻親眼見到錢先生和胡女士婚後生活美滿，錢先生雙目失明之後，全仗胡女士誦讀書報，撰文答信，校閱著作，金庸對這對夫婦深爲欽佩。

只見窗邊一個青衫少女左手按紙，右手握筆，正自寫字。她背面向榻，瞧不見她相貌，但見她背影苗條，細腰一搦，甚是嬌美。

第十五回　東邪門人

石陣外達爾巴和衆蒙古武士、石陣內郭芙與武氏兄弟盡皆大驚，一齊搶前來救。達爾巴神力驚人，蒙古武士中也有數名高手，郭芙與二武如何能敵？突見金輪國師搖搖晃晃的站起，鐵輪一擺，嗆啷啷動人心魄，臉色慘白，仰天大笑，笑聲中充滿悽愴慘厲之意，衆人相顧駭然，住足不前。國師嘶啞著嗓子道：「老衲生平與人對敵，從未受過半點微傷，今日居然自己傷了自己，那是天意嗎？」伸出大手往黃蓉背上抓去。

楊過給他掌力震傷胸臆，爬在地下無力站起，見黃蓉危急，仍奮力橫棒揮出，將他這一拿格開，但就是這麼一用力，禁不住噴出口鮮血。黃蓉慘然道：「過兒，咱們認栽啦，不用再拚，你自己保重。」郭芙手提長劍，護在母親身前。楊過低聲道：「芙妹你快逃走，去跟你爹爹報信要緊。」

郭芙心中昏亂，明知自己武藝低微，可怎捨得母親而去？金輪國師鐵輪微擺，撞正她手中長劍，噹的一聲，白光閃動，長劍倏地飛起，落向林中。

國師正要推開郭芙去拿黃蓉，忽聽一個女子聲音叫道：「且慢！」林中躍出一個青衫人影，伸手接住半空落下的長劍，三個起伏，已奔入亂石堆中。國師見此人面目可怖，三分像人，七分似鬼，生平從未見過如此怪異的面貌，不禁一怔，喝問：「是誰？」那女子卻不答話，俯身推過一塊岩石，擋在他與黃蓉之間，說道：「你便是大名鼎鼎的金輪國師麼？」她相貌雖醜，聲音卻甚嬌嫩。國師道：「不錯，尊駕是誰？」那女子說道：「我是無名幼女，你自識不得我。」說著又將另一塊岩石移動了三尺。

此時日落西山，樹林中一片朦朧，國師心念忽動，喝道：「你幹甚麼？」待要阻止她再移石塊，那女子叫道：「角木蛟變亢金龍！」郭芙與二武一怔，心想：「她怎麼也知石陣的變化？」但聽她喝令之中自有一股威嚴之意，立時遵依搬動石塊。四五塊岩石一移，散亂的陣法又生變化。

國師又驚又怒，大喝道：「你這小女孩也敢來搗亂！」只聽她又叫：「心月狐轉房日兔」，「畢月烏移奎木狼」，「女土蝠進室火豬」，她所叫的都是二十八宿方位。郭芙與二武聽她叫得頭頭是道，與黃蓉主持陣法時一般無異，心下大喜，奮力移動岩石，眼見又要將金輪國師困住。

國師背上受了石塊撞擊，強運內力護住，一時雖不發作，其實內傷著實不輕，無力再起腳挑動石塊，他知道只消再遲片刻，便即陷身石陣，達爾巴徒有勇力，不明陣法，難以相救，見黃蓉正撐持著起身，兀自站立不定，只須踏上幾步就可手到擒來，但仍自謀脫身要緊，鐵輪虛晃，向武修文腦門擊去。他受傷之後，手臂酸軟無力，單舉鐵輪也已勉強，武修文如拔劍招架，反可將他鐵輪擊落脫手。但他威風凜凜，雖是虛招，瞧來仍猛不可當，武修文那敢硬接，當即縮身入陣。

金輪國師緩步退出石陣，呆立半晌，心中思潮起伏：「今日錯過了這個良機，只怕日後再難相逢。難道老天當眞護佑大宋，令我大事不成？我今日受傷，純屬天意。中原武林中英才輩出，單是這幾個青年男女，已資兼文武，未易輕敵，我外邦豪傑之士，不免相形見絀了。」撫胸長嘆，轉頭便走，走出十餘步，突然間嗆啷一響，鐵輪落地，身子搖晃。他深信命運之說，只覺所謀不遂，未可強求。

達爾巴大驚，大叫：「師父！」搶上扶住，忙問：「師父，你怎麼啦？」金輪國師皺眉不語，伸手扶著他肩頭，低聲道：「可惜，可惜！走罷！」一名蒙古武士拉過坐騎。國師重傷之餘已無力上馬，達爾巴左掌托住師父腰間，將他送上馬背。一行人向東而去。

青衫少女緩步走到楊過身旁，頓了一頓，慢慢彎腰，察看他臉色，要瞧傷勢如何。此時夜色已深，相距尺許也已瞧不清楚，她直湊到楊過臉邊，但見他雙目睜大，迷茫失神，面頰潮紅，呼吸急促，傷得不輕。楊過昏迷中只見一對目光柔和的眼睛湊到自己臉前，就和小龍女平時瞧著自己的眼色那樣，又溫柔，又憐惜，當即張臂抱住她身子，叫道：「姑姑，過兒受了傷，你別走開了不理我。」

青衫少女又羞又急，微微一掙。楊過胸口傷處立時劇痛，不禁「啊唷」一聲。那少女不敢強掙，低聲道：「我不是你姑姑，你放開我。」楊過凝視著她眼睛，哀求道：「姑姑，你別撇下我，我……我……我是你的過兒啊。」那少女心中一軟，柔聲道：「我不是你姑姑。」這時天色更加黑了，那少女一張可怖的醜臉全在黑暗中隱沒，只一對眸子炯炯生光。楊過拉著她手，不住哀求：「是的，是的！你……你別再撇下我不理。」那少女給他抱住了，羞得全身發燒，不知如何是好。楊過見到她溫柔可親的眼光，叫道：「你不是姑姑，那你是媳婦兒！你……你是不是媳婦兒？」那少女身子一縮，不由自主的推開了他：「不，不！我不是媳……婦兒！」

突然間楊過神志清明，驚覺眼前人並非小龍女，失望已極，腦中天旋地轉，便即昏暈。那少女大驚，見郭芙與二武均圍著黃蓉慰問服侍，無人來理楊過，見他受傷極重，扶著他後腰，半拖半拉的走出石陣，轉頭對郭芙道：「郭姑娘，這位楊爺受傷不輕，我去設法給他治治，請你對令堂說，我日後再向她請安。」郭芙問道：「姊姊是誰？你識得我媽媽？」那少女道：「應該識得的。」扶著楊過慢慢走出林外。瘦馬甚有靈性，認得主人，奔近身來。那少女將楊過扶上馬背，卻不與他同乘，牽了馬韁步行。

楊過一陣清醒，一陣迷糊，有時覺得身邊的女子是小龍女，大喜而呼，有時卻又發覺不是，全身如入冰窖。也不知過了多少時候，只覺得口腔中一陣清馨，透入胸間傷處，說不出的舒服受用，緩緩睜開眼來，不由得一驚，原來自己已睡在一張榻上，身上蓋了薄被，要待翻身坐起，突感胸骨劇痛，竟動彈不得。

轉頭見窗邊一個青衫少女左手按紙，右手握筆，正自寫字。她背面向楊，瞧不見她相貌，但見她背影苗條，細腰一搦，甚是嬌美。再看四周時，見所處之地是間茅屋的斗室，板床木凳，器物簡陋，四壁蕭然，卻一塵不染，清幽絕俗。床邊竹几上並列著一張瑤琴，一管玉簫。

他只記得在樹林石陣中與金輪國師惡鬥受傷，何以到了此處，腦中一片茫然；用心思索，隱約記得自己伏在馬背，有人牽馬護行，那人是個女子。此刻想來，依稀記得眼前這少女的背影。她這時正自專心寫字，但見她右臂輕輕擺動，姿式飄逸。室中寂靜無聲。較之先前石陣惡鬥，竟似到了另一世界。他不敢出聲打擾那少女，只安安穩穩的躺著，正是：夢後樓台高鎖，酒醒簾幕低垂，實不知人間何世。

突然間心念一動，眼前這青衫少女，正是長安道上示警，後來與自己聯手相救陸無雙的那人，自忖與她無親無故，怎麼她對自己這麼好法？不由得衝口而出，說道：「姊姊，原來又是你救了我性命。」

那少女停筆不寫，卻不回頭，柔聲道：「也說不上救你性命，我恰好路過，見那蒙古和尚甚是橫蠻，你又受了傷……」說罷微微低頭。楊過道：「姊姊，我……我……」心中感激，一時喉頭哽咽，竟說不出聲來。那少女道：「你良心好，不顧自己性命去救別人，我碰上稍稍出了些力，卻又算得甚麼。」楊過道：「郭伯母於我有養育之恩，她有危難，我自當盡力，但我和姊姊……」那少女道：「我不是說你郭伯母，是說陸無雙陸家妹子、你的媳婦兒。」

「媳婦兒」這三字，楊過最近想起時心中只指小龍女而言，而這少女所指的，顯然是長安道上從李莫愁手下所救的跛足姑娘，這人已有許久不曾想起，聽她提及，忙道：「她不是我媳婦兒。她叫我傻蛋，我便叫還她『媳婦兒』，那是說笑，當不得眞的。陸姑娘平安罷？她傷全好了？」那少女道：「多謝你掛懷，她傷口已然平復。你倒沒忘了她。」楊過聽她語氣中與陸無雙甚是親密，問道：「不知姊姊跟陸姑娘怎生稱呼？」

那少女不答，微微一笑，說道：「你不用姊姊長、姊姊短的叫我，我年紀沒你大。」頓了一頓，笑道：「也不知叫了人家幾聲『姑姑』呢，這時改口，只怕也已遲了。」

楊過臉上一紅，料想自己受傷昏迷之際定是將她錯認了小龍女，不住的叫她「姑姑」，說不定還有甚麼親暱之言、越禮之行，越想越不安，期期艾艾的道：「你……你……不見怪罷？」那少女笑道：「我自不會見怪，你安心在這兒養傷罷。等傷勢好了，便去尋你姑姑。」又道：「別太躭心了，終究找得到的。」這幾句話溫柔體貼，三分慈和中又帶著三分敬重，令人既安心，又愉悅，與他所識別的女子全不相同。她不似陸無雙那麼刁鑽活潑，更不似郭芙那麼驕肆自恣。耶律燕是豪爽不羈，完顏萍是楚楚可憐。至於小龍女，初時冷若冰霜，漠不關心，到後來卻又是情之所鍾，生死以之，乃是趨於極端的性格。只有這位青衫少女卻斯文溫雅，殷勤周至，知他記掛「姑姑」，就勸他好好養傷，痊愈後立即前去尋找，安慰他說定可找到。但覺和她相處，一切全是寧靜平和。

她說了這幾句話，又提筆寫字。楊過道：「姊姊，你貴姓？」那少女道：「你別問這個問那個的，還是安安靜靜的躺著，不要胡思亂想，內傷就好得快了。」楊過道：「好罷，其實我也明知是白問，你連臉也不讓見，姓名更是不肯說的了。」

那少女嘆道：「我相貌很醜，你又不是沒見過。」楊過道：「不，不！那是你戴了人皮面具。」那少女道：「要是我像你姑姑一般好看，我幹麼要戴面具？」楊過聽她稱讚小龍女美貌，極是歡喜，問道：「你怎知我姑姑好看？你見過她麼？」那少女道：「我沒見過。但你這麼想念她，她自是天下第一的美人兒了。」楊過嘆道：「我想念她，倒也不是爲了她美貌，只爲了她待我好。就算她是天下第一醜人，我也一般想念。不過……要是你見了她，定會讚她。」

這番話若給郭芙與陸無雙聽了，定要譏刺幾句，那少女卻道：「定是這樣。她不但美貌，待你更加好得不得了。」說著又伏案寫字。

楊過望著帳頂出了一會神，忍不住又轉頭望著她苗條的身影，問道：「姊姊，你在寫些甚麼？這等要緊。」那少女道：「我在學寫字。」楊過道：「你臨甚麼碑帖？」那少女道：「我的字寫得難看極啦，怎說得上摹臨碑帖？」楊過道：「你太謙啦，我猜定是好的。」那少女笑道：「咦，這可奇啦，你怎麼又猜得出？」楊過道：「似你這等俊雅的人品，書法也定然俊雅的。姊姊，你寫的字給我瞧瞧，好不好？」

那少女又輕輕一笑，道：「我的字是見不得人的，等你養好了傷，要請你教呢。」楊過暗叫：「慚愧。」不禁感激黃蓉在桃花島上教他讀書寫字，若沒那些日子的用功，別說分辨書法美惡，連旁人寫甚麼字也不識得。

他出了一會神，覺得胸口隱隱疼痛，當下潛運內功，氣轉百穴，漸漸的舒暢安適，竟自沉沉睡去。待得醒來，天已昏黑，那少女在一張矮几上放了飯菜，端到他床上，服侍他吃飯。竹筷陶碗，雖是粗器，卻盡屬全新，縱一物之微，看來也均用了一番心思。菜肴也只平常的青菜豆腐、鷄蛋小魚，但烹飪得鮮美可口。楊過一口氣吃了三大碗飯，連聲讚美。那少女臉上雖戴面具，瞧不出喜怒之色，但明淨的雙眼中卻露出歡喜的光芒。

次日楊過的傷勢又好了些。那少女搬了張椅子，坐在床頭，給他縫補衣服，將他一件破爛的長衫全都補好了。她提起那件長衫，說道：「似你這等人品，怎麼故意穿得這般襤褸？」說著走出室去，捧了一疋青布進來，依著楊過原來衣衫的樣子裁剪起來。

聽她話聲和身材舉止，也不過十七八歲，但她對待楊過不但像是長姊視弟，直是母親一般慈愛溫柔。楊過喪母已久，時至今日，依稀又是當年孩提的光景，心中又感激，又詫異，忍不住問道：「姊姊，幹麼你待我這麼好？我實在當不起。」那少女道：「做一件衣衫，那有甚麼好了？你捨命救人，那才教不易呢。」

這一日上午就這麼靜靜過去。午後那少女又坐在桌邊寫字，楊過極想瞧瞧她到底寫些甚麼，但求了幾次，那少女總是不肯。她寫了約莫一個時辰，寫一張，出一會神，隨手撕去，又寫一張，始終似乎寫得不合意，隨寫隨撕，瞧這情景，自不是鈔錄甚麼武學譜笈，最後她嘆了口氣，不再寫了，問道：「你想吃甚麼東西，我給你做去。」

楊過靈機一動，道：「就怕你太過費神了。」那少女道：「甚麼啊？你說出來聽聽。」楊過道：「我想吃粽子。」那少女一怔，道：「裹幾隻粽子，又費甚麼神了？我自己也想吃呢。你愛吃甜的還是鹹的？」楊過道：「甚麼都好。有得吃就心滿意足了，那裏還能這麼挑剔？」當晚那少女果然裹了幾隻粽子給他作點心，甜的是豬油豆沙，鹹的是火腿鮮肉，端的美味無比，楊過一面吃，一面喝采不迭。

那少女嘆了口氣，說道：「你眞聰明，終於猜出了我的身世。」楊過心下奇怪：「我沒猜啊！怎麼猜出了你的身世？」口中卻說：「你怎知道？」那少女道：「我家鄉江南的粽子天下馳名，你不說旁的，偏偏要吃粽子。」楊過回憶數年前在浙西遇到郭靖夫婦、與李莫愁爭鬥、又得歐陽鋒收爲義子等一連串事跡，始終想不起眼前這少女是誰。

他要吃粽子，卻另有用意，快吃完時乘那少女不覺，在手掌心裏暗藏一塊，待她收拾碗筷出去，忙取過一條她做衫時留下的布線，一端黏了塊粽子，擲出去黏住她撕破的碎紙，提回來一看，不由得一怔。原來紙上寫的是「既見君子，云胡不喜」八個字。那是《詩經》中的兩句，當年黃蓉曾教他讀過，解說這兩句的意思是：「既見到了這位有德君子，怎麼會不快活呢？」楊過又擲出布線黏回一張，見紙上寫的仍是這八個字，只是頭上那個「既」字卻已給撕去了一半。楊過接連擲線收線，黏回來十多張碎紙片，但見紙上顚來倒去寫的就只這八個字。細想其中深意，不由得痴了。

忽聽腳步聲響，那少女回進室來。楊過忙將碎紙片在被窩中藏過。那少女將餘下的碎紙搓成一團，拿到室外點火燒化了。

楊過心想：「她寫『既見君子』，這君子難道說的是我麼？我和她話都沒說過幾句，她瞧見我有甚麼可歡喜的呢？再說，我這麼亂七八糟，又是甚麼狗屁君子了。若說不是我，這裏又沒旁人。」其實《詩經》中所說「君子」，就是說一個男子，不一定要說是一個「溫文爾雅的有德君子」，這一點楊過卻又不懂了。

正自痴想，那少女回進室來，在窗邊悄立片刻，吹滅了蠟燭。月光淡淡，從窗中照射進來，鋪在地下。楊過叫道：「姊姊。」那少女卻不答應，慢慢走了出去。

過了半晌，只聽室外簫聲幽咽，從窗中送了進來。楊過曾見她用一根類似玉簫的銀色短棒與李莫愁動手，武功不弱，不意這玉簫吹將起來卻也這麼好聽。他在古墓之中，有時小龍女撫琴，他便伴在一旁，聽她述說曲意，也算得粗解音律。這時辨出簫中吹的是「無射商」調子，卻是一曲〈淇奧〉，這首琴曲溫雅平和，楊過聽過幾遍，也並不喜愛。但聽她吹的翻來覆去總是頭上五句，或高或低，忽徐忽疾，始終是這五句的變化，卻頗具纏綿之意。楊過聽小龍女說過，這曲子是讚美一個男子像切磋過的象牙那麼雅致，像琢磨過的美玉那麼和潤，到底是甚麼句子，他卻不記得了。

她又吹了一會，慢慢停了，嘆了口氣，幽幽的自言自語：「就算眞要叫我姑姑，也不是說不通……」楊過問道：「姑娘……」那少女不答，逕自去了，這晚就沒再回來。

次日清晨，那少女送早飯進來，見楊過臉上戴了人皮面具，不禁一呆，笑道：「你怎麼也戴這東西了？」楊過道：「這是你送給我的啊，你不肯顯露本來面目，我也就戴個面具。」那少女淡淡的道：「那也很好。」說了這句話後，放下早飯，轉身出去，這天一直就沒再跟他說話。楊過惴惴不安，生怕得罪了她，想要說幾句話賠罪，她在室中卻始終沒再停留。到得晚間，那少女待楊過吃完了飯，進室來收拾碗筷，正要出去，楊過道：「姊姊，你的簫吹得眞好聽，再吹一曲，好不好？」

那少女微一沉吟，道：「好的。」出室去取了玉簫，坐在楊過床前，幽幽吹了起來。這次吹的是一曲〈迎仙客〉，乃賓主酬答之樂，曲調也如雍容揖讓，肅接大賓。楊過心想：「原來你在簫聲之中也帶了面具，不肯透露心曲。」

簫聲中忽聽得遠處腳步聲響，有人疾奔而來。那少女放下玉簫，走到門口，叫道：「表妹！」一人奔向屋前，氣喘吁吁的道：「表姊，那女魔頭查到了我的蹤跡，正一路尋來，咱們快走！」楊過聽話聲正是陸無雙，心下一喜，但隨即聽她說那女魔頭即將追到，指的自是李莫愁，不由得暗暗吃驚，隨即又想：「原來這位姑娘是媳婦兒的表姊。」

只聽那少女道：「有人受了傷，在這裏養傷。」陸無雙道：「是誰？」那少女道：「你是他的媳婦兒，你說是誰？」陸無雙叫道：「傻蛋！他……他在這裏！」說著衝進門來。

月光下只見她喜容滿臉，叫道：「傻蛋，傻蛋！你怎麼尋到了這裏？這次可輪到你受傷啦。」楊過道：「媳婦……」只說出兩個字，想起身旁那溫雅端莊的青衫少女，登時不敢再開玩笑，當即縮住，轉口問道：「李莫愁怎麼又找上你了？」

陸無雙道：「那日酒樓上一戰，你忽然走了，我表姊帶我到這裏養傷。其實我的傷早就沒事啦，我氣悶不過，出去閒逛散心，當天就撞到了兩名丐幫的化子，偷聽到他們說大勝關在開甚麼英雄大會。我便去大勝關瞧瞧熱鬧，那知這會已經散了。我怕表姊記掛，趕著回來，在前面鎮上的茶館外忽然見到了那女魔頭的花驢，她驢子換了，金鈴卻沒換……」說到這裏，聲音已不禁發顫，續道：「總算命不該絕，倘若迎面撞上，表姊，傻蛋，這會兒可見你們不著啦。」

楊過道：「這位姑娘是你表姊？多承她相救，可還沒請教姓名。」那少女道：「我……」陸無雙突然伸出雙手，將楊過和那少女臉上的人皮面具同時拉脫，說道：「那魔頭不久就要到來，你們兩個還戴這勞什子幹甚麼？」

楊過眼前斗然一亮，見那少女臉色晶瑩，膚光如雪，鵝蛋臉兒上有一個小小酒窩，微現靦覥，雖不及小龍女那麼清麗絕俗，卻也是個極美的姑娘。

陸無雙道：「她是我表姊程英，桃花島黃島主的關門小弟子。」楊過作揖為禮，道：「程姑娘。」程英還禮，道：「楊少俠。」楊過心想：「怎麼她小小年紀，竟是黃島主的弟子？從郭伯母身上算起來，我豈不還矮了她一輩？」突然之間，明白了她昨晚的話：「就算眞要叫我姑姑，也不是說不通……」衝口便想叫她「姑姑」，但「姑姑」二字，於他有特殊含義，等於是「銘心刻骨的愛侶」，叫將出來，未免唐突了佳人，終於不敢出口。

原來程英當日爲李莫愁所擒，險遭毒手，適逢桃花島島主黃藥師路過，救了她性命。黃藥師自女兒嫁後，浪跡江湖，四海爲家，年老孤單，自不免寂莫，這時見程英稚弱無依，不由得起了憐惜之心，治愈她傷毒之後便帶在身邊。程英服侍得他體貼入微，遠勝當年嬌憨頑皮、跳盪不羈的黃蓉。黃藥師由憐生愛，收了她爲徒。程英聰明機智雖遠不及黃蓉，但她心細似髮，小處留心，卻也學到了黃藥師不少本領。

這一年她武功初成，稟明師父，北上找尋表妹，在關陝道上與楊過及陸無雙相遇，途中示警、夜半救人，便都是她的手筆了。衆少年合鬥李莫愁後，她帶同陸無雙到這荒山中來結廬療傷。日前陸無雙獨自出外，久久不歸。程英記掛起來，出去找尋，卻遇上黃蓉擺亂石陣與金輪國師相鬥。這項奇門陣法她也跟黃藥師學過，雖所知不多，學得卻甚細到，機緣巧合，救回楊過。先前楊過奮身相救陸無雙，程英對他的俠骨英風本已欽佩，這次楊過在昏迷之中，旣抱住了她，又不住口的叫她「姑姑」，叫得情致纏綿，就像要將一顆心掏出來那麼柔情萬種。有時更親親熱熱的叫她「媳婦兒」，又曾抱住她親吻。程英又羞又急，無可奈何之中卻也芳心可可，忍不住爲之顚倒。

陸無雙道：「這緊急關頭，你兩位還這般多禮幹甚麼？」楊過道：「李莫愁後來見到你了？」陸無雙道：「你倒想得挺美！要是給她見到了，你又不來救我，我還能逃脫她毒手？我一見到花驢頸中的金鈴，立即躲在茶館屋後，大氣也不敢喘一口。只聽得那魔頭向那茶館掌櫃的打聽，有沒見到兩個小姑娘，一個有點兒跛，另一個是個醜八怪。表姊，她說的是你，可不知道你恰好是醜八怪的對頭，是位美人兒……」程英臉上微微一紅，道：「你別胡說，可讓楊少俠笑話。」楊過道：「少俠甚麼的稱呼，可不敢當，你叫我楊過便是。」

陸無雙嗔道：「你一見我表姊，就服服貼貼的，連名帶姓都說了，跟我卻偏裝神弄鬼的騙人。」楊過微笑道：「你叫我『傻蛋』，我便聽你話做傻蛋，那還不夠服服貼貼嗎？」陸無雙小嘴一撅，道：「慢慢再跟你算帳。」轉頭向程英道：「表姊，你帶了這面具兒，常到鎮上去買鹽米物品，鎮上的人都認得你。茶館掌櫃也決想不到李莫愁這樣斯文美貌的出家人會不懷好意，自然跟她說了咱們住處。那魔頭謝了，又問鎮上甚麼地方可以借宿，便帶了洪師姊去找宿處。她一向害人總是天剛亮時動手，算來還有三個時辰。」

程英道：「是。那日這魔頭到你家，便是寅末卯初時分。」三人說起當年李莫愁如何下毒手害死陸無雙父母，才知三人幼時曾在嘉興相會，程英和陸無雙都還去過楊過所住的破窯，想到兒時居然曾有過這番遇合，心頭不由得均平添溫馨。

楊過道：「這魔頭武功高強，就算我並未受傷，咱三個也鬥她不過。還是外甥點燈籠，照舊，咱們這就溜之大吉罷。」程英點頭道：「眼下還有三個時辰。楊兄的坐騎腳力甚好，咱們立時就逃，那魔頭未必追得上。」陸無雙道：「傻蛋，你身上有傷，能騎馬麼？」楊過嘆道：「不能騎也只得硬挺，總好過落入這魔頭手中。」

陸無雙道：「咱們只一匹馬。表姊，你陪傻蛋向西逃，我故布疑陣，引她往東追。」程英臉上微微一紅，道：「不，你陪楊兄。我跟李莫愁並無深仇大怨，縱然給她擒住，也不一定要殺我，你如落入她手，那可有得受的了。」陸無雙道：「她衝著我而來，若見我和傻蛋在一起，豈非枉自累了他？」表姊妹倆你一言，我一語，互推對方陪伴楊過逃走。

楊過聽了一會，甚是感動，心想這兩位姑娘都義氣干雲，危急之際甘心冒險來救我性命，縱然我給那魔頭拿住害死，這一生一世也不算白活了。陸無雙道：「傻蛋，你倒說一句，你要我表姊陪你逃呢，還是要我陪？」楊過還未回答，程英道：「你怎麼傻蛋長、傻蛋短的，也不怕楊兄生氣。」陸無雙伸了伸舌頭，笑道：「瞧你對他這般斯文體貼，傻兄定是要你陪的了。」她把「傻蛋」改稱「傻兄」，算是個折衷。

程英面色白皙，極易臉紅，給她一說，登時羞得顏若玫瑰，微笑道：「人家叫你

『媳婦兒』，可不是麼？你媳婦兒不陪，那怎麼成？」這一來可輪到陸無雙臉紅了，伸出雙手去呵她癢，程英轉身便逃。霎時間小室中一片旖旎風光，三人倒不似初時那麼害怕擔憂了。

楊過心想：「若要程姑娘陪我逃走，陸姑娘就有性命之憂。倘是陸姑娘陪我，程姑娘也萬分危險。」說道：「兩位姑娘如此相待，實是感激無已。我說還是兩位快些避開，讓我在這裏對付那魔頭。我師父與她是師姊妹，她總得有幾分香火之情，何況她怕我師父，諒她不敢對我如何……」他話未說完，陸無雙已搶著道：「不行，不行。」

楊過心想她二人也定然不肯棄己而逃，便朗聲道：「咱三人結伴同行，當眞給那魔頭追上時，三人拚一死戰，最多是三人一起送命。」陸無雙拍手道：「好，就是這樣。」程英沉吟道：「那魔頭來去如風，三人同行，定然給她追上。與其途中激戰，不如就在這兒給她來個以逸待勞。」楊過道：「不錯。姊姊會得奇門遁甲之術，連那金輪國師尙且困住，赤練仙子未必就能破解。」

此言一出，三人眼前登時現出一線光明。程英道：「那亂石陣是郭夫人布的，我乘勢略加變化則可，要我自布一個卻沒這本事，說不得，咱們盡人事以待天命便了。表妹，你來幫我。」楊過心想：「郭伯母教我陣法變化，倉卒之際，我只硬記得十來種，只能用來誘那生滿了鏽的鐵輪國師入陣，要阻擋這怨天愁地的李莫愁卻全無用處。這門功夫可繁難得緊，眞要精熟，決非一年半載之功。程姑娘小小年紀，所學自然及不上郭伯母，她這話想來也非謙辭。但她布的陣勢不論如何簡陋，總之有勝於無。」

表姊妹倆拿了鐵鏟鋤頭，走出茅舍，掘土搬石，布置起來。忙了一個多時辰，隱隱聽得遠處鷄鳴之聲，程英滿頭大汗，眼見所布的土陣與黃蓉的亂石陣實在相差太遠，心中暗自難過：「郭夫人之才眞勝我百倍。唉，想以此粗陋土陣擋住那赤練魔頭，當眞難上加難。」她怕表妹與楊過氣沮，也不明言。

陸無雙在月光下見表姊的臉色有異，知她實無把握，從懷中取出一册抄本，進屋去遞給楊過，道：「傻蛋，這就是我師父的《五毒秘傳》。」楊過見那本書封皮殷紅如血，心中微微一凜。陸無雙道：「我騙她說，這書給丐幫搶了去，待會我如給她拿住，不免給她搜出。你好生瞧一遍，記熟後就燒毀了罷。」她與楊過說話，從來就沒正正經經，此時想到命在頃刻，卻也沒心情再說笑話了。楊過見她神色淒然，點頭接過。

陸無雙又從懷裏取出一塊錦帕，低聲道：「如你不幸落入那魔頭手中，她要害你性命，你就拿出這塊錦帕來給她。」楊過見那錦帕一面毛邊，顯是從甚麼地方撕下來的，兩隻角上各繡著一朶紅花，不知她是何用意，愕然不接，問道：「這是甚麼？」

陸無雙道：「是我託你交給她的，你答應麼？」楊過點了點頭，接過來放在枕邊。陸無雙卻過來拿起，放入他懷中，低聲道：「可別讓我表姊知道。」突然間聞到他身上一股男子氣息，想起關陝道上解衣接骨、同枕共榻種種情事，心中一蕩，向他痴痴的望了一眼，轉身出房。

楊過見她這一回眸深情無限，心中也自怦怦跳動，打開那《五毒秘傳》來看了幾頁，記住了赤練神掌與冰魄銀針毒性的解法，心想：「兩種解藥都極難製煉，但教今日不死，這兩門解法日後總當有用。」

茅屋門呀的一聲開了，楊過抬起頭來，只見程英雙頰暈紅，走近楊邊，額邊都是汗珠。她呼吸微見急促，說道：「楊兄，我在門外所布的土陣實在太拙劣，很難擋得住那赤練仙子。」說著從懷中取出一塊錦帕，遞給了他，又道：「她如衝進來，你就拿這塊帕子給她罷。」楊過見那錦帕也只半邊，質地花紋與陸無雙所給的一模一樣，心下詫異，抬起頭來，目光與她相接，燈下但見她淚眼盈盈、又羞又喜，正待相詢，程英斗然間面紅過耳，低聲道：「千萬別讓我表妹知道。」說罷翩然而出。

楊過從懷中取出陸無雙的半邊錦帕，與手中的半邊拼在一起，這兩個半塊果然原是從一塊錦帕撕開的，見帕子甚舊，白緞子已變淡黃，四隻角上所繡的紅花卻仍嬌艷欲滴。他望著這塊破帕，知中間定有深意，何以她二人各自給我半塊？何以要我交給李莫愁？何以她二人又不欲對方知曉？而贈帕之際，何以二人又都滿臉嬌羞？

他坐在床上呆呆出神，聽得遠處鷄聲又起，接著幽幽咽咽的簫聲響了起來，想是程英布陣已完，按簫以舒積鬱，吹的是一曲〈流波〉，簫聲柔細，卻無悲愴之意，隱隱竟有心意舒暢、無所掛懷的情致。楊過聽了一會，低吟相和，他記不得歌詞，只隨著曲調隨口亂唱而已。

陸無雙坐在土堆之後，聽著表姊與楊過簫歌相和，東方漸現黎明，心想：「師父轉瞬即至，我的性命是挨不過這個時辰了。但盼師父見著錦帕，饒了表姊和他的性命，他二人……」陸無雙本來刁鑽尖刻，與表姊相處，程英從小就處處讓她三分，盡心照顧。但此刻臨危，她竟一心一意盼望楊過平安無恙，心中對他情深一片，暗暗許願，只要能逃得此難，最好他能與表姊結成鴛侶，自己死而無憾。

正自出神，猛抬頭，突見土堆外站著一個身穿黃衫的道姑，右手拂塵平舉，衣襟飄風，正是師父李莫愁到了。

陸無雙心頭大震，拔劍站起。李莫愁竟站著一動不動，只側耳傾聽。

原來她聽到簫歌相和，想起了少年時與愛侶陸展元共奏樂曲的情景，一個吹笛，一個吹笙，這曲〈流波〉便是當年常相吹奏的。這已是二十年前之事，此刻音韻依舊，卻已是「風月無情人暗換」，耳聽得簫歌酬答，曲盡綢繆，驀地裏傷痛難禁，忍不住縱聲大哭。這一下斗放悲聲，更大出陸無雙意料之外，她平素只見師父嚴峻凶殺，那裏有半點柔軟心腸？怎麼明明是要來報怨殺人，竟在門外痛哭起來？但聽她哭得愁盡慘極，迴腸百轉，不禁也心感酸楚。

李莫愁這麼一哭，楊過和程英也自驚覺，歌聲節拍便即散亂。李莫愁心念一動，突然縱聲而歌，音調淒婉，歌道：

「問世間，情是何物，直教生死相許？天南地北雙飛客，老翅幾回寒暑？歡樂趣，離別苦，就中更有痴兒女。君應有語，渺萬里層雲，千山暮雪，隻影向誰去？」

簫歌聲本來充滿愉樂之情，李莫愁此歌卻詞意悲切，聲調更是哀怨，且節拍韻律與〈流波〉全然不同，歌聲漸細，卻越細越高。程英心神微亂，竟順著那「歡樂趣」三個字吹出，待她轉到「離別苦」三字時，已不自禁的給她帶去。她慌忙轉調，但簫韻清和，她內力又淺，吹奏不出高亢之音與李莫愁的歌聲相抗，微一躊躇，便奔進室內，放下玉簫，坐在几邊撫動瑤琴。楊過也放喉高唱，以助其勢。只聽得李莫愁歌聲越轉淒苦，程英的琴弦也越提越高，錚的一聲，第一根「徵弦」忽然斷了。

程英吃了一驚，指法微亂，瑤琴中第二根「羽弦」又自崩斷。李莫愁長歌帶哭，第三根「宮弦」再絕。程英的琴簫都是跟黃藥師學的，雖遇明師，畢竟年幼，造詣尚淺。李莫愁本來乘著對方弦斷韻散、心慌意亂之際，大可長驅直入，但眼見茅屋外的土陣看似亂七八糟，中間顯然暗藏五行生剋的變化，她不解此道，在古墓內又曾累次中伏受創，不免心存忌憚，靈機一動，突然繞到左側，高歌聲中破壁而入。

程英所布的土陣東一堆、西一堆，全都用以守住大門，卻未想到茅屋牆壁不牢，給李莫愁繞開正路，雙掌起處，推破土壁，攻了進來。陸無雙大驚，提劍跟著奔進。

楊過身上有傷，無法起身相抗，只有躺著不動。程英料知與李莫愁動手徒然送命，把心一橫，生死置之度外，調弦轉律，彈起一曲〈桃夭〉來。這一曲華美燦爛，喜氣盎然。她心中暗思：「我一生孤苦，今日得在楊大哥身邊而死，卻也不枉了。」目光斜向楊過瞧去。楊過對她微微一笑，程英心中愉樂甜美，暗唱：「桃之夭夭，灼灼其華……」琴聲洋洋灑灑，樂音中春風和暢，花氣馨芳。

李莫愁臉上愁苦之色漸消，問陸無雙道：「那書呢？到底是丐幫取去了不曾？」楊過將《五毒秘傳》扔給了她，說道：「丐幫黃幫主、魯幫主大仁大義，要這邪書何用？早就傳下號令，幫眾子弟，不得翻動此書一頁。」李莫愁見書本完整無缺，心下甚喜，又素知丐幫行事正派，律令嚴明，也許是真的未曾翻閱。

楊過又從懷中取出兩片半邊錦帕，鋪在床頭几上，道：「這帕子請你一併取了去罷！」李莫愁臉色大變，拂塵一揮，將兩塊帕子捲了過去，怔怔的拿在手中，一時間思潮起伏，心神不定。程英和陸無雙互視一眼，都臉上暈紅，料不到對方竟將帕子給了楊過，而他卻當面取了出來。

這幾下你望我、我望你，心事脈脈，眼波盈盈，茅屋中本來一團肅殺之氣，霎時間盡化為濃情密意。程英琴中那〈桃夭〉之曲更加彈得纏綿歡悅。

突然之間，李莫愁將兩片錦帕扯成四截，說道：「往事已矣，夫復何言？」雙手一陣急扯，往空拋出，錦帕碎片有如梨花亂落。程英一驚，錚的一聲，琴弦又斷了一根。

李莫愁喝道：「咄！再斷一根！」悲歌聲中，瑤琴上第五根「角弦」果然應聲而斷。李莫愁冷笑道：「頃刻之間，要教你三人求生不能，求死不得，快快給我抱頭痛哭罷。」這時琴上只賸下兩根琴弦，程英的琴藝本就平平，自已難成曲調。李莫愁道：「快彈幾聲淒傷之音！世間大苦，活著有何樂趣？」程英撥弦彈了兩聲，雖不成調，卻仍是「桃之夭夭」的韻律。李莫愁道：「好，我先殺一人，瞧你悲不悲痛？」這一厲聲斷喝，又崩斷了一根琴弦，舉起拂塵，就要往陸無雙頭頂擊下。

楊過笑道：「我三人今日同時而死，快快活活，遠勝於你孤苦寂寞的活在世間。英妹、雙妹，你們過來。」程英和陸無雙走到他床邊。楊過左手摟住程英肩頭，右手摟住陸無雙肩頭，笑道：「咱三個死在一起，在黃泉路上說說笑笑，卻不強勝於這女子十倍？」陸無雙笑道：「是啊，好傻蛋，你說的一點兒不錯。」程英溫柔一笑。表姊妹二人給楊過摟住了肩頭，都是心神俱醉。楊過卻想：「唉，可惜不是姑姑在身旁陪著我。」但他強顏歡笑，雙手分別輕輕握住二女一手，拉近二女，靠在自己身上。

李莫愁心想：「這小子的話倒不錯，他三人如此死了，確是勝過我活著。」尋思：

「天下那有這等便宜之事？我定要教你們臨死時傷心斷腸。」於是拂塵輕擺，臉帶寒霜，低聲唱了起來，仍是「問世間，情是何物，直教生死相許」那曲子，歌聲若斷若續，音調酸楚，猶似棄婦吞聲，冤鬼夜哭。

楊過等三人四手相握，聽了一陣，不自禁的心中哀傷。楊過內功較深，凝神不動，臉上猶帶微笑；陸無雙心腸剛硬，不易激動；程英卻已忍不住掉下淚來。李莫愁的歌聲越唱越低，到了後來聲似遊絲，若有若無。

那赤練仙子只待三人同時掉淚，拂塵揮處，就要將他們一齊震死。正當歌聲淒婉慘厲之極的當口，突聽茅屋外一人哈哈大笑，拍手踏歌而來。

歌聲是女子口音，聽來年紀已自不輕，但唱的卻是天真爛漫的兒歌：「搖搖搖，搖到外婆橋，外婆叫我好寶寶，糖一包，果一包，吃了還要拿一包。」歌聲中充滿著歡樂，李莫愁的悲切之音登時受擾。但聽她越唱越近，轉了幾轉，從大門中走了進來，卻是個蓬頭亂服的中年女子，雙眼圓睜，嘻嘻傻笑，手中拿著一柄燒火用的火叉。李莫愁吃了一驚：「怎麼她輕輕易易的便繞過土堆，從大門中進來？若不是他三人一夥，便是精通奇門遁甲之術了。」她心有別念，歌聲感人之力立減。

程英見到那女子，大喜叫道：「師姊，這人要害我，你快幫我。」這蓬頭女子正是曲傻姑。她其實比程英低了一輩，年紀卻大得多，因此程英便叫她師姊。

只聽她拍手嘻笑，高唱兒歌，甚麼「天上一顆星，地下骨零丁」，甚麼「寶塔尖，衝破天」，一首首的唱了出來，有時歌詞記錯了，便東拉西扯的混在一起。李莫愁欲以悲苦之音相制，豈知傻姑渾渾噩噩，向來並沒甚麼愁苦煩惱，須知情由心生，心中既一片混沌，外感再強，也不能無中生有，誘發激生；而李莫愁的悲音給她亂七八糟的兒歌一衝，反連楊過等也制不住了。李莫愁大怒，心道：「須得先結果此人。」歌聲未絕，揮拂塵迎頭擊去。

當年黃藥師後悔一時意氣用事，遷怒無辜，累得弟子曲靈風命喪敵手，因此收養曲靈風這個女兒傻姑，發願要把一身本事傾囊以授。可是傻姑從小就傻傻的頭腦不清，大後亦未變好，不論黃藥師花了多少心血來循循善誘，總是人力難以回天，別說要學到他文事武功的半成，便要她多識幾個字，學會幾套粗淺武功，卻也萬萬不能。十餘年來，傻姑在明師督導之下，卻也練成了一套掌法、一套叉法。所謂一套，其實只是每樣三招。黃藥師知道甚麼變化奇招她決計記不住，於是窮智竭慮，創出了三招掌法、三招叉法。這六招呆呆板板，並無變化後著，威力全在功勁之上。常人練武，少則數十招，多則變化逾千，傻姑只練六招，日久自然精純，招數雖少，卻也十分厲害。

至於她能繞過茅屋前的土堆，只因她在桃花島住得久了，程英的布置盡是桃花島的粗淺功夫，傻姑也不須學甚麼奇門遁甲，看也不看，自然而然的便信步進屋。

此時她見李莫愁拂塵打來，當即火叉平胸刺出。李莫愁聽得這一叉破空之聲勁急，不禁大驚：「瞧不出這女子功力如此深湛。」急忙繞步向左，揮拂塵向她頭頸擊去。傻姑不理敵招如何，挺叉直刺。李莫愁拂塵倒轉，已捲住了叉頭。傻姑只如不見，火叉仍往前刺。李莫愁運勁急甩，火叉竟不搖動，轉眼間已刺到她胸口，總算李莫愁武功高強，百忙中一個「倒轉七星步」，從牆壁破洞中反身躍出，方始避開了這勢若雷霆的一擊，卻已嚇出了一身冷汗。

她略一凝神，又即躍進茅屋，縱身而起，從半空中揮拂塵擊落。傻姑以不變應萬變，仍然挺叉平刺，敵人已經躍高，這一叉就刺向對方小腹。李莫愁見來勁狠猛，倒轉拂塵柄在叉桿上一擋，借勢竄開，呆呆的望著她，心想：「我適才攻擊的三手，每一手都暗藏九般變化，十二著後招，任他那一位武林高手均不能等閒視之。這女子只一叉當胸平刺，便將我六十三手變化盡數消解於無形。此人武功深不可測，趕快走罷！」

她那知傻姑的叉法來來去去便只三招，只消時刻稍久，李莫愁看明白了她出手的路子，自易取勝。常言道程咬金三斧頭，傻姑也只有三火叉，她單憑一招叉法，竟將這個絕頂厲害的敵人驚走，桃花島主也真足自豪了。

李莫愁轉過身來，正要從牆壁缺口中躍出，卻見破口旁已坐著一人，青袍長鬚，正是當年從她手中救了程英的桃花島主黃藥師。李莫愁昔年在他手下大敗虧輸，一見是他，心下暗驚，只盼能設法脫身逃走。但見他憑几而坐，矮几上放著程英適才所彈的瑤琴。李莫愁對戰時眼觀六路、耳聽八方，但黃藥師進屋、取琴、坐地，她竟全沒察覺，若在背後暗算，取她性命豈非易如反掌？

李莫愁與傻姑對招之時，生怕程英等加入戰團，是以口中悲歌並未止歇，要教他三人心神難以寧定，此時斗見黃藥師悄坐撫琴，心頭一震，歌聲登時停了。

黃藥師在琴上彈了一響，縱聲唱道：「問世間，情是何物，直教生死相許？」唱的居然就是李莫愁那一曲。琴上的弦只剩下一根「羽弦」，但他竟便在這一根弦上彈出宮商角徵羽諸般音律，而琴韻悲切，更遠勝於她歌聲。

這一曲李莫愁是唱熟了的，黃藥師一加變調，她心中所生感應，比之楊過諸人更甚十倍。黃藥師早知她作惡多端，今日正要藉此機緣將她除去。他昔年曾以一枝玉簫與歐陽鋒的鐵箏、洪七公的嘯聲相抗，鬥成平手，這時他年事已高，力氣已因年紀增長而衰減，內功卻越練越深，李莫愁如何抵禦得住？片刻間便感心旌搖動，莫可抑制。

黃藥師琴歌相和，忽而歡樂，忽而憤怒，忽而高亢激昂，忽而低沉委宛，瞬息數變，引得她也忽喜忽悲，忽怒忽愁，眼見這一曲唱完，李莫愁難免發狂，心神大亂。

便在此時，傻姑一轉頭，突然見到楊過，燭光之下，看來宛然是他父親楊康。傻姑最怕的便是鬼魂，而當日楊康中毒而死的情狀深印腦海，永不能忘，忽見楊過呆呆而坐，只道楊康的鬼魂作祟，急跳而起，指著他道：「楊……楊兄弟，你……你別害我……你……你不是我害死的……你去……找別人罷。」

黃藥師不提防她這麼旁裏橫加擾亂，錚的一聲，最後一根琴弦竟也斷了。傻姑躲到師祖身後，大叫：「鬼……鬼……爺爺，是楊兄弟的鬼魂。」李莫愁得此空隙，急忙揮拂塵打熄燭火，從破壁中鑽了出去。黃藥師未能制其死命，終於給她逃脫，自顧身分，已不能出屋追擊。黑暗中傻姑更是害怕，叫得更加響了：「是惡鬼，爺爺，打鬼，打鬼！」

黃藥師喝住傻姑。程英打火點亮蠟燭，拜倒在地，向師父見禮，站起身來，將楊過與陸無雙二人的來歷簡略說了。

黃藥師向楊過笑道：「我這個徒孫兼徒兒傻裏傻氣。她識得你父親。你果然與你父甚爲相像。」楊過在床上彎腰磕頭，說道：「恕弟子身上有傷，不能叩拜。」黃藥師顏色甚和，道：「你不顧自己性命，兩次救我女兒和外孫女，眞是好孩子。」原來他已與黃蓉見過面，得悉經過情由，聽說程英將他救去，便帶同傻姑前來尋找。

黃藥師取出療傷靈藥，給楊過服了，又運內功給他推拿按摩。楊過但覺他雙手到處，有如火炙，不自禁的從體中生出抗力。黃藥師斗覺他皮肉一震，接著便感到他經脈運轉，內功實有異常造詣，手上加勁，運了一頓飯時分，楊過但覺四肢百骸無不舒暢，昏昏沉沉的竟睡著了。

次日醒時，楊過睜眼見黃藥師坐在床頭，忙坐起行禮。黃藥師道：「你可知江湖上叫我甚麼名號？」楊過道：「前輩是桃花島主？」黃藥師道：「還有呢？」楊過覺得「東邪」二字不便出口，但轉念一想，他外號中既然有個「邪」字，脾氣自和常人大不相同，於是大著膽子道：「你是東邪！」黃藥師哈哈大笑，說道：「不錯。我聽說你武功不壞，心腸也熱，行事卻也邪得可以。又聽說你想娶你師父爲妻，是不是？」楊過道：「正是，老前輩，人人都不許我，但我寧可千死萬死，也要娶她。」

黃藥師聽他這幾句話說得斬釘截鐵，怔怔的望了他一陣，突然抬起頭來，仰天大笑，只震得屋頂的茅草簌簌亂動。楊過怒道：「這有甚麼可笑？我道你號稱東邪，定有了不起的高見，豈知也與世俗之人一般無異。」黃藥師大聲道：「好，好，好！」說了幾個「好」字，轉身出屋。楊過怔怔的坐著，心想：「我這一番話，可把這位老前輩給得罪了。可是他何以又無怒色？」

殊不知黃藥師一生縱橫天下，對當時禮教世俗之見最是憎恨，行事說話，無不離經叛道，因此上得了個「邪」字的名號。他落落寡合，生平實無知己，雖以女兒女婿之親，也非眞正知心，郭靖端凝厚重，尤非意下所喜。不料多年江湖飄泊，居然遇到楊過。日前英雄大會中楊過諸般作爲，已傳入他耳中，黃蓉也約略說了這少年的行事爲人，此刻與他寥寥數語，更大合心意。

這天傍晚，黃藥師又回到室中，說道：「楊過，聽說你反出全眞教，毆打本師，倒也邪得可以。你不如再反出古墓派師門，轉拜我爲師罷。」楊過一怔道：「爲甚麼？」黃藥師笑道：「你先不認小龍女爲師，再娶她爲妻，豈非名正言順？」楊過道：「這法兒倒好。可是師徒不許結爲夫妻，卻是誰定下的規矩？我偏要她既做我師父，又做我妻子。」

黃藥師鼓掌笑道：「好啊！你這麼想，可又比我高出一籌。」伸手替他按摩療傷，嘆道：「我本想要你傳我衣缽，好教世人得知，黃老邪之後又有個楊小邪。你不肯做我弟子，那是沒法兒的了。」

楊過道：「也非定須師徒，方能傳揚你的邪名。你若不嫌我年紀幼小，武藝淺薄，咱倆大可交個朋友，要不然就結拜爲兄弟。」黃藥師佯怒道：「小小娃兒，膽子倒不小。我又不是老頑童周伯通，怎能跟你沒上沒下？」楊過問道：「老頑童周伯通是誰？」黃藥師當下將周伯通的爲人簡略說了些，又說到他與郭靖如何結爲金蘭兄弟。

二人談談說說，大是情投意合，常言道：「酒逢知己千杯少，話不投機半句多」，楊過口齒伶俐，言辭便給，兼之生性和黃藥師極為相近，說出話來，黃藥師每每大嘆深得我心，當眞是一見如故，相遇恨晚。他口上雖然不認，心中卻已將他當作忘年之交，當晚命程英在楊過室中加設一榻，二人聯床共語。其時楊過未滿二十歲，黃藥師卻已年近八十。中間隔了四十上下的郭靖、黃蓉夫婦，楊過其實已是他的孫輩。

數日過後，楊過傷勢痊可，他與黃藥師二人也如膠如漆，難捨難分。黃藥師本要帶了傻姑南下，此時卻一句不提動身。程英與陸無雙見他一老一少，白日樽前共飲，晚間剪燈夜話，高談闊論，滔滔不絕，忍不住暗暗好笑，都覺老的全無尊長身分，少的卻又太過肆無忌憚。本來以見識學問而論，楊過還沒黃藥師的一點兒零頭，只是黃藥師說到甚麼，他總是打從心竅兒出來的贊成，偶爾加上片言隻字，卻又往往恰到好處，那是天生的性情相投，不由得黃藥師不引他為生平第一知己了。

這些時日之中，楊過除了陪黃藥師說話之外，常自想到傻姑錯認自己那晚所說的話，當時她說：「你不是我害死的，你去找別人罷！」料想她必知自己父親是給誰害死，旁人隱瞞不說，傻姑瘋瘋顛顛，或可從她口中探明眞相。

這日午後，楊過道：「傻姑，你來，我有話跟你說。」傻姑見他太像楊康，總是害怕，搖頭道：「我不跟你玩。」楊過道：「我會變戲法，你瞧不瞧？」傻姑搖頭道：「你騙人，我不瞧！」說著閉上了眼睛，楊過突然頭下腳上，倒了過來，叫道：「快瞧！」以歐陽鋒所授的功夫倒轉身子，雙手撐地，交叉而行。傻姑睜開眼來，一見大喜，拍掌歡呼，隨後跟去。

楊過顛倒前行，到了一處樹木茂密之地，離所居茅舍已遠，翻身直立，說道：「我們來捉迷藏，好不好？不過輸了的得罰？」傻姑這些年來跟隨黃藥師，沒人陪她玩耍，聽楊過這麼說，喜出望外，連連拍手，登時將懼怕他的心思丟到了九霄雲外，說道：「好極，好極。好兄弟，你說罰甚麼？」她稱楊過之父爲好兄弟，稱他也是好兄弟。

楊過取出一塊手帕將她雙目蒙住，道：「你來捉我。倘若捉著了，你問我甚麼，我就答甚麼，不可隱瞞半句。倘若捉不著，我就問你，你也得照實回答。」傻姑連說：「好極，好極！」楊過叫道：「我在這裏，你來捉我！」傻姑張開雙手，循聲追去。楊過練的是古墓派輕功，妙絕當時，別說傻姑眼睛給蒙住了，就算目能見物，也決計追他不著，來來去去追了一陣，倒在樹幹上撞得額頭起了老大幾個腫塊，不由得連聲呼痛。

楊過怕傻姑掃興，就此罷手不玩，故意放慢腳步，輕咳一聲。傻姑疾縱而前，抓住他背心，大叫：「捉著啦，捉著啦！」取下蒙在眼上的帕子，滿臉喜色。

楊過道：「好，我輸啦，你問我罷。」這倒是給她出了個難題。她怔怔的望著楊過，心下茫然，不知該問甚麼才是，隔了良久，問道：「好兄弟，你吃過飯了麼？」楊過見她思索半天，卻問這麼一句不打緊的話說，險些笑了出來，當下不動聲色，一本正經的答道：「我吃過了。」傻姑點點頭，不再言語。楊過道：「你還問甚麼？」傻姑搖搖頭，說道：「不問啦，咱們再玩罷。」楊過道：「好，你快來捉我。」

傻姑摸著額頭上的腫塊，道：「這次輪到你來捉我。」她突然不傻，倒出於楊過意料之外，卻也正合心意，於是拿起帕子蒙在眼上。

傻姑雖然痴呆，輕功也甚了得，楊過身處暗中，那裏捉她得著？他縱躍幾次，偷偷伸手在帕子上撕裂一縫，眼見她躲在右邊大樹之後，故意向左摸索，說道：「你在那裏？你在那裏？」猛地裏一個翻身，抓住了她手腕，左手隨即拉下帕子放入懷內，防她瞧出破綻，笑道：「這次要我問你了。」

傻姑便道：「我吃過飯啦。」楊過笑道：「我不問你這個。我問你，你識得我爹爹，是不是？」說到這裏，臉色甚是鄭重。傻姑道：「你爹爹是誰？我不識得。」楊過道：「有一個人相貌和我一模一樣，那是誰？」傻姑道：「啊，那是楊兄弟。」楊過道：「你見到那楊兄弟給人害死，是不是？」傻姑答道：「是啊，半夜裏，那個廟裏，好多好多烏鴉大聲叫，嗚啊，嗚啊，嗚啊！」學起烏鴉的嘶叫。樹林中枝葉蔽日，本就陰沉，她這麼一叫，更是寒意森森。

楊過不禁發抖，問道：「楊兄弟怎麼死的？」傻姑道：「姑姑要我說，楊兄弟不許我說，他就打了姑姑一掌，他就大笑起來，哈哈！呵呵！哈哈！」她竭力模仿楊康當年臨死時的笑聲，笑得自己也害怕起來，滿臉恐懼之色。楊過莫名其妙，問道：「誰是姑姑？」傻姑道：「姑姑就是姑姑。」

楊過知道生父被害之謎轉眼便可揭破，胸口熱血上湧，正要再問，忽聽身後一人說道：「你兩個在這兒玩甚麼？」卻是黃藥師。傻姑道：「好兄弟在跟我捉迷藏呢。是他叫我玩的，不是我叫他玩的。你可別罵我。」黃藥師微微一笑，向楊過望了一眼，神色之間頗含深意，似已瞧破了他心事。

楊過心中怦然而動，待要說幾句話掩飾，忽聽樹林外腳步聲響，程英攜著陸無雙的手奔來，向黃藥師道：「你老人家所料不錯，她果然還在那邊。」說著向西面山後一指。楊過問道：「誰？」程英道：「李莫愁！」

楊過大是詫異，心想這女子怎地如此大膽，望著黃藥師，盼他解說。黃藥師笑了笑，說道：「咱們過去瞧瞧。」各人和他在一起，自已無所畏懼，於是走向西邊山後。

程英知楊過心中疑團未釋，低聲道：「師父說，李莫愁知他是大宗師的身分。那晚既在茅舍中有心要制她死命而沒成功，就如《聶隱娘傳》中那個空空兒，一擊不中，就恥於第二次再出手。」楊過恍然大悟，驚道：「因此她有恃無恐的守在這裏，要俟機取咱們三人性命。若非島主有見及此，咱們定然當她早已遠遠逃走，疏於防備，終不免遭了她毒手。」程英溫柔一笑，點了點頭。陸無雙插口道：「你自負聰明過人，與島主相比，可相差太遠了。」楊過笑道：「我是傻蛋，呆傻過人，是傻姑的好兄弟。」

說話之間，五人已轉到山後，只見一株大樹旁有間小小茅舍，卻已破舊不堪，柴扉緊閉，門上釘著一張白紙，寫著四行十六個大字：

「桃花島主，弟子眾多，以五敵一，貽笑江湖！」

黃藥師哈哈一笑，隨手從地下拾起兩粒石子，放在拇指與中指間彈出，嗤嗤聲中，兩粒石子急飛而前，啪的一響，十餘步外的兩扇板門竟給兩粒小小石子撞開。楊過在桃花島上之時，曾聽郭芙說起外祖父這手彈指神通的本領，今日親見，尤勝聞名，不由得佩服無已。

板門開處，只見李莫愁端坐蒲團，手捉拂塵，低眉閉目，正自打坐，神光內斂，妙相莊嚴，儼然是個有道之士。屋內便只她一人，洪凌波不在其旁。楊過一轉念便即明白：「她譏笑黃島主弟子多，以眾凌寡，便索性連洪凌波也遠遠的遣開了。她所恃的不是能敵得過黃島主，而是她既孤身一人，以黃島主的身分便不能動她。」

陸無雙想起父母之仇，這幾年來委屈忍辱的苦處，霍地拔出長劍，叫道：「表姊，傻蛋，不用島主出手，咱三個跟她拚了。」傻姑摩拳擦掌，說道：「還有我呢！」李莫愁睜開眼來，在五人臉上一掃，臉有鄙夷之色，隨即又閉上眼睛，竟似絲毫沒將眼前強敵放在心上。程英望著師父，聽他示下。

黃藥師嘆道：「黃老邪果然徒弟眾多，倘若我曲陳梅陸四大弟子有一人在此，焉能讓她說嘴？」說著將手一揮，道：「回去罷！」四人不明他心意所指，跟著他回到茅舍，只見他鬱鬱不樂，晚飯也不吃，竟自睡了。

楊過睡在他臥榻之旁，回想日間與傻姑的一番說話，又琢磨李莫愁的神情，心想：「她笑我們以五敵一，眼下我傷勢已愈，以我一人之力，也未必敵她不過，不如我悄悄去跟她惡鬥一場，一來雪她辱我姑姑之恥，二來也好教島主出了這口氣。」心意已決，當下輕輕穿好衣服。他雖任性，行事卻頗謹慎，知李莫愁實是強敵，稍一不慎，就會將性命送在她手裏，於是盤膝坐在榻上練氣調息，要養足精神，再去決一死戰。

坐了約莫半個更次，突然間眼前似見一片光明，四肢百骸，處處是氣，口中不自禁發出一片呼聲，這聲音猶如龍吟大澤，虎嘯深谷，遠遠傳送出去。黃藥師當他起身穿衣，早已知覺，聽到他所發奇聲，不料他內功竟造詣至斯，不由得驚喜交集。

一人內功練到一定境界，往往會不知不覺的大發異聲。後來明朝之時，大儒王陽明夜半在兵營練氣，忍不住縱聲長嘯，一軍皆驚，這是史有明文之事。楊過此時中氣充沛，突然間難以抑制，作嘯聲聞數里。程英、陸無雙固甚訝異，連山後李莫愁聽到也暗自驚駭，但她料想定是黃藥師吞吐罡氣，反正他不會出手，卻也不用懼怕。她不知楊過既受寒玉床之益，又學得《玉女心經》與《九陰眞經》的秘要，內功積蓄已厚，日前黃藥師爲他療傷，桃花島主內功的門路與他全然不同，受到這股深厚無比的內力激發，不由自主的縱聲長嘯。

這片嘯聲持續了約莫一頓飯時分，方漸漸沉寂。黃藥師心想：「我自負不世奇才，卻也要到三十歲後方能達到這步田地。這少年竟比我早了十年以上，不知他曾有何等異遇？」待楊過吐氣站起，問道：「你說李莫愁最厲害的武功是甚麼？」

楊過聽了此問，知行逕已給他瞧破，答道：「是赤練神掌和拂塵上的功夫。」黃藥師道：「不錯，你內功既有如此根柢，要破她看家本領，那也不難。」楊過大喜，不自禁的拜倒在地。他本來甚是自傲，雖認黃藥師爲前輩，亦知他武功深湛，玄學通神，卻不肯向他低頭，此時聽說李莫愁橫行天下的功夫竟然唾手可破，怎能不服？

次日清晨，黃藥師叫了程英來，要楊過和她一起受教「彈指神通」功夫，這功夫程英曾得師傳，但未曾深研，這次黃藥師著重教導如何用以剋制赤練神掌。再教二人一路自玉簫中化出來的劍法，用以破她拂塵。

楊過聽了他指點的竅要，問明了其間的種種疑難，潛心記憶，但覺這兩門武功俱是奧妙精深，算來縱有小成，至少也得在一年之後，若要穩勝，更非三年不可，說道：「黃島主，要立時勝她，那是無法可想的了。」黃藥師道：「三年之期轉瞬即過。那時你以二十一二歲的年紀，即已練成這般武功，還嫌不足麼？」楊過道：「我……我不是爲我自己……」黃藥師拍拍他肩膀，溫言道：「你三年之後爲我殺了她，已極承你情。我當年自毀賢徒，難道今日不該受一點報應麼？」說著淒然一聲長嘆，憶及諸徒，心下不自禁的傷痛，又復自疚自悔。

程英過去拉住他手，溫溫婉婉的叫了聲：「師父！」黃藥師淚光瑩瑩，勉強笑道：「好，好！黃老邪運氣不壞，我還有個小徒兒呢！」

楊過跪下地來，拜了八拜，也叫了聲：「師父！」知他傳授武功，是要自己代雪李莫愁揭帖上十六字之辱，就非得有師徒名分不可。

黃藥師卻知他與古墓派情誼極深，決不肯另投明師，當下伸手扶起，說道：「你與那魔頭動手之際，是我弟子，除此之外，卻是我的朋友。楊兄弟，你明白麼？」楊過笑道：「得能交上你這位武學大宗師朋友，眞是莫大幸運。」黃藥師笑道：「我和你相遇，也是三生有幸。」二人拊掌大笑，聲動四壁。

黃藥師又將「彈指神通」與「玉簫劍法」中的秘奧竅要細細解釋一通。楊過聽他說得如此詳盡，知他就要離去，黯然道：「相識不久，就要分手，此後相見，卻不知又在何日？」黃藥師笑道：「你我肝膽相照，縱各天涯，亦若比鄰。將來我若得知有人阻你婚事，便在萬里之外，亦必趕到助你。」楊過得他拍胸承擔，心下大慰，笑道：「只怕第一個出頭干撓之人，便是令愛。」

黃藥師道：「她自己嫁得如意郎君，就不念別人相思之苦？我這寶貝女兒就只向著丈夫，嘿嘿，『出嫁從夫』，三從四德，好了不起！」說著哈哈大笑，振衣出門，倏忽之間，笑聲已在數十丈外，當眞是去若神龍，夭矯莫知其蹤。

楊過呆了半晌，坐著默想適才所學功夫的竅要。中飯過後，和程英二人切磋「玉簫劍法」，不知不覺間，竟將《玉女心經》中互相迴護的心法用上了一些。楊過道：「程師姊，咱二人把這路劍法練好了，聯手殺了李莫愁，好讓師父開心。」程英嫣然一笑，說道：「你叫我師姊麼？」楊過笑道：「先進山門為大，你自然是師姊！」程英微笑道：「郭夫人才是我眞正的師姊。」楊過見到她嬌媚的容顏，忍不住道：「那我該叫你『姑姑』了。」程英正色道：「你自己早有姑姑了。」楊過見她神色一本正經，不敢再說。

次日清晨，楊過剛起身，忽見板門推開，程英走了進來，手中托著件青布長袍，微微一笑，說道：「你試穿著，瞧瞧合不合身。」楊過好生感激，接過時雙手微微發抖。他與程英目光相接，只見她眼中脈脈含情，溫柔無限，於是走到床邊將新袍換上，但覺袍身腰袖，無不適體，說到：「我……我……眞多謝你。」程英又嫣然一笑，但隨即露出淒然之色，嘆道：「師父他老人家走了，又不知幾時方得重會。」正想坐下說話，忽見門外黃衫一閃，隨即隱沒，知是表妹在外，心想：「這妮子心眼兒甚多。我可不便在他房裏多躭了。」站起身來，緩步出門。

楊過細看新袍，但見針腳綿密，不由得怦然心動：「她對我如此，陸姑娘又待我這般，可是我心早有所屬，義無旁顧。若不早走，徒惹各人煩惱。」怔怔的想了半天，又怕自己去後李莫愁忽然來襲，獨自到山後她所居的茅舍去窺察端倪，卻見地下一攤焦土，茅舍已化成灰燼，原來李莫愁放火燒屋，竟已走了。

大敵既去，晚間便在燈下留書作別，想起二女的情意，不禁黯然，又見句無文采，字跡拙劣，不免為程英所笑，一封信寫了一半便撕了。這晚翻來覆去，難以睡穩。

迷糊之中，忽聽陸無雙在外拍門，叫道：「傻蛋，傻蛋！快起來看。」語聲頗為惶急。楊過起床披衣，開門出去，只覺曉風習習，微有寒意，天色尚未大明。陸無雙臉有驚懼之色，指著柴扉。楊過順著她手指瞧去，不禁一驚，原來門板上印著四個殷紅的血手印，顯是李莫愁昨晚曾來查探，得悉黃藥師已去，便宣示要殺他四人。

兩人怔了片刻，接著程英也聞聲出來，問道：「你是幾時瞧見的？」陸無雙道：「天沒亮我就見到了。」此言一出，登時滿臉通紅，原來她思念楊過，一早便在他窗下徘徊。程英故作不知，道：「僥倖沒遇上她，現下太陽將升，這魔頭今天不會來了，咱們慢慢籌思對策不遲。」三人走進楊過室內商議。

陸無雙道：「那日她領教了傻姑娘的火叉功夫，怎麼又不怕了？」程英道：「師姊的火叉招數，來來去去就只這麼幾下，她回去後細加思索，定然想到了破解之法。」陸無雙道：「可是傻蛋傷勢痊可，他兩傻合璧，豈非威力無窮？」

楊過大笑，說道：「傻蛋加傻姑，傻上加傻，一塌裏胡塗，何威力之有？」

三人說了一陣，也無甚麼妙策，但想四人聯手，縱不能取勝，也足自保，明日跟她力鬥便是。楊過道：「我們兩傻合璧，正面跟她對戰，你表姊妹左右夾攻。咱們去尋傻姑來，先行演習一番。」

呼叫傻姑時卻無應聲，竟已不知去向，三人都擔起心來，忙分頭往山前山後尋找。程英找了一陣，突在一堆亂石中見傻姑躺在地下，已氣若遊絲，大驚之下，解開她衣服察看，但見背心上隱隱一個血色掌印，果是中了李莫愁的赤練神掌，忙招呼楊陸二人過來，跟著取出師門妙藥九花玉露丸給她服下。楊過記得《五毒秘傳》上所載治療此毒掌之法，急運內勁給她推拿穴道。

傻姑嘻嘻傻笑，道：「惡女人，背後，打我。傻姑，反手，打她。」傻姑的反手掌是黃藥師所授的三招之一，李莫愁雖偷襲得手，卻也給她反手擊中小臂，險些連臂骨也給打折了，驚痛下立即遁去，不敢進招取她性命。

三人救回傻姑，相對愁坐，四人中損了一個好手，明日更難抵敵。傻姑身受重傷，若護她逃命，勢必給李莫愁追上。楊過看看程英，望望陸無雙，順手拿起針線籃中一條絲線，拿剪刀剪成一段一段。傻姑躺在榻上，突然大聲叫道：「剪斷，惡女人的掃帚！剪斷掃帚！」她不會說拂塵，卻說是「掃帚」。

楊過心念一動：「那魔頭的拂塵是柔軟之物，她又使得出神入化，任是寶刀利劍都傷它不得，若真有一柄大剪刀當作兵器，給她喀的一下剪斷，那就妙了。」想到此處，左手絲線抖動，就似拂塵擊來一般，右手剪刀伸出，將絲線一剪兩截，跟著設想拂塵的來勢，持剪追擊，創擬招術。

程英與陸無雙看了一會，已明其意，都喜動顏色。程英道：「此去向北七八里，有家打鐵鋪子……」陸無雙插口道：「好啊，咱們去叫鐵匠趕打一把大剪刀。」楊過心想：「倉卒之間，這兵刃實難練成，我接戰時隨機應變便了，總是易過練玉簫劍法百倍，反正別無他法，也只好一試。」心想如一人去鐵匠鋪定造，李莫愁忽爾來襲，那就凶險無比，此時四人可片刻分離不得。於是程陸二人在馬背上墊了被褥，扶傻姑橫臥了，同去鐵匠鋪。

蒙古滅金之後，鐵騎進入宋境，這一帶是大宋疆界的北陲，城鎮多爲蒙古兵所佔，到處殘破。鐵鋪甚爲簡陋，入門正中是個大鐵砧，滿地煤屑碎鐵，牆上掛著幾張犁頭，幾把鐮刀，屋中寂然無人。

楊過瞧了這等模樣，心想：「這處所那能打甚麼兵刃？」高聲叫道：「師傅在家麼？」過了半晌，邊房中出來一個老者，鬚髮灰白，五十幾歲年紀，想是長年彎腰打鐵，背脊駝了，雙目給煙火燻得又紅又細，眼眶旁都是黃液，左腳殘廢，肩窩下撐著一根拐杖，說道：「客官有何吩咐？」

楊過正要答話，忽聲馬蹄聲響，兩騎馬衝到店門，馬上一個是蒙古什長，另一個是漢人，不知是傳譯還是地保。那漢人大聲道：「馮鐵匠呢？過來聽取號令。」老鐵匠上前行禮，說道：「小的便是。」那人道：「長官有令：全鎮鐵匠，限三日之內齊到縣城，撥歸軍中效力。你明日就到縣城，聽見了沒有？」馮鐵匠道：「小人這麼老了……」那蒙古什長舉起馬鞭當頭一鞭，嘰哩咕嚕的說了幾句。那漢人道：「明日不到，小心你腦袋搬家。」說著兩人縱馬而去。

馮鐵匠長嘆一聲，呆呆出神。程英見他年老可憐，取出十兩銀子放在桌上，說道：「馮師傅，你這大把年紀，況且行走不便，撥到蒙古軍中，豈不枉自送了性命？你拿了這銀子逃生去罷！」馮鐵匠嘆道：「多謝姑娘好心，老鐵匠活了這把年紀，死活都不算甚麼。就可嘆江南千萬生靈，卻要遭逢大劫了。」其實他本來年紀也不甚老，也只五十來歲，但神情委靡衰弱，弓腰曲背，看來加倍衰邁。

三人都是一驚，齊問：「爲甚麼？」馮鐵匠道：「蒙古元帥徵集鐵匠，自是打造兵器。蒙古軍中兵器向來足備，既要大事添造，定要南攻大宋江山了。」三人聽他出言不俗，說得甚是有理，待要再問，馮鐵匠道：「三位要打造甚麼？」

楊過道：「馮師傅有事在身，原本不該攪擾，但爲急用，只得費神。」於是將大剪刀的式樣和尺寸說了，此物奇特，那知馮鐵匠聽了之後，卻不表詫異，點了點頭，拉扯風箱生起爐子，將兩塊鑌鐵放入爐中鎔鍊。楊過道：「不知今晚打造得起麼？」馮鐵匠道：「小人儘快做活便是。」說著猛力拉動風箱，將爐中煤炭燒成一片血紅。當地已近北方，但這馮鐵匠說話卻帶江南口音。

傻姑伏在桌上，半坐半臥，楊過等三人家鄉都在江南，雖從小出門，然聽到家鄉即將遭劫，都戚然有憂。三人望著爐火，心中都想遭此亂世，人命微賤，到處都是窮愁苦厄，明日雖然有難，但天下皆然，驚懼之心卻也淡了幾分。

過了一個多時辰，馮鐵匠鎔鐵已畢，左手用鐵鉗鉗起燒紅的鐵條放在砧上，右手舉起一個大鐵鎚敲打，他年紀雖老，膂力卻強，舞動鐵鎚，竟似並不費力。擊打良久，但見他將兩片鐵條彎成一把大剪刀的粗胚，漸漸成形。陸無雙喜道：「傻蛋，今兒來得及打起了。」

忽聽身後一人冷冷的道：「打造這把大剪刀，用來剪斷我的拂塵麼？」三人大驚，回過頭來，只見李莫愁輕揮拂塵，站在門口。

這一來利器未成，強敵奄至。程英與陸無雙各拔長劍，楊過看準了爐旁的一根鐵條，只待對頭出手，立即搶起使用。

李莫愁冷笑道：「打把大剪刀來剪我拂塵，虧你們這些娃娃想得出。我就坐在這裏，等你們剪刀打好，再交手不遲。」說著拖過一張板凳坐下，竟視三人有如無物。

楊過道：「那就再好也沒有了。我瞧你這拂塵啊，非給剪刀剪斷不可。」

李莫愁見傻姑伏在桌上，背脊微聳，心道：「這女子中了我一掌，居然還能坐得起，卻也好生了得。」冷冷問道：「黃藥師呢？」那馮鐵匠聽到「黃藥師」三字，身子一震，抬起頭來向她望了一眼，隨即低頭繼續打鐵。程英道：「你明知我師父不在，還問甚麼？你若知他老人家未去，便有天大膽子也不敢來。」

李莫愁哼了一聲，從懷裏取出一張白紙，說道：「黃藥師欺世盜名，就靠多收徒弟，恃衆爲勝。哼！他這些弟子之中，又有那一個是眞正有用的？」說著揚手揮出白紙，跟著手臂微動，一枚銀針飛去，將白紙釘在柱上，說道：「留此爲證，他日黃老邪回轉，好知他這兩個寶貝徒兒是誰殺的。」轉頭向馮鐵匠喝道：「快些兒打，我可不耐煩多等。」

馮鐵匠瞇著一雙紅眼瞧那白紙，見紙上寫著「桃花島主，弟子眾多，以五敵一，貽笑江湖」十六字，抬起頭望著屋頂，呆呆思索。李莫愁道：「還不快幹？」馮鐵匠低下頭來，說道：「是啦，快了，快了。」左手伸出鐵鉗，連針帶紙一齊夾起，投入了熊熊的爐火之中，白紙霎時燒成灰燼。

這一下眾人都驚詫之極。李莫愁大怒，舉拂塵就要向他頂門擊去，但隨即心想：「這小鎮上的一個老鐵匠，居然如此大膽，難道竟非常人？」她本已站起，於是又緩緩坐下，問道：「閣下是誰？」馮鐵匠道：「你不見麼？我是個老鐵匠。」李莫愁道：「你幹麼燒了我這張紙？」馮鐵匠道：「紙上寫得不對，最好就別釘在我這鋪子裏。」李莫愁厲聲喝問：「甚麼不對了？」

馮鐵匠道：「桃花島主有通天徹地之能，他的弟子只要學得他老人家的一藝，便足以橫行天下。他大弟子曲靈風，行走如風，武功變化莫測，擅於鐵八卦神功，二弟子陳玄風，周身銅筋鐵骨，刀槍不入，你聽說過麼？」他說話之時，仍一錘一錘的打著，噹噹巨響，更增言語聲勢。

他一提到曲靈風和陳玄風，李莫愁固然驚奇，楊過等也大出意料之外，萬想不到窮鄉僻壤中的一個老年鐵匠竟也知道江南這些江湖人物。李莫愁道：「哼，江湖上傳言，曲靈風行走如風，卻給御前侍衛殺了。銅屍陳玄風，聽說是給一個小兒一刀刺死的，那有甚麼厲害了？還說甚麼刀槍不入，胡吹大氣！」

馮鐵匠道：「嗯，嗯。桃花島主的三弟子叫做梅超風，雖是女子，但指功厲害，鞭法了得。」李莫愁嘿嘿一笑，說道：「是啊，這女人指功太厲害了，因此先給江南七怪打瞎了眼珠，再給西毒歐陽鋒震碎心肺。」馮鐵匠呆了半晌，淒然道：「有這等事麼？我卻不知。桃花島主四弟子陸乘風輕功神妙，劈空掌凌厲絕倫。」李莫愁道：「有人斷了雙腿，行走不得，那便是這個輕功了得的陸乘風。沒腿的輕功，哈哈，只好乘風。劈空掌凌厲絕倫呢，掌掌劈出，掌掌落空，這便是桃花島的劈空掌。」

馮鐵匠低下頭來，嗤嗤兩聲，兩滴水珠落在燒紅的鐵上，化作兩道水氣而逝。陸無雙坐得和他最近，瞧清楚是他眼中落下的淚水，不由得暗暗納罕。只見他鐵鎚舉得更高，落下時聲音也更響了。

過了一會，馮鐵匠又道：「陸乘風不但武術精湛，兼擅奇門遁甲異術，你若遇到，定然討不了好去。」李莫愁冷笑道：「奇門遁甲又有何用？他在太湖邊上起造一座歸雲莊，江湖上好漢說得奧妙無窮，可是給人一把火燒成了白地，他自己從此也無下落，多半就是給這把火燒死了。」

馮鐵匠道：「桃花島主的獨生愛女，身為丐幫之主。黃幫主妙計無雙，威震天下，只要她一出手，就殺得你連翻十個觔斗。」李莫愁道：「哼，小小黃蓉，本身沒甚麼功夫，就靠了個丈夫郭靖虛張聲勢。她做丐幫幫主，也只憑師父北丐洪七公撐腰。」

馮鐵匠抬起頭來，厲聲道：「你這道姑胡說八道，桃花島主的弟子個個武藝精湛，個個勝你十倍。你欺我鄉下人不知世事麼？」李莫愁冷笑道：「你問這三個小娃娃便知端的。」

馮鐵匠轉頭望向程英，目光中露出詢問之意。程英站起身來，黯然說道：「我師門不幸，人才凋零。晚輩入門日淺，功夫低微，不能爲師父爭一口氣，當眞慚愧。你老人家可是與家師有舊麼？」馮鐵匠不答，向她上下打量，問道：「桃花島主晚年又收弟子了麼？」

程英看到馮鐵匠殘廢的左腳，心裏驀地一動，說道：「家師年老寂寞，命晚輩隨身侍奉。似晚輩這等年幼末學，實不敢說是桃花島弟子，只不過是黃老先生身邊侍候茶水的一個小丫頭罷了。況且直到今日，晚輩連桃花島也沒緣法踏上一步。」她這麼說，也即自承是桃花島弟子。

馮鐵匠點點頭，眼光甚是柔和，頗有親近之情，低頭打了幾下鐵，似在出神思索甚麼。程英見他鐵錘在空中畫個半圓，落在砧上時，卻是一偏一拖，這手法顯與本門桃華落英掌法極爲相似，心中更明白了三分，說道：「家師空閒之時，和晚輩談論，說他當年驅逐弟子離島，陳梅二人是自己作孽，那也罷了。曲陸武馮四位卻無辜受累，尤其那姓馮的馮默風馮師哥，他年紀最小，向來尊師聽話，身世又甚可憐，師父思念及之，常自耿耿於懷，獨自流淚，深深抱憾，說道十分對他不起，只可惜沒機緣補過。」

其實黃藥師性子乖僻，心中雖有此想，口裏卻決不肯說。只是程英溫柔婉孌，善解人意，當師父寂寞時與他談談說說，黃藥師稍露口風，她即已隱約猜到，此時所說雖非當眞轉述師父的言語，卻也沒違背他本意。

李莫愁聽他二人的對答和詞色，已自猜到了八九分，但見馮鐵匠長嘆一聲，淚如雨下，落在燒紅的鐵塊上，嗤嗤嗤的都化成白霧，不自禁的也爲之心酸，但轉念之間，心腸復又剛硬，尋思：「縱然他們多了一個幫手，這老鐵匠是殘廢之人，又濟得甚事？」冷笑道：「馮默風，恭喜你師兄妹相會啊。」

這老鐵匠正是黃藥師的小弟子馮默風。當年陳玄風和梅超風偷盜《九陰眞經》逃走，黃藥師遷怒留下的弟子，將他們大腿打斷，逐出桃花島。曲靈風逐出在先，陸乘風、武罡風二人都打斷雙腿，打到馮默風時見他年幼，武功又低，忽起憐念，便只打折了他的左腿。馮默風傷心之餘，遠來襄漢之間，在這鄉下打鐵爲生，與江湖人物全然不通聲氣，一住三十餘年，始終沒沒無聞，不料今日又得聞師門訊息。他性命是黃藥師從惡霸手裏搶救出來的，自幼得師父撫養長大，實是恩德深重，不論黃藥師待他如何，均無怨懟之心，此刻聽了程英之言，不禁百感交集，悲從中來，說道：「小師妹，我師父他老人家身子安好吧？」程英道：「好的。」馮默風緩緩的道：「師恩深重，弟子粉身難報，師父既說過這樣的話，就是不怪我了。補過倒不用，我聽到了便死也安心。」

神鵰俠侶(大字版) / 金庸作.　-- 二版.
-- 臺北市：遠流， 2017.10
冊；　公分. -- (大字版金庸作品集；17–24)

ISBN 978-957-32-8094-1 (全套：平裝).

857.9　　　　　　　　　　106016632

鏞